# LES CHÊNES D'OR

Christian Signol est né en 1947, aux Quatre Routes, un hameau du Quercy blotti au pied des causses de Martel et de Gramat. Son premier livre a été publié en 1984, et son succès n'a cessé de croître de roman en roman, des *Cailloux bleus* à *Une année de neige* en passant par *La Rivière Espérance* et *Les Vignes de Sainte-Colombe*. Récompensée par de nombreux prix littéraires, son œuvre a été adaptée à plusieurs reprises à l'écran.

CHRISTIAN SIGNOL

# Les Chênes d'or

ROMAN

ALBIN MICHEL

ISBN : 978-2-253-15072-5 - 1ʳᵉ publication - LGF

*À Michel et Jacqueline Pestel*

« Et aujourd'hui, vous pourriez me faire cuire des truffes sous la cendre ?

— Non ! Je ne pourrai pas.

— Parce que vous n'avez plus de truffes ?

— Non. Aujourd'hui, vois-tu, je n'ai plus de cendres. »

Michel SERRES


« Le terme de nos pérégrinations sera d'arriver d'où nous partîmes, et pour la première fois d'en connaître le lieu. »

T.S. ELIOT

# 1

Ici, les chemins forestiers ne mènent nulle part. Ils s'enfoncent dans les bois de chênes, errent dans les vallons où sommeillent les sources, s'y perdent quelquefois ou remontent, étonnés, sur des coteaux déserts. D'autres fois, ils s'en vont et ne reviennent plus. Dans le temps, on croyait que c'était la Dame blanche, celle qui hantait les bois pendant les nuits de pleine lune, qui les faisait disparaître dans les entrailles de la terre, les points d'eau, les combes les plus secrètes. Aujourd'hui, plus personne ne croit à ces sornettes, pas plus qu'à l'Aversier ou à la Chasse volante dont on avait si peur, alors, en ce pays.

Chez nous, on aime la terre, sans doute plus qu'ailleurs, à cause de la truffe : la demoiselle noire. De mémoire d'homme, il y en a toujours eu par ici. Les anciens le savaient, qui gardaient jalousement leur domaine à l'abri des regards. Elle a remplacé la vigne dont ces collines étaient couvertes, avant la Grande Guerre. Quand le phylloxéra est arrivé, entre les années 1860 et 1870, semant la désolation dans le pays, la Noire a proliféré sur ses ruines, on n'a jamais bien su pourquoi. C'est tout le mystère de ces terres qui brûlent sous le soleil et la passion, fragiles et fortes comme les gens de ce pays.

Ici, chez nous, point de forêts profondes ou de collines en fleurs, mais des taillis de chênes nains et de genévriers, des merisiers, des prunelliers, des buis, des noisetiers, des églantiers, des pierres plates, maigres, d'un jaune orangé, et, entre elles, vivante, rebelle, une terre rougeâtre qui saigne un socle de calcaire : ce que l'on nomme le causse périgourdin, où la demoiselle noire a compensé la pauvreté des cultures installées dans les langues étroites des vallées. Là, on cultive un peu d'orge, de froment, de maïs qu'on a longtemps appelé blé rouge, et, depuis quelques années, du tabac.

Ici, les hivers s'épuisent en quelques jours de grand froid, et le gel en un mois. Très vite, en mars, avec le retour des giboulées, le printemps fait éclore sur les collines des îlots de verdure qui gagnent en une semaine les combes les plus secrètes. À peine les pluies tièdes achèvent-elles d'essorer le bleu pâle du ciel que survient l'été, flamboyant et superbe, où s'ébranlent les terribles orages d'août, souvent pour la Saint-Roch. Alors tout brûle : l'air, le ciel, les arbres, la terre, où l'herbe se retire, chassée par des forces souterraines que la canicule réveille, nourrit, et, inexorablement, finit par consumer.

Même l'automne courbe l'échine sous la chaleur épaisse que répercutent les murettes et les pierres qui rongent ces lieux de mystère. Il s'étire jusqu'à la Sainte-Catherine, ou presque, puis se fige dans la rosée blanche d'un petit matin que l'on n'attendait plus. Alors le ciel roule ses nuages de plomb pendant une semaine, puis, d'un coup, il s'éclaircit et se met à resplendir. Le gel est là, rarement la neige, qui rôde de longs jours mais ne se pose guère. Il y a longtemps que le bois est rentré et que les cheminées fument dans les aubes claires, aiguisées par l'éclat des étoiles. Vient alors le temps de la réflexion, et des soupirs.

Les hommes sont noirs et lents. Ils aiment tout de leur pays : ses chagrins, ses sourires, ses colères superbes. Ils parlent aux bêtes, manient l'outil sans hâte, s'enferment dans une passion furieuse de la terre. Ils sont capables de tout pour la sauvegarder : de courage, de folie, de sacrifice, de désespoir, mais aussi d'une patience infinie. Ils connaissent où sont les bornes, les surveillent, ont le souci de préserver ce qu'ils possèdent, car ils ont peu, pour la plupart, et savent qu'ils ne peuvent compter que sur eux-mêmes. Cependant, s'ils se montrent économes, parfois avares, ils ont confiance dans les vertus de leur race. Car elle leur donne de la force et, tant qu'elle brûle en eux, ils sont heureux. Sur la fin de leur vie, ils ne se couchent que pour mourir, et souffrent en silence. La mort ne les étonne guère, puisqu'elle est dans la nature des choses et qu'ils l'ont vue à l'œuvre, souvent, sur les bêtes ou leurs proches. C'est pourquoi leur dernier soupir révèle rarement des regrets : ils ont fait ce qu'ils devaient faire.

Les femmes, elles, déclinent vite sous le poids des fardeaux. Elles sont résistantes, pourtant, mais les enfants les accablent très tôt, autant que les tâches ménagères qui s'ajoutent aux travaux des champs. Elles savent que le temps leur est compté, mais elles ne s'en plaignent pas. La religion les console de tout. Elles ne se redressent que pour juger du temps qu'il fera, tout en demeurant généreuses, surtout pour leur famille. Penchées sur leurs toupines, elles ont l'orgueil de bien nourrir ceux qui dépendent d'elles. Les flammes de leur âtre allument dans leurs yeux des papillons de lumière qui ne s'envolent jamais, sinon pour se cacher dans les replis les plus secrets de leur cœur.

Nul, ici, ne pourra oublier Mélina Fontanel qui a si bien personnifié ces lieux de solitude et de mystère. Parce qu'elle y est née, certes, mais surtout parce qu'elle ne les a jamais quittés depuis l'époque où son père était bordier sur les terres des Carsac. À Costenègre, exactement, un lieu-dit situé dans la commune de Salvignac, département de la Dordogne, à la lisière des forêts de chênes et de châtaigniers du Périgord vert qui s'étend au nord jusqu'au Limousin, et du Périgord blanc, qui côtoie, vers le sud, la basse vallée de l'Isle et ses jardins fleuris.

Les bordiers habitaient à la limite extrême des propriétés, dont ils étaient les gardiens. Le père de Mélina, on l'appelait « lou Dzan » : le Jean. C'était un homme sec, taciturne, aux yeux fiévreux, non pas violent mais sombre, farouche, qui faisait peur à qui croisait sa route. À elle, non, il ne faisait pas peur, le pauvre homme, car il l'aimait pour deux, ayant perdu sa femme bien avant l'heure et en souffrant beaucoup.

Dès son plus jeune âge, Mélina marchait
déjà derrière lui au milieu des truffières qui
crépitaient sous le soleil des étés de feu.
Comme elle avait peur de le perdre, elle tenait
de toutes ses petites forces l'extrémité de sa
veste de chasse.

— Lâche-moi donc, lui disait-il. Je ne vais
pas m'envoler.

Mais elle serrait ses petits doigts, comme si
perdre cet homme, le seul être qui peuplait sa
jeune vie, l'eût condamnée à mourir sur-le-
champ, privée d'une essentielle nourriture,
d'un indispensable contact. Jean Fontanel le
savait. Il ne se fâchait pas. Au contraire, il était
fier, sans se l'avouer, de ces doigts refermés
sur sa veste comme s'ils se fermaient sur son
cœur. Il marchait, infatigable, sur les chemins,
les sentiers, les friches lointaines, et la petite le
suivait, appliquée à mettre ses pas dans ceux
de son père, farouche, silencieuse, sans
qu'aucun sourire n'éclaire ses lèvres trop
souvent closes.

Le jour où elle fit vraiment connaissance
avec la truffe, elle devait avoir trois ans. Ils se
trouvaient dans une garenne maigre, sur
laquelle on avait éclairci les chênes nains, et
où couraient des tapis de mousse sèche, très
brune par endroits. Son père s'était arrêté
devant trois minces crevasses et s'était age-
nouillé en faisant signe à sa fille d'approcher.

— Regarde, Lina, dit Jean Fontanel.

La petite se pencha, inquiète.

— C'est le brûlé. La truffe se trouve toujours
à la limite.

Elle observa la nappe sombre où nulle
plante ne survivait et il lui sembla que ses
pieds allaient prendre feu.

— Regarde la patte de poule, reprit son père. C'est la truffe-fleur qui soulève la terre. Il faut la laisser mûrir.

Il posa une graine d'avoine à l'intersection des trois crevasses, se releva et dit :

— La voilà marquée. Nous reviendrons à la saison.

Pour les Carsac, Jean Fontanel s'occupait essentiellement des truffières, et Louis Sauvénie, le métayer, des terres cultivables. C'est pourquoi Mélina eut la chance de s'intéresser très tôt au seul trésor de ce pays.

Elle ne se souvenait pas de la voix de sa mère — et pour cause : elle ne l'avait jamais connue. Celle de son père, elle l'entendit longtemps, bien après la mort du pauvre homme. Il l'appelait Lina, alors qu'elle s'appelait Mélina. Ce petit nom lui resta, plus tard, quand elle travailla au château. Et chaque fois qu'elle l'entendait, elle se revoyait au temps où ils vivaient seuls, son père et elle, dans la maisonnette en lisière des bois, et qu'ils mangeaient la soupe de pain, le soir, de chaque côté de la table en bois de noyer brut. Elle sentait posés sur elle ses yeux sombres qui s'éclairaient dès qu'elle rencontrait son regard. Elle y devinait alors quelque chose qu'elle définissait mal, mais qui la bouleversait : la certitude que si elle n'avait pas été là, cet homme n'aurait pas vécu. Il n'existait que par elle, pour elle. Et même si elle devinait qu'à travers elle, c'était sa femme disparue que son père recherchait, elle était heureuse de la chaleur de ce regard où, tout au fond, brillait une lumière plus vive que celle des embellies.

Pourtant, malgré ses efforts, Jean Fontanel

ne parvenait pas à combler l'absence d'une
mère. Il y avait près de la petite, souvent, la
nuit, un gouffre ouvert dans lequel elle redoutait d'être précipitée. Elle se penchait au-dessus de cet abîme chaque fois qu'elle pensait à
sa mère, et il lui semblait qu'elle tombait, que
rien n'allait plus l'arrêter, qu'elle allait s'écraser, mais elle savait qu'elle n'en avait pas le
droit à cause de son père.

Alors, parfois, elle demandait doucement :
— Parle-moi d'elle.

Il essayait, mais n'y parvenait pas. Quand
elle pleurait, il devenait fou : il décrochait son
fusil, s'en allait dans la nuit et elle l'entendait
tirer, là-bas, au fond des bois. Elle allait se
coucher en laissant la lumière allumée, se
cachait sous les couvertures. Lorsqu'il rentrait,
elle s'apaisait, respirait mieux. Il venait la voir,
la regardait un moment, soufflait la bougie,
puis il s'éloignait, se couchait à son tour. Alors
elle se disait qu'un jour elle serait mère et don-
nerait à ses enfants tout l'amour qu'elle n'avait
pas reçu et qui, pourtant, elle le savait, elle en
était sûre, aurait comblé ce gouffre dont elle
avait si peur.

Le lendemain, la vie recommençait. Mélina
faisait semblant d'oublier, son père aussi. Ils
mangeaient dans une pièce au sol en terre battue et pauvrement meublée : une maie, un buf-
fet bas, une table et deux chaises de paille. La
lumière du chaleil accroché au manteau de la
cheminée éclairait moins la pièce que le feu
qui brûlait devant la plaque de fonte noire de
suie. Ils n'avaient pas encore l'électricité, alors,
et ils devaient économiser l'huile. Le bois, en
revanche, ne manquait pas, et le chêne tenait

si bien le feu qu'ils n'avaient aucun mal à
réveiller les braises chaque fois qu'ils rentraient dans la maison sombre, seulement
éclairée par une minuscule fenêtre, de surcroît
encombrée de deux rideaux qui, autrefois,
avaient été blancs.

C'était une masure plutôt qu'une maison,
couverte de tuiles brunes et jointoyée d'une
sorte de torchis couleur de terre comme on en
utilisait, à l'époque, à défaut de ciment. Dans
son prolongement il y avait une petite étable,
une remise et, de l'autre côté, contre le pignon
exposé au sud, un four à pain à moitié démoli,
non par le temps mais par la main de
l'homme. On eût dit que quelqu'un s'était
acharné à le détruire, puis avait renoncé. Pourquoi ? Nul ne le savait, du moins nul n'en parlait, comme si les pierres éparses en bordure
du chemin se trouvaient là depuis toujours. La
maison elle-même était constituée d'une seule
pièce qui dans son enfance paraissait immense
à Mélina, mais dont elle comprit vraiment la
petitesse à mesure que son univers s'agrandit.

Cet univers, à l'époque, c'était avant tout le
domaine des Carsac : des bois, des friches, des
combes, des sentiers qu'elle ne prenait jamais
seule de crainte de se perdre. Elle suivait son
père dans tous ses déplacements. D'abord à la
métairie, qui était située dans une grande
combe qu'on appelait — qu'on appelle toujours — la Méthivie, lorsqu'il allait aider les
Sauvénie sur les ordres du vieux Carsac.
Ensuite, sur le chemin qui permettait
d'atteindre la grand-route de Sorges à Salvignac, pour aller rendre compte au château de
l'état des truffières ou de la récolte.

Ce n'était pas un vrai château que la demeure des Carsac; plutôt une grande bâtisse à deux étages, épaulée, à droite et à gauche, par deux tours carrées en forme de pigeonnier, trois fois moins larges que le corps principal. Perpendiculaire à la tourelle de gauche, un long bâtiment un peu moins haut servait de dépendances, le long d'une cour entièrement close par des murs couleur sable. Au milieu de la cour, un bassin au rebord carrelé de pierres plates contenait une eau d'un vert sombre. Jamais, au grand jamais, à cette époque où elle trottinait derrière son père, Mélina n'aurait imaginé qu'elle habiterait un jour ce château. Pourtant, plus tard, de l'une de ses fenêtres à meneaux, elle contempla pendant des années les bois que le soleil d'automne poudrait de cuivre et d'or.

Même là, bien à l'abri entre les murs épais, une fois devenue une femme mûre, elle ne put rien oublier de ses peurs d'enfant, sur ces sentiers où elle redoutait d'apercevoir la Cîtré, cette chèvre blanche, grande comme un cheval, qui, disait-on, enlevait les enfants pour les emmener dans son repaire au fond des bois où ils disparaissaient à jamais.

Mélina crut bien être emportée par elle un hiver de neige, l'année où son père tomba malade d'une pneumonie. Il avait l'habitude de se soigner lui-même avec des tisanes et des décoctions de plantes, mais la fièvre, ce mois de décembre-là, faillit avoir raison de lui. Il sentit qu'il ne guérirait pas sans aide, et il demanda un matin à la petite d'aller prévenir les Sauvénie afin qu'ils aillent chercher le médecin.

— Cours vite, lui dit-il, et fais bien attention de ne pas te perdre avec cette neige.

Elle promit, inquiète, tout de même, car elle avait à peine six ans. Elle avait tellement peur de se lancer ainsi sur les chemins qu'elle tremblait comme une feuille, ne se décidait pas à ouvrir la porte. Il fallut bien partir, pourtant, et s'engager dans l'étendue blanche où semblaient s'agiter les tisons noirs des chênes, sous un ciel couleur de cendre, dans un vent à lame froide qui mugissait, par moments, comme ces monstres, mi-bêtes mi-hommes, dont elle entendait parler, parfois, au cours des veillées.

La Méthivie se trouvait à deux kilomètres de Costenègre. Le sentier escaladait d'abord une colline, puis plongeait dans un fond très sombre et très humide que l'enfant n'aimait guère, avant de remonter vers le coteau et de le suivre sur plus d'un kilomètre. Un dernier élan le hissait vers des bois d'où il redescendait paisiblement en direction de la métairie qui se trouvait à l'intersection de deux combes, à l'abri du vent. Mélina le connaissait bien, ce chemin, mais ce jour-là, la neige changeait tellement l'apparence des choses qu'il lui fallut un long moment avant de pouvoir se repérer.

Après avoir escaladé le premier coteau, au moment de plonger vers la Fondial, une véritable panique la prit. Elle s'arrêta, scrutant le vallon, et se trouva incapable de faire un pas de plus dans cette direction : là-bas, au bord du chemin, la Cître l'attendait. Deux cornes noires dépassaient de son corps immobile reposant sur les pattes de devant, dont Mélina distinguait nettement les sabots. Elle demeura bien dix minutes immobile, se demandant que faire, luttant contre l'envie de se mettre à courir vers Costenègre. La pensée de son père en danger finit par la contraindre à faire le pas qu'il fallait. Elle quitta le chemin et entra dans le bois pour passer dans le dos de la Cître qui ne bougeait toujours pas.

Quand Mélina arriva à sa hauteur, pourtant, une force inconnue la poussa à regarder dans sa direction. Elle distingua alors le tronc foudroyé d'un vieux chêne que la neige avait recouvert presque en totalité, mais qui laissait émerger deux moignons de bois noir que la petite avait pris pour deux cornes. C'est depuis ce jour-là que Mélina ne se satisfit jamais de l'apparence des choses et qu'elle prit l'habitude de regarder en face le danger. Certes, ce matin-là, elle se perdit plusieurs fois et mit bien longtemps avant d'apercevoir la Méthivie dans son vallon, mais cette première victoire sur la peur et sur l'ignorance lui fut précieuse et pleine d'enseignements. Il lui sembla, quand elle entra dans la maison des Sauvénie, qu'elle avait grandi de plusieurs années.

— Qu'est-ce que tu fais là, toi, petitoune ? lui demanda la Miette, une forte femme aux yeux couleur de châtaigne, aux cheveux épais comme de la paille, qui devait, à l'époque, peser plus de cent kilos.

Mélina expliqua en quelques mots ce qui se passait, puis elle fut happée par deux bras puissants qui l'abandonnèrent près du feu, face au fils de Louis et de la Miette qui avait à peu près le même âge qu'elle et qui s'appelait Pierre.

La Miette réchauffa l'enfant d'un grand bol

de lait, tandis que Louis partait pour Salvignac
afin de prévenir le médecin. Elle se trouvait
bien, Mélina, dans la bonne chaleur de la
grande cheminée à manteau de chêne, et elle
aurait bien voulu ne jamais la quitter, mais
elle pensait à son père seul, là-bas, et elle s'en
inquiéta auprès de la Miette.

— Pauvre ! lui répondit-elle, mes jambes ne
peuvent pas me porter jusqu'à Costenègre. Le
mieux est d'attendre le retour de Louis. Il te
reconduira sur la charrette.

Le fait d'avoir réussi à franchir une fois la
distance entre sa maisonnette et la Méthivie
donna à Mélina la volonté de repartir sans
attendre. La Miette, d'abord, s'y opposa, puis
elle finit par la laisser aller, non sans avoir
réchauffé ses sabots avec des braises et glissé
dans ses poches deux pierres chaudes que la
petite s'empressa de saisir et de serrer.

— Ne va pas te perdre, lui dit-elle en refer-
mant sa porte, ne t'éloigne pas du chemin.

Il fut plus facile à Mélina de trouver sa route
au retour en suivant tout simplement ses
traces. Sa peur s'était un peu atténuée et la
Cître avait disparu. Seul le vent continuait de
se battre avec les arbres, poussant des plaintes
sous les coups de griffe des branches nues. La
neige voletait au ras du sol, fouettant les
jambes de la petite qui ne portait pas de bas,
mais des chaussettes de laine trop courtes. Le
monde lui sembla, ce matin-là, une bête bos-
sue, endormie dans une immense bauge
blanche, et qu'il importait de ne pas réveiller.

Une fois chez elle, elle n'eut aucun mal à
raviver le feu afin de réchauffer son père qui
dormait « tra la taque », c'est-à-dire derrière la

cheminée, dans un sombre réduit protégé par
un rideau noir de suie. D'ordinaire, Mélina ne
s'approchait guère de ce recoin malgré l'atti-
rance que suscitait en elle un portrait de sa
mère qui y était accroché. Son père le lui avait
mis en main une fois, une seule, mais elle en
gardait la mémoire précise et il ne cessait de la
hanter : on y voyait une jeune femme brune,
avec, sur la tête, une très ancienne coiffe
blanche qui laissait deviner ses cheveux sur les
tempes, et qui descendait sur sa nuque, à la
manière d'un fichu. Noirs étaient les yeux, également, et rond le visage qu'un sourire craintif
éclairait à peine, accentuant la fragilité de
cette femme dont on refusait de parler. Le jour
où la petite avait tenté de questionner la
Miette à ce sujet, celle-ci avait feint de ne pas
entendre. Quant à son père, si Mélina l'interrogeait, ses yeux se mettaient à briller sans
qu'il puisse prononcer le moindre mot, comme
si, à cette évocation, il perdait brusquement sa
faculté de parler.

De même, ce fut à peine, si, ce matin-là, il
put parler au médecin qui arriva en compagnie de Louis sur la charrette, aux alentours de
midi. Mélina demeura sagement à l'écart,
attendant que les deux hommes ressortent du
réduit. Ils discutèrent à table, appuyés lourde-
ment sur leurs coudes en buvant du vin chaud,
puis le métayer demanda à Mélina :

— Tu n'as pas peur ? Tu veux me suivre à la
maison ? Je viendrai ici tous les jours, tu
n'auras pas à t'inquiéter pour ton père.

Pour rien au monde, elle ne l'aurait abandonné. Elle refusa farouchement, et ils n'insis-
tèrent pas. Une fois seule, elle fit réchauffer la

soupe, comme le lui avait appris son père. Après quoi, elle lui porta du bouillon et demeura un moment près de lui, à le regarder pensivement. Il la remercia, la dévisagea de ses yeux pleins de fièvre, et lui dit :

— Qu'est-ce que je deviendrais sans toi, Lina ?

Elle comprit vraiment ce jour-là de quel poids elle pesait dans sa vie et elle en fut réelle-ment comblée, éblouie même, car le pauvre homme représentait tout ce qui lui était cher, le seul être au monde vers lequel, dès son réveil, convergeaient toutes ses pensées.

Louis revint dans l'après-midi apporter des médicaments, expliqua comment il fallait les prendre, puis il repartit. Jean Fontanel mit une semaine à guérir, huit jours durant lesquels sa fille suivit attentivement son combat contre la maladie, écoutant ses <u>râles</u>, puis ses soupirs, s'asseyant près de lui, lui parlant, parfois, sans qu'il lui répondît.

Il resta à Mélina de ce temps lointain, si éprouvant pour l'enfant qu'elle était, une force dont elle profita au cours des périodes les plus difficiles de sa vie, et elles ne lui manquèrent pas. Malgré sa fragilité, cependant, elle ne connut jamais la tentation du désespoir. Même à cette époque où elle se sentait si petite, si seule, si démunie, aux côtés d'un homme que la maladie clouait au lit. Quand il se leva enfin, cet hiver-là, la neige avait fondu. Il était grand temps de s'occuper des truffes dont c'était la pleine saison.

Jean Fontanel était celui qui « savait ». Le secret lui venait de son propre père, mais il n'en parlait jamais, pas même à Mélina. Encore moins aux Carsac qui constataient chaque année avec satisfaction que leurs truffières prospéraient, alors que la plupart, ailleurs, dépérissaient.

— Je te le dirai un jour, Lina, promettait Jean Fontanel à sa fille qui, au demeurant, ne songeait pas à l'interroger.

Il ne suffit pas de planter des chênes pour obtenir des truffières fécondes. La clé du succès, c'est de savoir choisir les glands. Jean Fontanel n'hésitait pas à couper les arbres épuisés et à remettre en terre aussitôt les jeunes plants nés des fameux glands qu'il choisissait, loin des regards importuns. Ces glands-là, et eux seuls, engendraient la contamination qui donne ces truffes uniques, magnifiques, parfois grosses comme le poing, que l'on trouve en janvier, les années où il a suffisamment plu pendant l'été.

Jean Fontanel les cherchait avec l'aide d'une truie monstrueuse dont Mélina avait très peur. C'était l'usage, à l'époque : on n'a dressé les chiens que plus tard, quand on a compris qu'ils obéissaient plus facilement. Les truies, au demeurant, permettaient d'élever des gorets que l'on vendait après avoir choisi celui que l'on garderait pour assurer la viande d'une année. Avec des pommes de terre, des haricots, de la soupe, du fromage et parfois du gibier, c'était là toute la subsistance de Jean Fontanel et de sa fille. Pourtant, Mélina ne connut pas la faim. Elle mangea toujours à satiété, même pendant sa plus lointaine enfance, à l'époque où elle vivait dans le dénuement au plus profond des bois. D'ail-

leurs, à Costenègre, il y avait toujours suffisamment de restes pour donner sa pitance à la
truie qui terrorisait Mélina depuis qu'elle avait
dévoré quelques-uns de ses petits. Elle ne
comprenait pas comment une mère pouvait se
conduire ainsi et elle était contente quand son
père frappait sur le groin de l'animal avec son
bâton ferré pour extraire la truffe de la terre.

Cet hiver-là, la récolte fut bonne. Il avait plu
en août et il n'avait pas fait trop froid depuis la
Saint-Martin. Assez, cependant, pour éviter
l'invasion des chenilles qui avaient fait tant de
mal aux truffières lors de la Grande Guerre. De
mars à juillet, Jean Fontanel avait pu procéder
à l'élagage des chênes et ne s'était pas trompé
dans l'éclaircissement. C'est là une opération
risquée pour les trufficulteurs : quel arbre couper pour éviter l'excès d'ombre ou le chevau-
chement des cercles de brûlure ? Le chêne pro-
ducteur, en effet, est rarement celui que l'on
croit, d'autant que la truffe se trouve toujours
à la lisière du brûlé, souvent plus près d'un
arbre qui, lui, n'est pas forcément contaminé.

Mélina ignorait tout cela, encore, à cette
époque, en ramassant la Noire, tandis que son
père tenait à distance la truie trop gourmande.
Il lui en donnait une de temps en temps, mais
sa récompense ordinaire, chaque fois que
l'animal avait désigné le bon endroit, c'étaient
des grains de maïs. Il suffisait alors de creuser.
Quel plaisir c'était, pour Mélina, de sentir sous
ses doigts la chair grumeleuse, l'extraire de la
terre, la respirer, la donner à son père qui la
nettoyait prestement et la faisait disparaître
dans la musette de toile bise qu'il portait sur
son dos !

Le mois de décembre n'est pas le meilleur
mois de la récolte : c'est en janvier que la truffe
est vraiment mûre, qu'elle a le meilleur parfum, à condition que les gelées ne la saisissent
pas. Alors, elle se désagrège et finit par pour-
rir. Mélina savait surtout qu'avant le début de
la grande récolte viendrait la Noël, et même si
elle n'en parlait guère, elle ne cessait d'y penser. Car ils allaient par habitude veiller à la
Méthivie, avant de se rendre à la messe de
minuit à Salvignac en compagnie des Sauvénie.

Mélina partait avec son père sur les mauvais
chemins, au milieu des chênes pétrifiés par le
froid, dans un silence d'étoupe, sous une lune
de sucre qui éclairait à peine le sentier. Jean
Fontanel portait la lampe d'une main et, de
l'autre, serrait celle de sa fille. Ah ! cette main !
Elle en sentit longtemps la chaleur et la pression des doigts sur les siens, comme s'ils y
avaient laissé pour toujours leur empreinte.
Sans doute ne savait-il pas que la petite rêvait
de ce moment, de cette chaleur, plusieurs
semaines à l'avance. Quelquefois, il serrait
davantage, comme s'il voulait signifier par là
qu'il ne l'oubliait pas, malgré ses pensées qui
vagabondaient. Alors elle serrait, elle aussi, et
il lui semblait qu'elle ne connaîtrait jamais de
plus beau langage que celui-là.

Elle n'avait pas peur avec lui, même quand
les nuages recouvraient la lune, que l'obscurité
se refermait sur eux dès leur entrée dans les
bois, et elle se laissait guider en pensant à tout
ce qui l'attendait à la métairie. Un grand feu,
d'abord, près duquel elle se réchauffait quelques minutes en compagnie de Pierre, puis,

sur la table en bois brut, des pâtés, des confits,
un chapon farci, de la crème blanche et, après
le repas, des marrons glacés qu'ils avalaient,
Pierre et elle, tandis que la Miette leur chantait
de vieilles chansons de Noël. Alors Mélina pensait à sa mère et elle enviait beaucoup Pierre.
Cependant, elle s'efforçait de sourire pour que
personne ne remarque sa tristesse.

Ensuite, ils partaient en charrette, les deux
hommes côte à côte sur la banquette, et les
enfants assis à l'arrière contre la Miette qui les
prenait dans ses bras, un de chaque côté. Pour
Mélina, c'était bon de sentir contre sa joue se
soulever la grosse poitrine chaude de la Miette
et de respirer l'odeur de fumée qui imprégnait
son manteau. Protégée par deux couvertures
de laine, elle regardait, à travers les ridelles, les
lumières qui se multipliaient comme des feux
follets à mesure qu'ils s'approchaient de Salvignac : celles des familles, qui, comme eux, se
rendaient à la messe. Déjà, les cloches appelaient, répondant aux grelots du cheval, dont
les sabots cognaient sur la terre gelée.

Dans l'église l'attendaient les belles toilettes
des femmes, les chants, les statues jaune et
bleu, l'or du retable et de l'encensoir, et tant de
monde, aussi, que Mélina, habituée à la solitude, en était un peu effrayée. Une année, il y
eut même une crèche avec un âne, des bœufs,
une femme vêtue de blanc et un enfant couché
dans un panier plein de paille. Cette année-là,
la Miette eut bien du mal à arracher Mélina à
la contemplation de ce tableau vivant : elle
aurait bien voulu se coucher elle aussi dans ce
panier, sous le regard de cette femme qui était
brune, comme sa mère, et qui souriait comme

elle avait dû sourire, sa mère, en se penchant
sur son berceau le jour de sa naissance. Cette
nuit-là, Mélina eut l'impression que cette
femme vêtue de blanc était bien celle qu'elle
avait attendue si longtemps, revenue pour la
voir, lui parler, parce que c'était Noël et qu'il
faut bien que les enfants soient heureux quelquefois.

Le chemin du retour lui paraissait très long,
car elle savait que de menus cadeaux l'attendaient à la Méthivie : des oranges, des papil-
lotes, un jouet ou deux achetés par la Miette.
La petite en demeurait éblouie, sous le regard
rêveur de son père qui mangeait une soupe à
l'oignon avant de repartir. En traversant les
bois, au retour, il ne lui parlait guère, car il
forçait l'allure et elle comprenait qu'il avait
hâte d'arriver.

Une fois bien au chaud dans leur maisonnette, il lui donnait parfois un jouet qu'il avait
bricolé lui-même et qu'il posait près de la cheminée pendant que Mélina se déshabillait.
Cette année-là, il lui fit présent d'un landau
avec des vraies roues, garni d'un petit oreiller
empli de fanes de maïs et d'une pièce de vieux
drap retombant sur les côtés. Il avait dû y travailler longtemps en se cachant, sans doute le
soir, sous la chiche lumière du chaleil, tandis
qu'elle dormait tout près de lui.

Ainsi passaient les Noëls de son enfance, des
Noëls que Mélina ne put jamais oublier. On ne
choisit pas les morceaux du passé que
conserve notre mémoire. Qui le fait alors et
pourquoi ? Elle se posa souvent la question
sans pouvoir y répondre. Cependant, comme
elle n'avait pas le goût du malheur, elle prit

pour habitude de tirer de l'espoir des plus
menues choses de la vie. Et cela dès l'époque
où elle ramassait avec son père, dans les froi-
dures de janvier, des truffes qui appartenaient
à d'autres et qu'ils leur portaient chaque fin de
semaine, avec l'humilité de ceux qui n'ont que
leurs bras pour gagner leur vie.

Jean Fontanel se découvrait toujours en
entrant dans la cour du château. Il n'était soudain plus le même pour la petite, qui trouvait
que ses cheveux trop rares le rendaient plus
fragile, humble, et parfois pitoyable. Le vieux
Carsac, Grégoire, prévenu par un domestique,
sortait pour peser les truffes, en compagnie de
son fils Antoine. Grégoire Carsac était un
homme sec, au nez fin et courbe, aux traits
aigus, aux yeux très clairs, qui portait un chapeau de feutre comme on en voyait au siècle
dernier, et une grosse chaîne de montre en or
sur un gilet aux reflets aile-de-corbeau. Des
bottes de cuir lui montaient jusqu'aux genoux,
soulignant un pantalon bouffant de cavalier —
car il aimait à parcourir ses terres à cheval
pendant la belle saison. Il avait à peine
soixante ans, à l'époque, mais sa manière de se
vêtir et de se conduire était celle de l'ancienne
noblesse terrienne d'avant guerre, et sans
doute pour cette raison apparaissait-il très
vieux à Mélina, au contraire de son fils
Antoine qui était vêtu plus sobrement, sans
bottes, même si ses vestes de chasse à boutons
dorés et ses guêtres toujours bien graissées
témoignaient de sa position de propriétaire et
d'héritier.

Ce n'étaient pas de mauvaises gens, ces Carsac qui, pourtant, faisaient très peur à Mélina. Avant la Révolution, ils avaient été liés aux seigneurs d'Hautefort, puis ils avaient émigré, comme beaucoup de nobliaux, jusqu'à la Restauration, abandonnant leurs terres à un parent de confiance moins compromis qu'eux avec l'Ancien Régime. Ils en avaient retrouvé l'essentiel en 1815, avec le retour des Bourbons, mais ils n'avaient jamais plus occupé la même position car la noblesse terrienne devait désormais compter avec ceux qui s'étaient enrichis en rachetant les biens du clergé confisqués par l'État : une sorte de bourgeoisie rurale issue du monde des affaires et qui s'était ralliée à Louis XVIII sans la moindre hésitation. Ayant utilisé une grande partie de leurs avoirs en exil, ils avaient dû vendre des terres pour retrouver un peu d'aisance financière, car ils avaient gardé des habitudes d'avant la Révolution et ils organisaient des fêtes où se retrouvaient la plupart de ceux qui avaient dû s'exiler pendant la période sombre.

Si l'arrivée de Louis-Philippe, en 1830, ne les avait pas beaucoup affectés, ils avaient eu fort à faire en 1848 avec les républicains et leur garde nationale qui avait manœuvré jusque dans la cour du château. Napoléon III, dès son coup d'État de 1851, avait mis bon ordre à toute cette agitation. Ensuite, jusqu'à la guerre de 1870 et l'avènement de la troisième République, les Carsac s'étaient montrés assez accommodants pour se faire bien voir du nouveau régime et retrouver ainsi un peu de leur prestige d'antan. Jusqu'à la fin de la guerre de 14, toutefois, ce n'avait été qu'une lente agonie, un démantèlement des terres dont ne subsistaient aujourd'hui que celles de Salvignac, ces bois truffiers où l'invasion des chenilles sur les chênes et le manque de main-d'œuvre eussent, sans Jean Fontanel, provoqué une chute inexorable des récoltes.

Heureusement pour eux, ils possédaient également quelques terres en fermage à proximité du Bugue, dans la vallée de la Vézère, là où les forêts ne portent plus de petits chênes mais de grands châtaigniers et où, sous les fougères, ce ne sont plus des truffes que l'on trouve mais des cèpes et des chanterelles qu'un fermier leur livrait à l'automne. Ces terres venaient d'Élise Verteillac, la femme de Grégoire, qui les avait apportées en dot lors de son mariage avec lui en 1895.

S'ils résidaient à Salvignac, c'était parce que là se trouvait le véritable berceau de leur famille, que la demeure y était plus conforme à leurs goûts, mais aussi et surtout parce qu'ils pouvaient y exercer la passion des truffes qui consumait aussi bien le père que le fils. Il suffisait de constater leur impatience à se pencher sur le panier que leur portait leur bordier, les flairer, les tâter, les soupeser, pour comprendre combien ils étaient fascinés par « la Noire » qui représentait l'essentiel de leurs ressources, du moins, comme l'on dit par ici, en espèces sonnantes et trébuchantes, les fruits des métairies leur servant surtout à subsister.

— Allons ! disait le vieux Grégoire, ce sera une bonne année, finalement, si les braconniers ne reviennent pas.

C'était là sa hantise : que des braconniers puissent lui voler ses truffes, mais également les sangliers, qui en sont très friands, et aussi les mulots et les lapins.

— Veillez-y, Fontanel! disait le vieux Carsac. Vous avez toute ma confiance.

Comment n'aurait-il pas donné sa confiance à son bordier, sachant qu'il connaissait les secrets les plus rares, et qu'il se dévouait corps et âme à ses maîtres? Quant aux prédateurs, c'était aussi lui qui organisait les grandes battues indispensables à leur destruction, auxquelles participait une bonne partie des gens du village, et que clôturait un grand banquet dans la cour du château.

Pendant que les hommes discutaient, Fantille, la cuisinière, venait chercher Mélina et lui donnait un bol de chocolat chaud. Fantille ressemblait beaucoup à Miette Sauvénie: elle était forte, comme elle, avec des cheveux raides et jaunes, de gros bras habitués aux travaux pénibles, et elle manifestait à la fille du bordier autant de tendresse que la Miette, comme si ces deux femmes avaient deviné combien la présence d'une mère manquait à la petite. C'est à peine si Mélina osait bouger dans la grande cuisine envahie de faitouts, de casseroles, de toupines, de tourtières et d'oules à châtaignes. Élise Carsac, la femme de Grégoire, était morte quelques années auparavant, mais Mélina n'en gardait aucun souvenir. C'était la femme d'Antoine, Albine, qui menait la maison et gouvernait les domestiques. Elle n'avait pas apporté de terres en dot, cette Albine, car elle était fille de commerçants de Périgueux, où Antoine l'avait rencontrée pendant ses études. Elle était fine, sévère, ses cheveux blonds peignés en chignon et vêtue de longues robes grises. Elle annonçait toujours son arrivée par un doux froissement d'étoffe qui paralysait Mélina sur sa chaise.

— Bois! disait-elle à la petite. Tu as dû avoir froid en route.

Jamais Mélina ne levait les yeux sur elle, mais elle sentait qu'Albine la dévisageait et qu'elle s'interrogeait, sans doute, sur la manière dont cette enfant vivait seule avec son père dans une maison perdue au fond des bois.

— Tu n'as que la peau sur les os, reprenait Albine. À se demander s'il te donne à manger.

Mélina était bien incapable de répondre : elle se sentait trop minuscule, trop faible pour cela.

— Est-ce qu'elle comprend, au moins ? demandait Albine Carsac à Fantille.

— Dame! si elle comprend, répondait la cuisinière. Elle est loin d'être sotte!

Jean Fontanel finissait par arriver pour boire son vin chaud, son grand chapeau périgourdin à la main. Il prenait alors un air humble, se faisait tout petit.

— Ah! Vous voilà! s'exclamait Albine Carsac. Cette petite serait mieux ici, au château, qu'au fond des bois. Que ne la laissez-vous pas à Fantille ? Elle s'occuperait bien d'elle, vous savez ?

— Je m'en occupe, moi, répondait-il.

Mélina se rapprochait de son père, effrayée à l'idée de demeurer prisonnière dans ces murs, et saisissait sa veste, bien décidée à ne pas la lâcher.

— Tout ça n'est pas raisonnable, Fontanel, reprenait Albine Carsac, ce n'est pas une vie pour cette petite.

Le bordier se hâtait de vider son verre et ne répondait pas. L'homme et l'enfant repartaient, le panier vide, et ils marchaient très vite comme s'ils avaient peur d'être rattrapés. Mélina devinait qu'il souffrait d'être jugé incapable de l'élever, et elle en souffrait avec lui. Une fois à Costenègre, il la faisait asseoir face à lui, et, d'une voix craintive, demandait :

— Tu n'es pas bien ici, avec moi ?

— Oh ! si ! répondait la petite.

— Tu veux t'en aller au château ?

— Oh ! non !

Plus que les réponses de sa fille, ses yeux, sans doute, le rassuraient tout à fait, car il pouvait y lire tout ce qu'il représentait pour elle, et combien il lui était indispensable. Alors il souriait et, quelquefois, lui disait :

— Un jour, bientôt, je te parlerai d'elle.

2

La vie de Mélina et de son père était rythmée par le travail des truffières. Au contraire des autres fillettes de son âge, elle ne gardait pas de moutons car leur présence est néfaste pour les truffes. En revanche, elle veillait sur les canards et les oies que son père gavait en novembre pour vendre les foies gras, ce qui constituait l'essentiel de ses revenus de l'année. Ils allaient chercher l'eau à la fontaine qui se situait à deux cents mètres de la maison, dans un creux ombreux où Mélina guettait les

salamandres et les têtards, son père avec une
grande seille, la petite avec une cruche qu'elle
versait, au retour, dans le seau posé sur la
pierre de l'évier, et qui leur servait à se laver
les mains.

Ils n'avaient pas besoin d'acheter de la
viande, puisqu'ils élevaient un cochon, des
canards et des oies. Les Sauvénie, eux, élevaient quelques moutons à la Méthivie pour le
compte des Carsac, mais il n'était pas question
de les laisser pacager dans les bois truffiers.
En dehors de ces occupations ménagères,
Mélina ne quittait guère son père. C'est d'ailleurs pendant ces années-là, pour l'avoir
observé chaque jour malgré son jeune âge,
qu'elle apprit ce qu'elle savait de plus précieux
sur la demoiselle noire, comment il faut la
choyer pour qu'elle daigne naître et mûrir sur
des terres ingrates mangées par la rocaille.

Son père lui avait fabriqué un petit « bigot »
— une sorte de houe à deux dents — et elle travaillait près de lui à nettoyer et gratter légèrement le sol depuis l'extérieur du brûlé en
direction de l'arbre, de manière à peigner les
racines et à ne jamais les rebrousser. Il lui
montrait les plantes favorables, celles qui sont
amies de la truffe et prouvent sa présence :
l'épervière piloselle d'abord, dont la disparition au profit des sédums et des petites
fétuques annonce une production prochaine.
Il lui désignait le cerisier Sainte-Lucie que l'on
appelle aussi faux merisier en lui recomman-
dant de ne jamais le couper, de même que le
genévrier dont les baies bleues attirent les
grives, et il lui expliquait qu'il fallait redouter
l'ajonc, la digitale, la bruyère, les châtaigniers

qui occupent la lisière de certains bois. En
revanche, il se réjouissait de la présence du
buis, du prunellier, du noisetier, du cytise ou
de l'alisier.

Le plus gros du travail commençait trois
semaines après la Saint-Blaise — le 3 février —,
date à laquelle il était de tradition de porter
bénir une rave à l'église, et durait jusqu'à la fin
du mois de juillet. Ensuite, il était absolument
interdit de toucher à quoi que ce soit, car on
savait qu'à la « Saint-Roch, la truffe est sur le
roc ». Mélina en apprit plus tard les raisons
dans les livres : comment la sexualité du champignon commence en mai, comment les truffettes naissent en juin, et grossissent lentement
jusqu'en décembre, pour peu que les conditions
soient favorables et que l'on y ait apporté le
soin nécessaire.

À l'époque, elle se contentait d'observer son
père, sans chercher à comprendre pourquoi il
agissait d'une manière plutôt que d'une autre.
S'il élaguait peu les plus grands chênes, persuadé qu'il était que l'élagage d'un arbre en
production pouvait l'arrêter pour plusieurs
années, il éclaircissait volontiers pour éviter
l'excès d'ombrage. La lumière et l'eau, en effet,
sont indispensables à la truffe pour naître et se
fortifier. Il ne faut donc pas hésiter à couper
des arbres. Grégoire et Antoine Carsac esti-
maient leur présence absolument indispensable à ces sacrifices, de crainte que le bordier
ne se trompe. La discussion durait longtemps
entre Jean Fontanel et les propriétaires, mais
c'était toujours lui qui emportait la décision. Il
savait, en comparant les cercles de brûlure,
quel était l'arbre — fût-il le plus éloigné — qui

contribuait à la formation du mycélium. Sa
main ne tremblait pas quand il prenait la
hache, alors que les Carsac le regardaient avec
des yeux pleins de méfiance, comme s'il les
dépossédait d'une partie de leurs richesses.

Dans les truffières épuisées, la seule solution
était de couper tous les arbres et de remettre
en terre des plants nés des fameux glands
secrètement choisis et non pas, comme
aujourd'hui, avec des chênes mycorhizés, c'est-
à-dire contaminés artificiellement. C'était le
seul moyen pour récolter un jour, de nouveau,
de belles truffes. Mais il fallait attendre longtemps, parfois dix ans, le plus souvent quinze.
La patience a toujours été l'une des plus grandes vertus des gens de ce pays.


Avec l'arrivée de l'été, Jean Fontanel guettait
les orages d'août, si néfastes pour les autres
cultures mais si profitables à la truffe qui vient
de naître. S'ils étaient nombreux, il se réjouissait, car une grande sécheresse est nuisible à la
demoiselle noire, parfois pour de longues
années. À partir de la mi-juillet, il abandonnait
les truffières pour aller aider les Sauvénie lors
des moissons et des battages. Mélina, qui le
suivait, comme toujours, s'en réjouissait, car
c'était l'une des seules occasions où elle pouvait rencontrer d'autres gens que ceux qu'elle
côtoyait tous les jours : les habitants des villages et des fermes alentour.

On ne battait déjà plus au fléau, à l'époque,
car les premières batteuses à vapeur avaient
fait leur apparition depuis quelques années.
On n'avait donc plus besoin de séparer la balle
du grain au tarare, cet instrument merveilleux

dont la petite aimait à tourner la manivelle, pour s'amuser, sur l'aire de Costenègre. Les battages se terminaient avec la fête de la « ger- bebaude » : un grand repas pris sur des planches à tréteaux en compagnie de tous ceux qui avaient aidé aux moissons, mais aussi de Grégoire Carsac, qui, pour la circonstance, comme c'était l'usage, y assistait, en bout de table, après le partage du blé.

Mélina s'interrogeait sur cette présence qui lui paraissait déplacée, en tout cas propre à susciter chez les hommes présents une réserve que le vin, cependant, finissait par dissiper. Mais la nuit était chaude, les bouteilles se vidaient et les plats succédaient aux plats : bouilli de porc, poule farcie, confits, tartes, tant d'autres mets encore que l'enfant appré- ciait à leur juste valeur. Elle était alors une fil- lette étonnée mais heureuse de se trouver là, dans la nuit tiède de l'été, où le chant des gril- lons soulignait les rires qui montaient vers des étoiles si proches qu'il lui arrivait de tendre la main pour tenter de les décrocher.

Souvent, à la fin, on chantait. Des hommes se levaient, aux voix fortes et rocailleuses, par- fois des femmes, aussi, et Mélina, alors, se demandait quelle avait été la voix de sa mère. Son père baissait la tête, comme s'il avait honte de participer à ces réjouissances, et la petite comprenait que, comme elle, il pensait à la disparue. Alors, elle se taisait malgré son envie de participer à ces chants, à ces rires qui lui semblaient pourtant capables d'effacer les peurs de ses jours et de ses nuits.

En revanche, elle ne se privait pas de chan- ter à l'occasion de la Fête-Dieu de Salvignac, en juin, où elle ajoutait ses fleurs sauvages à la jonchée du Saint-Sacrement, mais également en participant aux Rogations du mois d'août, car il n'y a pas de honte à chanter pour le Bon Dieu : c'est ce que lui avait enseigné la Miette qui l'y conduisait chaque année avec Pierre. Le cortège suivait lentement le curé en surplis et les enfants de chœur à travers les champs et les bois, s'arrêtait devant les croix, face aux reposoirs recouverts d'un drap blanc où les paysans avaient déposé en offrande des œufs, des épis de maïs ou des noix : menus présents destinés à attirer sur leurs terres la bienveillance divine.

Devant les croix ornées d'un crêpe noir, on chantait le *De profundis* pour le salut des membres de la famille qui avaient disparu pendant l'année écoulée; devant les autres le *Libera me* et, en chemin, les litanies rituelles qui se terminaient par le refrain : « *Te rogamus audi nos !* » Quand le curé avait prononcé la formule attendue : « Seigneur, donnez les fruits à la terre et veillez sur eux », les propriétaires des champs voisins des croix se mêlaient au cortège, où, donnant la main à la Miette, Mélina chantait, donc, avec l'innocence des enfants de son âge, ne songeant à rien d'autre qu'à cette joie collective dans laquelle se dissipait son angoisse.

Jean Fontanel n'y venait pas. Il ne fréquentait pas l'église, d'ailleurs, ce qui lui valait de fréquents reproches de la part du curé de Salvignac quand il le croisait dans la cour du château ou sur un chemin :

— On ne peut pas élever une enfant sans le secours du Bon Dieu, disait l'homme en noir.

Méfiez-vous qu'on ne vous la prenne pas pour la confier aux sœurs de Périgueux.

— Si le Bon Dieu ne m'avait pas enlevé si tôt ma pauvre femme, répondait Jean Fontanel d'une voix qui tremblait, vous ne me parleriez pas comme ça aujourd'hui. Quant à me prendre ma petite, s'il le faut, je la défendrai avec mon fusil.

Pourtant, sur les instances des Carsac, et parce qu'il avait très peur de la perdre, il accepta que la Miette conduise Mélina chaque dimanche à l'église pour la messe de onze heures. Ce fut pour elle une manière d'échapper enfin à l'isolement dans lequel elle vivait à Costenègre.

Un jour où, avec la Miette, justement, elles passaient à côté du cimetière, au retour de l'église, celle-ci y entra pour aller prier sur la tombe des siens. Mélina la suivit, donnant la main à Pierre, avec l'impression de s'approcher d'un monde redoutable. C'était la première fois qu'elle pénétrait dans ces lieux, et elle ne comprenait pas ce que la Miette venait faire là. Comme la petite l'interrogeait, la Miette lui expliqua que les morts dormaient entre ces murs, dans des tombes, que ses parents étaient enterrés là, et qu'elle était venue leur parler. Mélina lui demanda alors, de la façon la plus naturelle :

— Et ma mère, où est-elle ?

La Miette parut très embarrassée, mais elle finit par répondre, sans regarder la petite :

— Elle n'est pas là.

— Mais où, alors ? insista Mélina.

— Je ne sais pas. Il faut demander à ton père.

Mélina fut tellement surprise, accablée, même, d'apprendre que sa mère ne se trouvait pas à l'endroit où reposaient les morts, qu'il lui fallut quelques semaines avant d'oser en reparler. Quand elle trouva enfin la force de poser des questions à son père, ce ne fut pas sans appréhension.

C'était le soir, ils finissaient de manger, un samedi, sans doute, puisqu'elle devait passer une nouvelle fois devant le cimetière, le lendemain, en allant à la messe. Jean Fontanel fumait son tabac gris au coin de la cheminée, assis sur le petit banc de bois qu'ici, en Périgord, on appelle salière, pensif comme il était souvent, observant sans bouger les flammes qui dansaient devant lui. C'est à peine si la petite s'entendit prononcer ces mots dont elle devinait la gravité :

— Pourquoi ne se trouve-t-elle pas au cimetière, comme les autres ?

Jean Fontanel sursauta, se redressa vivement comme s'il s'éveillait d'un songe. Elle fut frappée par son regard, ce soir-là, tandis qu'il cherchait ses mots, que des lueurs folles illuminaient ses yeux.

— Je voudrais lui parler comme la Miette parle à ses parents, poursuivit Mélina.

Elle crut qu'il allait lui répondre, expliquer, enfin, mais non : il se leva brusquement, décrocha son fusil puis s'enfuit sans un mot, laissant la porte ouverte derrière lui, et, quelques minutes plus tard, Mélina l'entendit tirer des coups de fusil dans les bois. Comme il tardait à revenir, ce soir-là, elle partit à sa rencontre, épouvantée par l'idée qu'il avait peut-être retourné son fusil contre lui, comme elle

l'avait entendu dire d'un homme de Sorges,
quelques mois auparavant.

C'était la fin de l'été. Les orages rôdaient au-
dessus des collines depuis de longs jours, mais
refusaient de donner à la terre craquelée l'eau
qu'elle réclamait avec de longs soupirs. Les
feuilles des chênes, déjà tavelées de taches
brunes, étaient devenues craquantes comme
des gaufres sorties du four. La nuit tombait,
épaisse et chaude, sans la miséricorde d'un
souffle de vent. En courant, Mélina avait du
mal à respirer, et plus elle courait, plus elle
avait peur de trouver son père mort, car il ne
lui répondait pas. Elle finit par l'apercevoir,
assis sur un tronc, près de la truffière qui avait
brûlé il y avait quelques années, et dont les
chênes recépaient, fragiles encore, sur une
herbe rase qui ne reverdissait plus. Quand il
l'entendit, il pointa son fusil dans sa direction,
comme s'il ne la reconnaissait pas. Alors elle
lui dit, aussi doucement qu'elle le put :

— C'est moi, Lina.

Sa voix parut rendre à son père sa raison.
Elle s'approcha, tandis qu'il restait immobile,
son fusil baissé, maintenant. Il la dévisagea un
long moment et elle crut, une nouvelle fois,
qu'il allait se confier, raconter ce qui était
arrivé à sa femme, mais il se contenta de soupirer, de se lever, et il passa devant sa fille sans
un mot. Elle le suivit en silence, sous les premières étoiles qui s'allumaient tout là-haut,
tremblant comme elle tremblait, à présent,
derrière ce père qui, par moments, ne la
reconnaissait plus.

Le plus terrible pour Mélina, c'était la sensation qu'elle éprouvait de devoir le protéger,

alors que c'était elle la plus vulnérable. Si seulement elle avait pu parler de tout cela avec quelqu'un, sans doute aurait-elle moins souffert. Même la Miette, cependant, semblait avoir peur lorsque elle l'interrogeait. Et pourtant cette femme était bonne, courageuse, et se montrait prévenante avec elle. Alors ? Quel était ce mystère ? Que s'était-il passé de si terrible que personne n'osait en parler ? Pendant les veillées d'hiver à la Méthivie, cette année-là, Mélina tenta de trouver des indices au fil des conversations, notamment au cours de l'énoisillage qui voyait réunies trois ou quatre familles chez les Sauvénie où Jean Fontanel et sa fille se rendaient aussi à partir de la Saint-Martin.

Les noyers ne sont pas des ennemis des chênes truffiers : ils cohabitent facilement, au contraire des châtaigniers. C'est pourquoi il y en avait beaucoup, à l'époque, et même aujourd'hui on en trouve pas mal par ici, car les noix sont un apport d'argent frais que nul ne peut négliger.

Avant la dernière guerre, on les vendait, certes, mais aussi on brûlait l'huile dans les chaleils, du moins ceux qui, comme Jean Fontanel et sa fille, n'avaient pas encore l'électricité. Mélina n'était pas peu fière de casser les coquilles avec son petit maillet, en compagnie des femmes assises autour de la grande table de la Méthivie. Les hommes se groupaient entre eux, à l'autre bout de la table, pour égrener le maïs. Il y avait là les métayers des alentours : les Fajardie, les Brugidou, les Gossinel, d'autres encore qui quittèrent plus tard la région pour aller vivre en ville, comme beaucoup, et qu'on ne revit jamais.

Mélina se faisait toute petite entre la Miette, toujours à sa gauche, et sa voisine de droite, la femme d'Élie Brugidou, mais elle ne perdait pas un mot de ce que l'on racontait. C'était surtout le vieil Élie Brugidou, à la parole facile, que l'on entendait : il s'agissait de contes, de légendes de l'ancien temps, de récits qui laissaient Mélina transie de peur sur le banc, même si elle les connaissait déjà. Elle redoutait surtout le moment où il allait parler de la Chasse volante qui l'avait surpris une nuit, il y avait bien longtemps, sur la route de Thenon. C'était l'automne, le vent s'était levé, il avait entendu les chiens, les chevaux, les cors, et tout un cortège hurlant qui avait tourné longtemps au-dessus des bois, alors qu'il s'était réfugié dans un taillis. Mais ce qui l'avait sur-tout impressionné, précisait-il, c'était la Dame blanche qui conduisait la chasse, montée sur un grand cheval blanc, entourée de deux dogues monstrueux, vêtue d'une longue robe de satin et couronnée d'une coiffe où brillaient des diamants.

— Tu n'en as jamais vu, observait imman-quablement Louis Sauvénie. Comment savais-tu que c'étaient des diamants ?

— Elle me l'a dit, soufflait le vieil Élie.

Un profond silence succédait à ces paroles étranges, et Mélina frissonnait dans l'ombre. Il en fallait plus pour empêcher le vieillard de raconter d'autres histoires, toujours les mêmes, mais pour la petite toujours aussi impressionnantes : c'étaient des rencontres avec le Lébérou, cet homme couvert d'une peau de loup qui erre la nuit pour surprendre les voyageurs attardés ; parfois avec la Chau-

cho-Vieillo, cet esprit malin qui entre la nuit
par le trou des serrures, ou avec les Fachilières
qui gardent les carrefours des chemins, au
fond des bois, et vous entraînent vers les
points d'eau pour vous y faire noyer.

Mélina, qui vivait déjà dans la peur à cause
de sa mère et de son père, sortait de ces soirées
épouvantée. Une fois à Costenègre, elle ne fermait pas l'œil de la nuit. Elle demeurait le
regard fixé sur les poutres tellement impré-
gnées de suie qu'elles scintillaient parfois sous
la lumière de la lune entrant par le « fenes-
trou ». Elle se disait alors que les diamants de
la Dame blanche devaient jeter les mêmes
éclats et cherchait à deviner sa présence dans
l'ombre.

Associés au bruit des maillets cognant sur
les coquilles de noix, ces récits restaient longtemps dans sa mémoire et se réveillaient en
elle quand elle marchait seule le long des chemins. Alors, brusquement, croyant sentir un
souffle dans son dos, elle se mettait à courir
jusqu'à ce qu'elle trouve un abri, à Costenègre
ou à la Méthivie. C'est tout juste si, à l'époque,
Mélina n'avait pas peur de sa petite ombre. Le
monde lui paraissait une immense toile d'arai-
gnée tendue au-dessus d'elle, dont chaque
maille représentait une menace qui mettait sa
vie en péril.

Au cours de ces veillées, en effet, après les
contes et les récits, les conversations se
nouaient, tout aussi mystérieuses pour elle,
car elle parlait finalement peu avec son père et
elle ne connaissait rien de ce qui se passait
autour d'elle. Un soir, il fut question d'une
truffière qui avait brûlé à cause d'un jeteur de

sort venu d'Excideuil, prétendit un homme, ce qui provoqua une vive réplique de Louis Sauvénie qui mit un terme au sujet en disant :

— On n'a jamais vu un feu prendre tout seul. Quant à vos histoires de Chasse volante, les oies sauvages qui descendent vers le sud en automne poussent les mêmes cris. Il vous suffirait de lever la tête pour comprendre qu'il y a une explication bien simple à tous vos prétendus mystères.

Mélina n'oublia jamais ces mots-là. Ils l'aidèrent, à ce moment de sa vie, à surmonter ses peurs, et elle sut gré à Louis Sauvénie de les avoir prononcés. Les soirées d'énoisillage, dès lors, lui parurent moins redoutables, et elle put guetter sans trembler les propos dans lesquels elle espérait que sa mère, un jour, apparaîtrait. Ce ne fut jamais le cas. Aussi se promit-elle d'interroger Louis Sauvénie qui, lui, paraissait capable de connaître et surtout de dévoiler le secret qui assombrissait sa petite vie.

Il était de coutume, à cette époque-là, de découper les années en fonction des grandes fêtes religieuses ou des saints du calendrier : l'Épiphanie, la Saint-Blaise le 3 février, le mardi gras, les Cendres, les Rameaux, Pâques, l'Ascension, Pentecôte, le mois de Marie, la Fête-Dieu au début de juin, la Saint-Jean, la Saint-Roch et ses Rogations, la Saint-Michel de la fin septembre, la Sainte-Catherine le 25 novembre, la Saint-Martin, la Sainte-Luce où « les jours croissent d'un saut de puce » et la Noël. Ainsi, pour Mélina, les années ne comptaient pas, d'autant qu'elle n'allait pas

encore à l'école. Le temps lui paraissait immobile. Elle avait toujours vécu avec son père, et
elle pensait qu'elle était destinée à demeurer
toute sa vie près de lui.

Quel âge avait-elle, le jour où elle se trouva
seule avec Louis Sauvénie un après-midi, sur
la charrette, en revenant de la Méthivie où elle
était allée aider la Miette à faire la lessive?
Moins de huit ans, probablement, puisque
c'est à cet âge-là que son père consentit enfin,
sous la menace du maire de Salvignac, à la
laisser aller à l'école comme les autres enfants.

C'était en mai, ou du moins au printemps,
car les chênes étaient déjà verts. Ils suivaient le
mauvais chemin qui descend vers la Fondial,
ce creux humide que la petite n'aimait pas,
avant de remonter vers le coteau qui les hisse-
rait vers Costenègre. Elle observait Louis à la
dérobée, confiante, tranquille, car sa seule présence la rassurait. C'était un homme trapu,
très large, aux bras puissants, aux cheveux
bruns frisés, et dont les yeux clairs surpre-
naient au milieu d'un visage à la peau tannée,
striée de rides profondes. Il se dégageait de lui
une force qui contrastait avec la fragilité de
Jean Fontanel. Il semblait à Mélina qu'avec lui
toutes les menaces qui pesaient sur sa vie
s'estompaient. C'est sans doute ce qui l'incita
ce jour-là à demander, alors qu'ils venaient de
passer la petite mare d'eau de la Fondial qui ne
s'asséchait jamais, même au plus fort de l'été:

— Et ma mère?

Il tourna vers elle sa tête placide, sans qu'elle
puisse déceler la moindre surprise sur son
visage.

— Elle est morte, ma petitoune, tu le sais
bien, fit-il d'une voix douce et calme à la fois.

— Comment est-elle morte?

Louis tira sur les rênes, arrêta le cheval, la regarda un long moment, hésitant à répondre.

— Ton père t'expliquera un jour, dit-il enfin. Tu es trop petite encore. Ça te ferait trop de mal.

Elle eut beau insister, supplier, Louis ne voulut rien entendre. À partir de ce jour, elle comprit qu'elle ne pouvait compter que sur elle-même. Alors, elle se mit à observer son père, à l'épier, à le surprendre, surtout quand elle revenait seule de la Méthivie et qu'elle savait qu'il ne l'attendait pas. Sa souffrance la poussa même à fouiller le réduit qui lui servait de chambre, sans jamais, toutefois, rien trouver.

Un soir du mois d'août, pourtant, alors que l'orage tournait au-dessus des bois et que le tonnerre ébranlait les collines, Jean Fontanel n'entendit pas rentrer sa fille. Ne l'apercevant pas dans la cuisine, Mélina s'approcha de la porte de la chambre sans bruit. Son père était là, dans l'ombre, à genoux devant le lit, tenant à la main une vieille boîte à biscuits en fer-blanc, immobile, sans un mot. En se haussant sur la pointe des pieds, elle tenta de voir ce que contenait la boîte, mais elle ne put y parvenir. Elle comprit pourtant qu'il parlait à cette boîte avec des mots dans lesquels il lui sembla deviner des reproches. Elle crut qu'il était devenu fou et son cœur s'emballa soudain, la contraignant à reculer. Un coup de tonnerre fit trembler la maison, et la pluie crépita sur le toit. Jean Fontanel referma la boîte et la cacha sous le lit. Mélina fit rapidement marche arrière vers la porte d'entrée qu'elle ouvrit et referma en la claquant de manière à ce qu'il l'entende.

Il apparut dans la cuisine et lui dit de cette voix fiévreuse qu'elle connaissait bien :

— Tu arrives à temps. Je m'inquiétais.

Il tremblait un peu en roulant sa cigarette de tabac gris, et elle ne parvenait pas à lever les yeux vers lui, de peur d'être devinée. Heureusement, l'orage, en crevant de toute sa violence, occupa bientôt leur attention, car la toiture était en très mauvais état, et deux gouttières se formèrent qui les contraignirent à placer des casseroles pour recueillir l'eau de pluie.

Ce soir-là, l'orage s'acharna longtemps sur les collines, au point même que l'on craignit pour les truffières.

— Trop de ruissellement détruit ce qui nourrit la truffe, dit Jean Fontanel. Vivement que l'orage s'éloigne.

Ces mots, pourtant si sensés, ne parvinrent pas à rassurer Mélina : elle était certaine, à ce moment-là, qu'il était en train de perdre la raison.

Aussi, pendant les jours qui suivirent cette découverte, elle ne cessa pas de le surveiller et de penser à la boîte à biscuits. Pourtant, elle attendit longtemps l'occasion de l'ouvrir, car elle redoutait que son père ne la surprenne à son tour. Un matin, cependant, il partit chercher une hache neuve au château en lui disant qu'il en avait pour une heure ou deux. Elle laissa passer un bon quart d'heure avant de pénétrer dans la chambre où, tremblante, elle s'agenouilla devant le lit et glissa sa main entre le matelas de fanes de maïs et le sommier. Elle sentit alors sous ses doigts la boîte qu'elle redoutait tellement, et elle la tira vers elle sans oser la regarder. La pensée lui vint alors qu'elle contenait sans doute une photographie, ou peut-être quelques lettres, et elle en fut rassurée.

Elle la déposa sur le lit, l'examina un moment sans l'ouvrir : on y voyait, sur le couvercle, une chaumière dans un paysage de neige au bord d'une forêt, et, sur les côtés, des frises de houx et de gui. Il devait l'avoir achetée lors d'un Noël lointain, car Mélina ne se souvenait pas l'avoir reçue en cadeau. Elle attendit encore quelques minutes avant de l'ouvrir, avec en elle l'impression de trahir la confiance de son père. Elle souleva enfin le couvercle qui ne fit aucune difficulté pour s'ouvrir, et elle crut que son cœur s'arrêtait de battre, persuadée qu'elle fut, à cet instant précis, que son père était réellement devenu fou. La boîte contenait des cendres, elle n'eut pas besoin de réfléchir plus longtemps pour le comprendre, car elles étaient semblables à celles de la cheminée, et dégageaient la même odeur — une odeur qui était également celle de la grande pièce dans laquelle ils vivaient.

Mélina la referma très vite, la replaça sous le matelas et elle s'enfuit en direction de la Méthivie pour confier à la Miette ce qu'elle venait de découvrir. Elle courut un moment, le cœur fou, avant de s'arrêter brusquement, foudroyée par une pensée soudaine : elle ne devait en parler à personne, sinon on enfermerait son père, comme cet homme dont la Miette racontait l'histoire à la veillée : ayant perdu un procès avec son voisin pour quelques ares de terrain, il creusait chaque jour entre les deux propriétés un fossé de cent mètres de long qui avait, à l'époque où on l'avait emmené, plus de deux mètres de profondeur. C'était sa femme qui l'avait fait enfermer. Elle ne supportait plus de le voir revenir à la nuit tombée couvert de terre, incapable de s'absorber dans d'autres tâches que ce fossé, et laissant partir en friche une propriété qui avait pourtant été prospère.

Mélina s'assit au bord du chemin, désespérée. Son père avait sombré dans la folie mais elle ne pouvait le confier à personne, car il avait besoin d'elle, cet homme, et c'était à elle de le protéger. Elle se résigna à revenir lentement vers Costenègre, bien décidée à ne rien laisser paraître de la peur qui la faisait trembler depuis quelque temps quand les yeux fiévreux de son père se posaient sur elle et qu'il lui disait, d'une voix étrange, douce et grave à la fois :

— Ma Lina, je n'ai que toi.

La brume, à cette époque-là, frappa brusquement les truffières. C'est une sorte d'oïdium, très difficile à combattre, et qu'on a toujours redouté par ici. Il y avait eu des gelées tardives au début du mois de mai, ce qui est toujours néfaste pour les chênes truffiers. En effet, leur feuillage tendre résiste mal à une chute importante de température. Jean Fontanel et les Carsac s'inquiétaient de voir apparaître les chenilles sur les repousses, mais ce fut la brume qui s'installa. Mélina s'en aperçut un soir du mois de juin, alors que la chaleur était tombée sur les collines depuis deux semaines et qu'un air brûlant oppressait les hommes comme les plantes.

En se penchant sur des petits chênes de

deux ans, elle découvrit une sorte de lait de
chaux sur les feuilles et sur les rameaux,
comme une poudre blanchâtre qui se déta-
chait au toucher et qu'elle ne connaissait pas.
Elle ignorait encore que la brume est provo-
quée par un champignon : le blanc du chêne,
qui hiberne sous les écailles des bourgeons.
C'est le développement de ce champignon
qu'on appelle brume et dont la prolifération
peut contaminer et détruire des truffières
entières.

Ce soir-là, Mélina appela son père qui marchait devant elle, dans le bois d'à côté. Il vint
vers elle, se pencha sur les repousses, les
palpa, les secoua, grommela quelques mots
qu'elle ne comprit pas, puis il s'approcha des
arbres adultes du bois contigu, examina les
feuilles un long moment, les pétrit entre ses
doigts. Comme elle s'approchait à son tour,
Mélina constata que certaines feuilles de ces
chênes-là étaient aussi contaminées. Jean Fontanel se tourna alors vers sa fille et dit d'une
voix qui lui sembla contenir toute la détresse
du monde :

— Pauvres de nous ! Viens vite !

Ils partirent vers le château, courant plus
que marchant, sous un ciel qui avait pourtant
semblé à la petite, tout au long du jour, promettre une soirée et une nuit paisibles. En chemin, son père ne se retourna pas une seule fois
et elle ne put lui poser la moindre question. Il
devait être huit heures du soir quand ils arrivèrent au château où les Carsac étaient en
train de dîner. Jean et Mélina attendirent un
instant sur la terrasse, le temps que Fantille
aille les prévenir, puis Grégoire apparut, bien-

tôt suivi par Antoine. Le bordier expliqua en quelques mots rapides ce qui se passait, mais les Carsac ne voulurent pas le croire.

— Voyons! Fontanel! s'exclama Grégoire, ce n'est pas possible! J'y suis passé il y a huit jours.

— Demandez à la petite.

Mélina confirma, sous le regard inquiet d'Albine Carsac et de Fantille apparues sur la terrasse. Ils repartirent, tous silencieux, sur la charrette conduite par Antoine, Jean Fontanel et sa fille à l'arrière, les Carsac à l'avant, sur la banquette de cuir. Il faisait presque nuit quand les trois hommes se penchèrent sur les repousses touchées par la maladie. Mélina demeura un peu à l'écart, craignant pour son père des reproches qui, effectivement, ne tardèrent pas :

— Enfin, Fontanel! s'écria Grégoire Carsac, comment ne vous en êtes-vous pas aperçu plus tôt?

Le bordier ne répondit pas. Il demeurait face aux propriétaires, immobile, les bras ballants, semblant porter sur ses épaules une écrasante culpabilité. Les Carsac s'approchèrent de la truffière voisine et constatèrent, comme Mélina et son père l'avaient déjà fait, que certaines feuilles là aussi étaient touchées. Le vieux Grégoire fut le premier à retrouver ses esprits. Rabrouant son fils, qui, à son tour, s'en prenait à Jean Fontanel, il ordonna :

— Demain, à la première heure, je vous ferai apporter du permanganate de potasse et du soufre. Louis Sauvénie viendra vous aider. Je vais le prévenir.

Le bordier, accablé, acquiesça de la tête. Il

semblait coupable et Mélina ne comprenait toujours pas pourquoi. Il savait, le pauvre homme, pour s'être battu contre la brume une fois, que les traitements de fongicides sont très toxiques pour la truffe. Autrement dit, la récolte de cette truffière était perdue pour trois ou quatre ans, peut-être définitivement. Cependant, on ne pouvait pas faire autrement que de prendre le risque de traiter afin que la maladie ne se propage pas dans les bois des alentours.

Mélina eut envie, ce soir-là, de crier à son père de se défendre, qu'il n'était en rien coupable de ce qui se passait, mais elle n'en trouva pas la force. Pourtant, elle lui en voulait de se laisser humilier ainsi alors que, sans lui et le secret dont il était le dépositaire, les truffières des Carsac n'auraient pas été aussi productives. Elle s'éloigna de quelques pas pour ne pas assister à la mise en accusation qui suivit, mais de toute sa vie elle n'oublia rien de ces instants-là. Mortifiée, refoulant ses larmes, elle se jura, dans la nuit tombante, que personne, jamais, ne lui parlerait à elle de cette manière, toute démunie qu'elle était, petite et faible, sans rien pour l'aider, sinon cette force qu'elle sentait bouillonner au fond d'elle-même, parfois, devant l'injustice, et qui la laissait toute surprise, vaguement effrayée.

Le lendemain, dès le lever du jour, Louis Sauvénie arriva sur sa charrette avec les produits que, sur ordre de Grégoire Carsac, il était allé prendre au château dans la nuit. Commença alors un travail de soufrage très pénible sous la chaleur accablante, mais aussi sous l'œil des Carsac venus assister aux opérations. Il fallut trois jours pour soufrer les repousses et les feuilles des chênes adultes touchés par la maladie. Sa poudreuse à la main, Mélina n'y voyait presque plus dès la mi-journée, tellement le soufre faisait pleurer ses yeux, sans qu'elle songeât à se plaindre. Tout occupée qu'elle était à ce travail minutieux, au contraire, elle ne pensait plus à la boîte à biscuits, et son père, absorbé par sa tâche, redevenait celui qu'il avait toujours été. Le soir, elle se lavait à grande eau à la fontaine pour faire disparaître le soufre collé sur ses cheveux, ses cils, ses ongles et sa peau. Elle avait surtout très mal aux yeux, et elle pleurait sans cesse. Alors, en la voyant épuisée, les yeux rougis, son père lui disait :

— Tu sais, Lina, tu lui ressembles.

Cette année-là, la récolte fut mauvaise, à cause de la brume, certes, mais aussi à cause des gelées tardives qui s'étaient abattues sur les bois pendant les saints de glace. Par ailleurs, il n'avait pas assez plu pendant l'été, au moment où la truffe en a le plus besoin. On comprit dès le mois de décembre, en commençant à les caver — c'est-à-dire à les chercher —, que ce ne serait pas une bonne année. La truie n'était pas franche, et il lui arrivait de donner de fausses indications pour obtenir son maïs, ce qui n'était pas dans ses habitudes. En portant la récolte au château tous les soirs, Jean Fontanel baissait la tête, accablé, car il avait la passion de son métier, et la seule estime qu'il nourrissait pour lui-même était due à son savoir et à ses connaissances acquises au cours des années. Mélina le suivait malgré ses craintes de le voir encore humilié, ce qui ne manqua pas de se produire un soir où ils avaient cheminé malgré le froid et le vent du nord. Mais, ce soir-là, elle ne put le supporter. De retour à Costenègre, une fois qu'ils furent attablés face à face, elle lui dit d'une voix qu'elle voulut la plus douce possible :

— Il ne faut plus.

Il leva vers elle des yeux dévastés, comprit sans doute qu'il risquait de la perdre et répondit :

— Tu as raison. On n'a pas le droit de parler ainsi à des gens honnêtes.

Trois jours plus tard, alors que Grégoire Carsac et son fils multipliaient leurs reproches, Jean Fontanel leur répondit, d'une voix qui les surprit par sa fermeté :

— Puisque c'est ainsi, monsieur Grégoire, la petite et moi, nous partirons demain.

D'abord stupéfait, le vieux Carsac faillit s'étrangler, puis il demanda d'un ton chargé de mépris :

— Partir ? Et pour aller où ?

— On trouvera. Les gens d'ici me connaissent.

Et, dans le lourd silence qui se fit, Jean Fontanel ajouta poliment :

— Il faut comprendre monsieur Grégoire, j'ai du savoir et beaucoup de courage.

Il se retourna, s'en alla sans un mot de plus, laissant les Carsac abasourdis, incrédules, tandis que Mélina sentait gonfler en elle une immense vague de joie, d'amour éperdu pour cet homme qui venait en une minute de reconquérir sa dignité. Et pourtant on était en

hiver. Il faisait de plus en plus froid, le grand
gel était annoncé par le vent du nord, et ils ne
savaient pas où aller. Ce soir-là, au coin de la
cheminée, assis sur la salière, le bordier ne dit
pas un mot, mais il sembla à sa fille qu'il était
heureux.

Le lendemain, « le cœur manqua » à Mélina
au moment de rassembler ses affaires et de
quitter la bonne chaleur de l'âtre. Dehors, il
avait gelé. Tout était blanc, pétrifié, et le ciel
resplendissait, avec ces éclats de fer-blanc que
le soleil de l'hiver fait si bien miroiter ces
jours-là. On avait du mal à regarder par la
fenêtre, et le froid pénétrait jusqu'aux os,
même dans les maisons. Alors que la petite
hésitait, prête à capituler, son père éteignit le
feu, balaya, jeta un grand sac sur son épaule et
sortit — ils ne possédaient rien d'autre que
leurs effets personnels car tous les meubles
appartenaient aux Carsac. Elle le suivit sans
un mot et ils prirent le chemin de Sorges, dans
la direction opposée à Salvignac. Elle se jura, à
ce moment-là, de ne plus jamais en vouloir à
cet homme qui marchait sans se retourner,
farouche et déterminé, portant sur son dos
tout leur bien.

À deux kilomètres de Costenègre, cependant, il s'arrêta et lui montra les chênes dont
quelques-uns avaient encore leurs feuilles de
ce vieil or qui leur vient à l'automne avant de
virer au cuivre et de tomber.

— Regarde, Lina, lui dit-il, ils nous font
cadeau du plus bel or de la terre.

Et, comme elle s'approchait, il demanda :

— Sais-tu pourquoi ?

— Non.

— Parce qu'ils nous aiment.

Elle laissa tomber son sac et enserra la taille de son père dans ses bras. Il lui entoura les épaules et ils restèrent ainsi un long moment silencieux, incapables de se remettre en route. Ce fut lui qui fit le premier geste, dénouant son bras, puis la petite fit de même. Ils repartirent, entre les chênes qui resplendissaient sous le soleil du matin, ces chênes d'or que faisait doucement frissonner le vent du nord, dans un murmure doux comme une caresse.

Il ne leur fallut pas longtemps pour arriver à Sorges, qui n'est situé qu'à cinq kilomètres de Costenègre. C'est un village de petites maisons bien sages groupées autour d'une église romane, sur la grand-route qui mène de Périgueux à Thiviers, c'est-à-dire sur l'axe principal qui relie le Périgord au Limousin. Une petite place rectangulaire bordée de commerces y abrite les marchés et sert de lieu de rencontre aux habitants. Une grande paix règne entre ces murs couleur de sable où Mélina, plus tard, ne revint jamais sans émotion. À cause sans doute de ce jour d'hiver, où, à onze heures du matin, elle était assise sur une murette, près de son père, leur sac posé devant leurs pieds.

Les gens, en passant devant eux, les reconnaissaient et les saluaient de la tête. Ils ne comprenaient sans doute pas ce qu'ils faisaient là, dans le froid, alors que ce n'était pas jour de marché. Trois ou quatre vinrent leur parler, mais, croyant qu'ils attendaient quelqu'un, ne s'inquiétèrent pas de leur situation. Mélina devina que son père ne demanderait rien, et que, au contraire, il était certain qu'on lui proposerait du travail en raison de sa connaissance des truffes et de sa réputation. Il ne se rendait pas compte que personne ne devinait la raison de leur présence sur cette place ouverte à tous les vents.

Elle ne l'en aima que davantage ce jour-là, pour cette inconscience un peu folle, ce courage insensé, alors qu'elle ne l'avait cru capable que de subir, y compris les reproches les plus injustifiés au sujet d'un travail auquel il se dévouait corps et âme. Il restait là, assis près d'elle, très droit, les mains sagement posées sur ses genoux, plein de confiance, et la petite avait envie de lui crier d'aller vers les gens, de leur expliquer, de les supplier de ne pas les laisser seuls dans la nuit qui tombe tôt en hiver, mais elle n'en avait pas la force.

Vers une heure de l'après-midi, tandis qu'ils mangeaient leur pain et un morceau de fromage sur la place maintenant déserte, la charrette de Grégoire Carsac apparut brusquement. Il les aperçut aussitôt, fit manœuvrer le cheval, s'arrêta devant eux, les observa un long moment et descendit.

— Enfin, Fontanel, est-ce bien raisonnable tout ça? demanda-t-il d'une voix que Mélina ne lui connaissait pas.

— J'ai des défauts, monsieur Grégoire, dit le bordier, mais je connais les truffes.

— Bien sûr, Fontanel, fit Grégoire Carsac. Qui vous a dit le contraire?

Et, comme s'il ne comprenait pas:

— Où comptez-vous aller, comme cela?

— Me placer.

— Voyons, Fontanel, vous savez bien où se trouve votre place: elle est à Costenègre, au milieu de nos truffières.

— Plus aujourd'hui, monsieur Grégoire.

— Et pourquoi donc ?

— Parce que je n'y ai plus de fierté.

Grégoire Carsac s'attendait à tout, sauf à ces mots qui semblèrent le frapper de stupeur.

— Et depuis quand ? demanda-t-il, déconcerté.

— Depuis que vous me l'avez prise.

Grégoire Carsac réfléchit quelques instants, son regard courut du père à sa fille, puis revint vers lui.

— Eh bien, je vous la rends, Jean, dit-il, parce qu'il est vrai que c'est vous qui en savez le plus et que sans vous nous n'aurions jamais eu de si belles récoltes.

Jean Fontanel ne répondit pas. La petite le sentait trembler légèrement contre elle, et il lui tardait qu'il accepte de rentrer à Costenègre car elle avait très froid. Il n'y consentit pas tout de suite, cependant, et demeura debout, les bras le long du corps, comme s'il attendait encore quelque chose.

— Si c'est des excuses que vous voulez, dit Grégoire Carsac, je vous les présente, de la part de mon fils et de moi-même.

— Ce ne sont pas des excuses que je veux, dit le bordier. C'est du respect.

— Vous l'aurez, Jean, dit le vieux Carsac avec un accent de sincérité. Nul ne vous en manquera plus.

Le bordier se tourna alors vers sa fille, comme s'il guettait une approbation. Elle vit à la lueur qui s'était allumée dans ses yeux qu'il était heureux. Elle approuva discrètement de la tête, lui sourit.

— C'est entendu, monsieur Grégoire.

— Allez! Montez! dit le vieux Carsac. Vous savez bien que nous avons besoin de vous.

Jean Fontanel souleva Mélina dans ses bras et la hissa sur la charrette. Elle s'assit à l'arrière, face à lui, à l'abri du vent. Les yeux de son père brillaient d'une joie un peu enfantine, pleine de cette innocence qui lui venait parfois quand il était ému. Elle aurait voulu se blottir contre lui, mais elle n'osait pas, sans doute à cause de ce trop-plein d'amour qui les submergeait l'un et l'autre dès qu'ils se trouvaient face à face.

Elle regretta longtemps de n'avoir pas su, ce jour-là, être capable de lui montrer combien, dans sa révolte, dans son dénuement, elle le trouvait beau, grand et irremplaçable.

3

À la fin de l'été qui suivit, après deux ou trois entrevues, le maire de Salvignac, soucieux de faire appliquer la loi, réussit à convaincre Jean Fontanel de laisser sa fille aller à l'école. Mélina ne sut pas exactement ce qui se dit le jour de la visite décisive du maire à Coste-nègre, mais elle entendit crier les deux hommes depuis la remise où elle s'était réfugiée. Une fois le maire reparti, son père vint la trouver, l'air grave, et lui dit :

— Tu iras donc à l'école en octobre. Il le faut.

Elle eut bien du mal à lui cacher sa joie,

mais elle s'y efforça car elle savait à quel point il avait besoin de sa présence. D'ailleurs, au cours des trois semaines qui les séparaient du début du mois d'octobre, il redevint agité, fiévreux, et la petite l'entendit plusieurs fois parler à la boîte à biscuits. Son angoisse, un moment oubliée, se réveilla. Un soir, peu avant la rentrée, Mélina l'attendit en vain, alors que la nuit était tombée. Elle sortit, munie de la lampe à pétrole, le chercha un moment, l'appela, mais nul ne lui répondit. Elle se coucha, folle d'angoisse, et ne put s'endormir, redoutant d'entendre l'un de ces coups de fusil, qui, chaque fois, la faisaient se dresser, le cœur battant, sur son lit. Il rentra au milieu de la nuit, et, quand il vint la voir, comme à son habitude, pour remonter la couverture sur ses épaules, elle feignit de dormir.

Mélina apprit bien plus tard qu'il s'était rendu chez les Sauvénie, cette nuit-là, pour leur demander de convaincre le maire de ne pas exiger la présence de la petite à l'école, mais il n'y avait trouvé aucun secours. La Miette et Louis y envoyaient leur fils Pierre depuis deux ans, persuadés qu'il était indispensable de recevoir de l'instruction pour mieux se défendre dans la vie. Ensuite, Jean Fontanel avait dû errer dans les bois pendant une heure ou deux, puis, exténué, s'était enfin décidé à se coucher.

La veille de la rentrée, alors qu'ils finissaient de dîner, le bordier alla brusquement décrocher le portrait de sa femme dans la chambre, le posa devant sa fille, et, brusquement, lui dit :

— Regarde-la, Lina, regarde-la bien.

La petite observa un instant ce visage dont elle connaissait les moindres détails, et qui venait souvent hanter ses nuits, tout en se demandant ce qu'il y avait de changé en lui, ce soir-là, ou susceptible de révéler une vérité cachée.

— Regarde comme elle était belle, reprit son père.

Il ajouta, comme elle s'efforçait d'examiner le portrait avec le plus d'attention possible :

— Si on te dit des choses sur elle, là-bas, il ne faudra pas les croire. Il faudra te rappeler ses yeux, son regard, et cette bonté qui était sienne.

Elle promit. Il parut rassuré, rapporta le portrait dans la chambre, et ne parla plus de la soirée. Mélina eut alors l'impression que s'il voulait la garder près de lui, sans contact avec le monde extérieur, excepté la Méthivie ou le château, c'était pour protéger une mémoire qui était menacée. Elle se posa des questions une grande partie de la nuit et ne put trouver le sommeil que vers quatre heures. Alors, épuisée, elle s'endormit, sous le regard de cette femme, sa mère, où elle avait décelé depuis longtemps, outre une évidente bonté, une blessure dont elle était certaine qu'elle n'avait cessé de souffrir.

Le lendemain, elle se mit en route de bonne heure, avec, au bras, un panier dans lequel elle portait ses provisions pour le repas de midi. Il avait été entendu avec la Miette qu'elle passerait à la Méthivie pour faire route avec Pierre. Le trajet serait plus long, mais le fait de marcher près de Pierre, et d'affronter le monde inconnu de l'école en sa compagnie, avait paru à Mélina préférable aux affres de la solitude.

Pierre était un garçon placide, plutôt fort
pour son âge, à l'image de ses parents. Ses
yeux, couleur de châtaigne, semblaient ne
jamais ciller sous un front large et des cheveux
épais, très noirs, dont il ne parvenait pas à
coucher les épis. Il était lourd, malhabile, un
peu pataud. Pourtant il y avait déjà entre lui et
Mélina une grande amitié du fait qu'ils se
côtoyaient depuis toujours. Ils avaient partagé
les mêmes Noëls, les mêmes repas, les mêmes
jeux à la Méthivie lorsque la petite s'y rendait
avec son père, et elle avait en lui une grande
confiance.

Ils marchaient côte à côte, ce matin d'octobre, au milieu des chênes qui commençaient à
peine à changer de couleur, lui avec son car-
table, elle avec son panier qui ne contenait ni
livres ni cahiers, encore, seulement du pain,
du lard et un morceau de fromage. Il faisait
beau, les bois crépitaient dans les premiers
rayons chauds du soleil, et cependant il semblait à Mélina qu'elle allait prendre pied dans
un monde encore plus menaçant que celui
dans lequel elle avait vécu jusqu'alors. Pierre,
pour la rassurer, ne cessait de lui répéter :

— N'aie pas peur, Lina. Je suis là. Je ne
t'abandonnerai pas.

Cependant, les pas de Mélina se faisaient de
plus en plus hésitants à mesure qu'ils approchaient de Salvignac. Et quand ils laissèrent le
château des Carsac sur la gauche pour descendre le chemin conduisant à la grand-route
qui traverse le village, elle refusa d'avancer et
s'assit sur le talus. Pierre, désemparé, prit
place à ses côtés et demeura un moment silencieux. Puis il lui parla, mais elle ne l'entendit

pas : à l'instant d'affronter le monde, c'était la crainte de son père à la laisser aller vers lui qui la clouait sur place. Elle devinait qu'elle y ferait des découvertes que, depuis toujours, le pauvre homme avait voulu lui épargner.

— Enfin, Lina, dit Pierre, nous allons arriver en retard et nous faire punir.

La peur d'une punition donna du courage à la petite, d'autant que Pierre la prit par la main et ne la lâcha plus.

L'école était située un peu plus loin sur la gauche, au flanc de la colline. Deux escaliers de pierre y conduisaient, qui la rendirent, ce matin-là, encore plus difficile à atteindre à Mélina. À gauche se trouvaient les cours préparatoires dirigés par l'institutrice : Mme Servantie ; à droite les cours moyens et la classe du certificat d'études qui étaient placés sous la responsabilité de son mari. La cour de récréation, située entre les classes et les escaliers, était séparée en deux par une murette : un côté destiné aux filles, l'autre aux garçons.

À leur arrivée, Pierre dut donc abandonner Mélina, mais il demeura près de la murette, alors que, sous le regard curieux des fillettes de son âge, elle s'efforçait de reconnaître, tout en bas, l'univers familier de l'église et de sa place où elle se rendait chaque dimanche avec la Miette. Plus loin, entre les frondaisons de très beaux peupliers, elle apercevait une rivière dont elle ne s'était jamais approchée, car elle se trouvait à l'autre extrémité du village, sur la route de Cubjac, et dont elle ne savait même pas, alors, qu'elle se nommait l'Isle.

C'est à peine si elle osait respirer, ce

matin-là, tandis que Pierre l'encourageait du regard : elle venait de remarquer qu'elle était la seule à porter des sabots et à ne pas avoir de tablier. Elle se sentit si différente des autres qu'elle faillit s'élancer pour s'enfuir, quand une voix très douce demanda :

— Tu es Mélina Fontanel ?

C'était la maîtresse d'école. Brune, les cheveux frisés, les yeux verts, vêtue d'une blouse blanche, elle lui souriait, et la petite se demandait pourquoi elle ne l'appelait pas Lina, comme on l'avait toujours fait. Elle parvint à hocher la tête, sans prononcer le moindre mot.

— Viens ! suis-moi ! lui dit la maîtresse d'école. Je vais te montrer ta place.

Elle l'emmena dans la classe, lui désigna de la main l'un des bancs au pupitre incliné, au bois rugueux éclairé par le blanc laiteux d'un encrier de porcelaine, qui se trouvait juste devant son bureau. Puis elle dit à Mélina qui se sentit dès lors en confiance :

— Tu t'assoiras là. Juste devant moi, pour que tu m'entendes bien.

Ensuite elle lui donna une ardoise, un plumier, un porte-plume, des livres couverts de papier bleu et ajouta :

— Je suis sûre que tu rattraperas vite ton retard. Tu peux compter sur moi, ma fille, je t'aiderai.

C'était la première fois qu'on l'appelait ma fille. La petite eut vers la maîtresse un élan que celle-ci n'osa arrêter. Au contraire, prenant la main tendue vers elle, elle la serra dans les siennes, puis, l'ayant lâchée, elle lui caressa la joue de ses doigts. Après quoi, abandonnant brusquement son sourire, elle demanda à

Mélina de parler français et non patois pendant la classe. En effet, pour avoir toujours
vécu avec son père et avec les Sauvénie,
Mélina mêlait l'un et l'autre, ce qui lui donnait
un langage très particulier dont elle s'était déjà
aperçue, dans la cour, à quelques mots prononcés, qu'il faisait rire les autres élèves.

Dès ce premier jour, pour faire plaisir à sa
maîtresse, la petite s'efforça de bien écouter et
d'imiter Pierre qui était assis à sa droite, dans
la rangée du milieu, avec ceux qui savaient
déjà lire. La matinée passa sans qu'elle s'en
rende compte, tant elle était captivée par ce
qu'elle entendait. Elle fit provision de tout,
même de ce qui ne lui était pas directement
destiné : de mots nouveaux entendus au cours
d'une dictée, d'une leçon de choses sur les
feuilles de marronnier, d'une page d'histoire
sur les Gaulois. À midi, rassurée, enchantée,
elle s'assit face à Pierre sur la murette, et ils
partagèrent ce qu'ils avaient apporté.

— Tu vois, lui répétait-il, tu n'avais pas
besoin d'avoir peur : tout se passe bien.

Un peu d'appréhension, pourtant, saisit de
nouveau Mélina quand l'heure de la rentrée
d'après midi approcha, mais la maîtresse vint
la prendre par la main pour la conduire en
classe où elle lui enseigna les premières lettres
de l'alphabet. Elle ne fut pas peu fière, le soir
venu, en rentrant chez elle, de montrer à son
père son cahier et son livre de lecture. Il feignit
de s'en réjouir, alors qu'il devinait combien
cette nouvelle vie allait de plus en plus éloigner
sa fille de lui.

En quelques jours, en effet, Mélina fut
complètement métamorphosée. L'attention

que lui témoignait la maîtresse et la révélation qu'elle pouvait apprendre très rapidement tout ce qu'elle voulait lui firent comprendre que la vraie vie n'était pas celle qu'elle avait menée sur les terres des Carsac, au milieu des truffières. Si sa soif de connaissance lui fit rattraper son retard en très peu de temps, les félicitations répétées de la maîtresse provoquèrent les jalousies de ses compagnes qui ne tardèrent pas à se manifester dans la cour de récréation.

L'une d'elles, précisément, sans doute parce qu'elle apprenait avec beaucoup de difficultés, poursuivait Mélina de ses sarcasmes et de ses moqueries à propos de ses vêtements et de ses sabots éculés. Mélina avait bien demandé des chaussures à son père, mais il lui avait répondu qu'il fallait attendre Noël, quand il aurait vendu les foies gras. Un jour de novembre, cette fille, qui se prénommait Rosalie, alors que Mélina avait été félicitée une fois de plus dans le même temps où elle avait été tancée par la maîtresse, lui lança, dans un angle de la cour où elle l'avait habilement attirée :

— Ce n'est pas étonnant que tu apprennes facilement : tu es une sorcière, comme ta mère. Et comme elle, tu finiras brûlée vive dans une truffière.

Mélina, à ces mots, crut que son cœur éclatait. Il lui avait suffi de quelques secondes pour comprendre tout ce que son père avait tenté de lui cacher, les lourds mystères de ce passé qui s'expliquaient soudain : l'absence de sa mère au cimetière, les cendres dans la boîte à biscuits, la douleur de son père et son incapacité à parler d'elle. Il fallait s'enfuir de ces lieux où l'on venait de lui faire tant de mal, et où, pour la première fois de sa vie, elle se sentait submergée par trop de douleur. Elle franchit le portail, puis les escaliers, et se mit à courir aussi vite qu'elle le pouvait, prenant instinctivement la direction de Costenègre où elle arriva à bout de souffle, hagarde, échevelée, tenant à peine sur ses jambes.

Elle n'eut aucun mal à trouver son père qui travaillait dans la truffière la plus proche de la maison. Quand il l'aperçut, dès avant qu'elle ne parle, il comprit que ce qu'il redoutait était arrivé. Il s'affaissa sur lui-même quand la petite lui dit d'une voix qui eut bien du mal à passer ses lèvres :

— Elle est morte brûlée. On me l'a dit.

Il lâcha son bigot, vint vers elle, demeura un instant immobile, puis lui prit le bras et murmura :

— Tu comprends maintenant ? Tu comprends pourquoi je ne voulais pas que tu ailles à l'école ?

Elle n'eut même pas la force de répondre. Il l'entraîna vers la maison, la fit asseoir, et, en la sentant si désespérée, si souffrante, il trouva enfin les mots qui s'étaient si longtemps refusés à lui :

— Elle a essayé d'éteindre le feu, mais c'était en août et tout était très sec. Elle a dû se laisser encercler ou se faire assommer par la chute d'un arbre et elle n'a pas pu se sauver.

Il ajouta, si bas que Mélina entendit à peine :

— Quand on l'a retrouvée, elle était tellement noire que je ne l'ai pas reconnue. On l'a ramenée à la maison, et je l'ai veillée seul.

Cette nuit-là, je n'ai pas pu supporter de la voir comme ça, calcinée, défigurée, alors qu'elle était si belle. Je ne sais pas ce qui m'a pris. Il m'a semblé que je devais l'aider, qu'elle ne pouvait pas rester dans cet état. Tu comprends ?

Mélina fit « oui » de la tête.

— Alors, j'ai achevé ce que le feu avait commencé.

Elle ne trouva pas la force de lui demander comment. Il y eut un long silence entre eux, tandis qu'il la regardait comme s'il la suppliait de lui pardonner. Elle était au-delà de l'horreur et bien incapable de prononcer le moindre mot. Il ajouta, dans un soupir :

— Quand elle se battait contre le feu, j'étais à la Méthivie, pour le dépiquage.

Mélina demeura un moment silencieuse, écrasée par cette révélation, sans même trouver la force de pleurer. Elle demanda alors à son père :

— Qui a mis le feu ?

— On ne sait pas, répondit-il, fuyant son regard.

Elle devina qu'il mentait et qu'elle venait de s'approcher d'un autre secret, peut-être plus terrible encore.

— C'était très sec, tu sais, ajouta-t-il. Parfois, en cette saison, ça prend tout seul. Il suffit d'un morceau de verre sous le soleil.

Elle ressentit le besoin de le questionner encore, malgré sa voix qui tremblait :

— C'est arrivé quand ?

— Sept mois après ta naissance.

Il lui proposa ensuite de lui montrer les cendres qu'il avait gardées, mais elle refusa,

sans oser lui dire qu'elle savait où il les
cachait. Puis, soudain, alors qu'ils demeuraient assis face à face, silencieux, il reprit cet
air fiévreux qui inquiétait tant Mélina et lui
dit, d'une voix qui lui donna la conviction de se
trouver devant un nouveau mystère :

— Tu sais, Lina, il faut me croire : c'est moi
qu'elle aimait.

Il fallut toute la persuasion, toute la douceur
de la maîtresse d'école pour convaincre Mélina
de retourner en classe. Elle lui promit que plus
personne, jamais, ne lui ferait de mal, et la
petite finit par céder, devinant qu'il était vital
pour elle de ne pas se replier sur sa souffrance,
et de quitter ces truffières où, pendant les huit
jours qui avaient suivi sa fuite de l'école, elle
n'avait cessé d'errer, cherchant les traces de
celle qui y avait laissé sa vie.

Dans la cour, Rosalie ne s'approchait plus
d'elle : elle avait dû être sévèrement punie.
Pierre ne s'éloignait pas de la murette, surveil-
lant Mélina du regard, et la maîtresse se montrait encore plus attentionnée qu'auparavant.
La douleur qui brûlait en elle s'estompa un
peu, même si elle continua de questionner
Pierre en chemin, ou de s'interroger à voix
haute.

— Enfin, Lina, lui répondait-il, qui veux-tu
qui ait mis le feu ? C'est fréquent que des bois
brûlent en été.

Avec le temps, elle oublia un peu la révélation de Rosalie, passionnée qu'elle était par la
lecture et l'écriture. Avant la Noël de cette
année-là, elle sut écrire presque tous les mots
de son livre. À partir de Pâques, elle fut en

mesure de lire avec ceux qui avaient un an d'avance sur elle au début de l'année. Ces progrès et cette aptitude à apprendre plus vite que les autres finirent par adoucir un peu sa blessure.

C'est vers cette époque-là que le curé de Salvignac exigea sa présence au catéchisme, le dimanche matin avant la messe, et le jeudi après-midi. Si son père accepta de la laisser aller le dimanche, puisque de toute façon elle se rendait à l'église avec la Miette, il s'opposa à ce qu'elle se rende à Salvignac le jeudi, car c'était le seul jour où elle pouvait travailler avec lui. Or il avait besoin de son aide autant que de sa présence. Sur l'intervention de Grégoire Carsac, le curé s'inclina, mais la petite paya très cher en actes de contrition ce manque d'assiduité.

Pourtant le curé Bonneval, originaire du Rouergue voisin, était un homme de la terre, un fils de paysans. Grand, fort, le teint très brun, les cheveux ondulés peignés en arrière, il aurait dû se montrer compréhensif envers Jean Fontanel qui était seul pour travailler les truffières, mais les exigences de la religion passaient pour lui avant les préoccupations terrestres. Dès lors, Mélina dut mettre les bouchées doubles et rattraper en chemin, grâce à Pierre, son absence des jeudis. Ce ne fut pas difficile, car elle avait réellement le goût d'apprendre, même si elle ne comprenait rien aux mystères que l'on prétendait lui enseigner.

Des messes auxquelles elle assistait depuis déjà quelques années, elle ne s'intéressait qu'aux chants et à ces paroles latines qui semblaient composer une sorte de musique dont les sons l'enchantaient. Leur signification lui échappait, évidemment, comme celle de la messe elle-même, mais elle se trouvait bien dans ce lieu aux couleurs tendres, où les gens semblaient baigner dans une béatitude qui éloignait les menaces du monde. Elle chantait donc, protégée par les saints et les anges, les *Gloria* et les *Ave,* dans une confiance qui lui faisait découvrir une douceur étrange, dont elle se plaisait à imaginer qu'elle aurait été celle de sa mère si elle avait eu la chance de grandir près d'elle.

Au catéchisme, elle montra dès le premier jour beaucoup de réserve, quand le curé prétendit lui enseigner que Dieu était infiniment bon, infiniment aimable, alors qu'il avait laissé sa mère brûler dans un bois. Comment pouvait-on accepter une chose pareille ? Si Mélina ne se rebella pas, car elle n'en avait pas la force, encore, elle décida une bonne fois pour toutes que cette vérité-là ne serait jamais la sienne. Ainsi, la communion des saints et la rémission des péchés lui demeurèrent-elles complètement étrangères, de même que le Saint-Esprit ou la résurrection de la chair. Elle fit juste ce qu'il fallait pour ne pas attirer les foudres du curé et, par la même occasion, celles de ce Dieu que l'on disait si bon mais dont elle savait, elle, à quelles limites se heurtait sa bonté.

À l'école, dès qu'elle sut lire, ce fut totalement différent. Elle se passionna pour les poèmes qu'elle récitait dans une sincérité totale, éblouie par la beauté de ce langage qui lui donnait accès à un univers dont elle sut, tout de suite, qu'il pouvait la conduire vers plus de grandeur. Les rimes l'emplissaient de joie, d'un bonheur qu'elle n'avait jamais connu, et lui faisaient peu à peu retrouver la confiance qui avait été tellement ébranlée par Rosalie. Pendant tout le trajet vers la Méthivie, elle ne cessait de réciter les vers qu'elle avait écrits avec soin dans son cahier, comme ceux-ci, qui revenaient en elle à la manière d'un refrain :

*Quand nous habitions tous ensemble*
*Sur nos collines d'autrefois*
*Où l'eau court, où le buisson tremble*
*Dans la maison qui touche aux bois...*

Elle oublia ainsi ses tourments, au moins pendant quelques semaines, et vécut la même vie que ses camarades, dont pas une, pourtant, ne devint une véritable amie. Sans doute Mélina leur faisait-elle peur, farouche comme elle l'était, sauvage, même, au point de ne jamais se mêler à leurs jeux dans la cour de récréation. Elle se contentait de la compagnie de Pierre et de la Miette. Grâce à eux elle pouvait s'échapper de Costenègre où son père souffrait de la voir de plus en plus absente. Il ne lui en faisait pas de reproche, au contraire : il était plus que jamais silencieux. Elle le sentait hostile, pourtant, et se rendait volontiers à la Méthivie où Pierre et la Miette devenaient peu à peu sa véritable famille.

À l'occasion des Rameaux de cette année-là, la Miette coupa des branches de laurier, y suspendit des œufs en chocolat, des petits anges en sucre, et conduisit à la messe Pierre et

Mélina, elle-même portant des rameaux de
buis afin de les faire bénir. La petite savait,
pour les avoir remarqués, que la Miette les
accrochait ensuite au-dessus des portes, à la
Méthivie, afin de protéger sa maison du malheur. Mélina en rapporta naturellement une
ramille chez elle et l'accrocha au-dessus du
portrait de sa mère. En la découvrant, le soir, à
son retour, son père soupira et dit doucement :

— S'il avait veillé sur elle comme il l'aurait
dû, elle serait encore là aujourd'hui.

Mélina décrocha la ramille de buis et la jeta
dans le feu en se souvenant qu'elle avait
souvent pensé la même chose, avant de se
conduire comme la Miette et ces femmes qui
fréquentaient l'église. C'était la preuve, à ses
yeux, qu'elle changeait, et elle en était contente
car il lui semblait que le monde, en même
temps, s'adoucissait autour d'elle. Aussi
participa-t-elle, cette année-là, aux séances
supplémentaires du catéchisme lors de la
semaine sainte. Un après-midi, les cloches
étant à Rome, les filles et les garçons entre-
prirent une tournée dans la campagne, des
sonnailles dans les mains, pour annoncer
l'office du soir. Les gaufres qu'on leur distri-
bua en chemin aidèrent Mélina à supporter le
jeûne du vendredi saint et l'évocation du sup-
plice de Jésus sur le Golgotha. Le lendemain,
Jésus ressuscita et les cloches revinrent, atti-
rant vers l'église ceux qui ne communiaient
qu'une fois dans l'année.

Jean Fontanel, lui, restait dans les truffières
au lieu de se rendre à l'église, et Mélina craignait beaucoup pour son salut, songeant que
même Louis Sauvénie, qui jurait souvent, fai-

sait ses Pâques. Elle n'osait pas, cependant, en parler à son père, et, pour se faire pardonner ses absences répétées, elle demeura près de lui chaque jour de la seconde semaine de vacances.

C'était le début des grands travaux dans les truffières. Il fallait nettoyer, griffer avec le bigot, couper, élaguer. Mélina passait ses journées courbée vers le sol, mesurant combien était ingrat ce travail, comparé à celui de l'école. Grégoire et Antoine Carsac venaient souvent. Ils se montraient bienveillants, discutaient beaucoup, et semblaient soucieux de ménager leur bordier. Celui-ci répondait juste ce qu'il fallait, mais toujours avec politesse.

Cette année-là, ils décidèrent de reconstituer toute une truffière dont les arbres étaient épuisés. C'était essentiellement dans ce travail que le savoir détenu par Jean Fontanel trouvait à s'exercer. On n'avait pas assez de petits chênes dans les truffières en activité, pour les prélever et les replanter ailleurs. Il était donc nécessaire de choisir des glands, les faire naître en pots et les planter à la place des chênes épuisés que l'on avait sacrifiés. C'était une opération délicate dans le choix des glands mais aussi dans la manière de les faire pousser : on utilisait à cet effet un terreau d'une composition que Jean Fontanel eut le temps de révéler à sa fille avant de mourir.

Lui-même, à l'époque, se cachait pour aller repérer les chênes sur lesquels il recueillait les glands. Cela se passait dans la première semaine de mai. Pourquoi ? À cause de ce secret si protégé, auquel Mélina ne comprenait pas qu'il ne la fît pas participer, elle, sa propre fille, son seul enfant.

En revanche, s'il se cachait pour trier les glands qu'il avait recueillis et faire son dernier tri, il ne se cachait plus pour les planter à la fin du mois de novembre, en accord avec le dicton qui disait : « À la Sainte-Catherine, tout bois prend racine. » Mélina l'aidait, plantant à ses côtés les petits chênes à six mètres de distance les uns des autres dans un sol préalablement labouré, et, surtout, veillant à ce que les jeunes plants fussent inclinés vers le midi, les racines au nord, de manière à ce que leur ombre, plus tard, les protège d'une trop forte chaleur.

Durant ces travaux essentiels, les Carsac veillaient à éloigner les importuns. En effet, si depuis quelques années les paysans se tournaient vers des cultures moins aléatoires et de première nécessité, cela ne les empêchait pas d'envier ces Carsac qui vendaient chaque hiver, dans les marchés de Sorges ou d'Excideuil, près de trois cents kilos de truffes.

Ils n'acceptaient pas la présence de Jean Fontanel à cette occasion, sans doute par peur de le voir rentrer en contact avec des propriétaires qui pouvaient tenter de s'attacher ses services. En outre, comme il n'était ni fermier ni métayer, il ne percevait rien sur la vente des truffes. Simplement, parfois, si la récolte avait été bonne, quelques billets qu'il s'empressait de cacher dans son coffre en noyer. Ce n'était pas que Jean Fontanel fût avare, mais il considérait que lui-même et sa fille ne manquaient de rien puisqu'ils avaient un toit, de quoi manger et de quoi se chauffer. Les vêtements venaient le plus souvent du château ou de la Méthivie : des vêtements usagés, bien sûr, mais qui paraissaient à Mélina, chaque fois qu'elle les revêtait pour la première fois, avoir appartenu aux plus belles princesses du monde.

Un soir de janvier, alors qu'ils avaient la veille livré aux Carsac un sac de truffes, elle demanda à son père pourquoi il ne les suivait jamais dans les foires. Jean Fontanel comprit que sa fille avait très envie de connaître autre chose que Costenègre, Sorges, ou Salvignac, de découvrir ces foires et ces fêtes dont elle entendait parler, surtout à l'école, où l'on rencontrait tant de monde et où l'on pouvait s'amuser.

— Aux premiers beaux jours, je t'emmène-rai au marché d'Excideuil, lui promit-il. Il se tient le jeudi et tu ne vas pas à l'école.

L'hiver parut terriblement long à la petite, cette année-là, et elle ne cessa de guetter les premières feuilles sur les chênes. Mais la nature était en retard et il faisait encore froid au début d'avril. Elle finit par croire que son père avait oublié sa promesse quand il lui dit, un mercredi matin, alors qu'elle s'apprêtait à partir pour l'école :

— Nous irons demain à Excideuil. J'ai demandé à Louis de me prêter la charrette. Est-ce que tu es contente ?

Si elle était contente ! Il ne pouvait pas savoir à quel point il lui faisait plaisir. Pour la première fois, la journée à l'école lui parut interminable, et la nuit qui suivit également. Elle fut debout avant son père, ce matin-là, et ce fut elle qui alluma le feu pour faire chauffer le café. Ils partirent dans le jour qui se levait et teintait le ciel d'un rose où l'on devinait la promesse d'une journée froide mais ensoleillée.

La route d'Excideuil, de Salvignac à Coulaures, longe l'Isle qui serpente le long des
prés, des champs de maïs et de tabac, au fond
d'une vallée étroite coincée entre les coteaux
du causse : à gauche ceux de Salvignac, à
droite ceux de Thenon. Au printemps, le vert
tendre de la vallée tranche sur le gris rosé des
bois d'alentour, où les chênes tardent à mettre
leurs feuilles. C'était le cas, ce matin-là, tandis
que, serrée contre son père qui tenait les rênes,
Mélina regardait la rivière scintiller sous les
premiers rayons du soleil. Les naseaux du cheval jetaient dans la brume légère une fumée
plus épaisse, comme celle des encensoirs. Ils
ne parlaient ni l'un ni l'autre. Il faisait frais,
encore, et Mélina ne savait pas que cette journée lui resterait inoubliable.

Ils dépassèrent le village de Mayac, qui, un
peu à l'écart de la route, sous son château
épaulé de deux tours rondes, disparaissait à
moitié derrière les arbres, puis le hameau des
Réjoux, avant d'apercevoir devant eux les toits
de Coulaures. L'Isle bifurqua soudain sur la
gauche en direction de Thiviers et du Limousin, et l'attelage suivit la Loue, qui lui res-
semble beaucoup : même largeur, même éclat
dans le soleil, et une agilité semblable à franchir les pierres, les gués, les cascades où
frayent les truites. Ils ne rentrèrent pas dans
Coulaures qui était situé à droite de la grand-
route et dont Mélina apercevait le bizarre clocher à bulbe, mais ils continuèrent vers Excideuil dont elle découvrit brusquement le château au détour de la route, sur laquelle, à
présent, de nombreuses charrettes les accom-
pagnaient.

— Nous allons arriver, dit Jean Fontanel. Tu n'as pas froid au moins ?

Non, elle n'avait pas froid, Mélina. Elle ne pensait qu'à ce qui l'attendait là-bas, loin devant, à ce petit bonheur partagé avec son père. Il faisait tout à fait jour depuis Coulaures, et le ciel virait du rose à un bleu très clair. C'est à peine si elle remarqua les quelques maisons de Saint-Pantaly puis de Saint-Martial : elle n'avait d'yeux que pour les deux grands donjons carrés qui, là-bas, semblaient souligner le ciel et dont elle n'avait jamais vu les pareils. Plus l'attelage approchait, et plus ils lui paraissaient immenses.

Il y avait des charrettes partout, à présent, et elles n'avançaient que très lentement. Mélina put contempler le château à sa guise pendant que l'attelage le longeait, avant d'entrer dans le bourg dont les vieilles maisons coiffées de tuiles brunes étaient serrées autour de l'église bénédictine.

Jean Fontanel trouva à garer la charrette en bas de la place du marché, où la vieille halle était trop petite pour abriter tant de monde. Des étals étaient dressés de chaque côté des ruelles en pente, où se mêlaient les poules, les oisons, les volailles de toutes sortes. Mélina suivit son père vers la halle, entre les marchands de chapeaux, de boutons, de fil, de couteaux, d'ustensiles de cuisine. Sous la halle, on vendait des légumes et des fruits, mais aussi et encore des volailles : pintades et dindons, canards et chapons effrayés par les cris des enfants qui dominaient le brouhaha de la foule des acheteurs.

Jean Fontanel rencontra un homme de sa

connaissance, donna à sa fille une pièce et lui
dit :

— Va te promener un peu et retrouve-moi
ici dans une heure.

Puis il se dirigea vers l'une des nombreuses
auberges en compagnie de l'homme qu'il
connaissait. Un peu intimidée au début, la
petite finit par descendre vers la grand-route
où se trouvaient les baraques des colporteurs,
des diseurs de bonne aventure ou des vendeurs
de chansons. Avec la pièce de son père, elle
acheta une gaufre, et, en la savourant déli-
cieusement, elle fit plusieurs fois l'aller et
retour le long de la grand-route, s'arrêtant
devant l'étalage d'une marchande de robes et
de rubans.

— Tu veux quelque chose, petite ? lui
demanda la marchande avec un bon sourire.

Mélina battit précipitamment en retraite,
n'osant avouer qu'elle n'avait pas de quoi acheter le moindre petit ruban, puis elle remonta
vers la vieille halle où elle attendit son père un
moment, assise sur une grosse borne en pierre,
achevant de manger son gâteau.

Quand il apparut, il lui sembla très gai. Il lui
demanda d'une voix qu'elle ne lui connaissait
pas :

— As-tu vu quelque chose qui te ferait plaisir ?

Jamais elle n'aurait osé lui avouer qu'elle
avait très envie d'une robe, mais, comme s'il
l'avait deviné, il l'entraîna vers la grand-route
où se trouvaient les marchands de vêtements.
Là, il lui acheta la première robe neuve de sa
vie : une robe longue de cretonne comme on
en portait à l'époque, à épaulettes et non serrée

à la taille, d'un bleu foncé avec des fleurs
blanches. Quand il eut payé, sans un mot,
Mélina prit sa main et la serra très fort.

— Va vite la porter à la charrette et attends-
moi un moment, dit-il.

Elle attendit beaucoup plus qu'un moment,
sagement assise sur la banquette. La matinée
s'avançait, de plus en plus chaude, de plus en
plus animée. Serrant sa robe neuve contre elle,
elle regardait de tous côtés, faisant provision
d'images, de sons et de couleurs, émerveillée
de côtoyer tant de monde.

Comme son père ne revenait pas, elle partit,
sa robe toujours serrée contre elle, vers la
place de la halle où elle l'attendit encore. Une
heure passa sans qu'il apparaisse. Mélina ris-
qua alors un œil dans la première auberge, où
il ne se trouvait pas. Il y en avait trois autres
autour de la place, toutes aussi bruyantes et
enfumées. Elle découvrit enfin son père dans
la dernière, tout en haut, près de l'église.
S'étant approchée de la porte ouverte, elle
aperçut des hommes attablés, des servantes en
tablier blanc qui circulaient difficilement entre
les tables d'où s'élevait un brouhaha parfois
traversé par les cris des marchands scellant
leur marché en présence des accordeurs, ces
hommes chargés de concilier la demande des
vendeurs et l'offre des acheteurs. Ceux-ci
s'efforçaient de tenir la main dans laquelle le
marchand devait frapper, mais elle se rétrac-
tait souvent au dernier moment, et les discussions reprenaient, de plus en plus agitées,
de plus en plus bruyantes. À part les servantes,
il n'y avait pas de femmes. Aussi ce fut en retenant son souffle que, ne voyant pas son père,

Mélina s'avança entre les tables, poussée par la peur de l'avoir perdu, si loin de leur maison.

Elle le découvrit derrière la grande cheminée, attablé avec le même homme qu'au matin. Quand il l'aperçut, comme s'il était pris en faute, Jean Fontanel se leva brusquement, laissa tomber une pièce sur la table, puis il vint vers elle, balbutia quelques mots qu'elle ne comprit pas et sortit en lui faisant signe de le suivre.

Il se dirigea vers la grand-route, dépassa la halle, se retournant de temps en temps pour voir si sa fille le suivait. Comme ils arrivaient en bas, brusquement, il s'arrêta. À deux pas de lui, une femme vêtue de noir, immobile, l'observait. Son regard glissa jusqu'à Mélina qui s'était arrêtée aussi, puis revint vers lui. Il voulut s'avancer, mais la femme l'arrêta de la main.

— C'est sa petite? demanda-t-elle.

Jean Fontanel hocha la tête. La femme, noire, très brune, et qui rappelait quelqu'un à Mélina, s'agenouilla face à elle, l'attira et la serra sans qu'elle puisse s'en défendre. Elle sentait la violette. Sans bien savoir pourquoi, la petite aurait voulu que ce moment dure toujours. Mais la femme en noir la repoussa doucement, se releva, et, sans un mot pour le bordier, elle s'éloigna, très droite, et ne se retourna pas.

Jean Fontanel repartit sans un mot d'explication, et il sembla à sa fille que sa démarche était mal assurée. Il avait dû boire plus que de coutume, et il n'était pas habitué. Arrivé à la charrette, il s'assit à l'ombre après avoir pris le panier à provisions qui était dissimulé sous la banquette. Mélina, alors, s'assit près de lui et demanda :

— Qui c'était ?

Il ne répondit pas, ouvrit son couteau, coupa du pain pour lui et pour sa fille, puis un morceau de lard, et, comme s'il ne l'avait pas entendue, il commença à manger. La petite répéta doucement :

— Cette femme, qui c'était ?

Il soupira, hésita encore un moment, mais elle comprit que pour la première fois il allait trouver la force de lui parler vraiment. Sans doute sous l'effet du vin, peut-être parce que l'apparition de la femme en noir l'avait bouleversé, il commença d'une voix lente, sans regarder sa fille :

— C'est la sœur aînée de ta mère : Pascaline. Tu ne l'as jamais vue parce qu'on s'est fâchés quand...

Il buta sur les mots, reprit en hésitant :

— Quand la truffière a brûlé. Elle m'a dit que j'étais responsable de tout, que c'était de ma faute, que si j'avais été là, Ida ne serait pas morte. On ne s'est plus jamais revus, et pourtant elle n'habite pas loin de Salvignac. Elle est mariée à un petit propriétaire des Granges-Neuves, pas loin de Négrondes.

Il soupira, et, toujours sans regarder la petite, poursuivit :

— Leur famille n'est pas de là, mais d'un endroit qu'on appelle Loubatié : c'est une ferme sur les collines, vers Thenon. Ils avaient des truffières aussi, et ta mère en savait autant que moi sur la Noire.

Il baissa la voix, reprit, dans un murmure :

— Ta mère, je l'ai rencontrée à la fête de

Cubjac, un dimanche d'août. Elle aimait danser. Moi, je ne dansais guère, mais pour elle j'aurais fait le tour de la terre sur les mains. Elle était d'une famille un peu bizarre, en tout cas différente de la mienne. Enfin, j'étais seul à Costenègre puisque mes parents étaient morts, et on s'est mariés très vite.

Il prit le temps de boire à la bouteille une gorgée, et Mélina crut qu'il allait s'arrêter de parler, mais non; il reprit d'une voix plus ferme, à présent, comme s'il était soulagé d'avoir commencé :

— Son père était un grand blessé de guerre. Il avait donné à ses deux filles ses secrets sur les truffes avant de partir au front, parce qu'il craignait de ne pas revenir. La guerre l'a épargné, mais il est mort, aujourd'hui. Sa femme, ta grand-mère donc, a mis les terres en fermage, ou peut-être même qu'elle les a vendues. Elle vit avec Pascaline, du moins je le crois. C'était une mauvaise femme, avare et autoritaire, qui ne voulait pas de moi comme gendre. Il faut comprendre : ils étaient propriétaires et moi je n'ai jamais été que bordier... Ton grand-père, lui, c'était un brave homme, qui souffrait beaucoup, car il avait été gravement blessé en 1918, au mois de mars. Un peu avant sa blessure, il avait sauvé un soldat américain en le ramenant sur son dos à travers les lignes. Peter Loveridge, il s'appelait. Si je m'en souviens si bien, c'est parce que ta mère en parlait tout le temps. Il écrivait souvent, cet Américain, et il revenait aussi, de temps en temps, voir ton grand-père. Il leur racontait son pays, Chicago, les Grands Lacs, les grandes villes, la vie qu'il menait là-bas, et ça lui faisait un peu tourner la tête, à ta mère. Elle en rêvait. C'était comme si ce pays l'avait ensorcelée. C'est à cause de lui que tout est arrivé.

Il se tut brusquement, comme s'il en avait trop dit. Il se tourna vers Mélina pour la première fois depuis qu'il avait commencé à parler, et elle constata que ses yeux brillaient.

— Je crois que j'ai trop bu, dit-il.

Elle eut très peur qu'il s'arrête et demanda aussitôt :

— À cause de l'Américain ? Il voulait l'emmener là-bas ?

— Oh non ! pas lui. Il est mort quelques mois avant qu'on se marie. Mais elle avait toujours l'Amérique dans la tête, et nous vivions à Costenègre. Alors, forcément...

— Alors quoi ?

Le fait de manger l'avait un peu dégrisé. Il comprit sans doute qu'il en avait trop dit car il se ferma brusquement et coupa un nouveau morceau de pain. Autour d'eux, maintenant, la foire se défaisait. Des charrettes partaient, d'autres manœuvraient pour s'approcher des étals des forains qui remballaient les marchandises, tout cela dans un grand vacarme que dominaient par instants les hennissements des chevaux, les aboiements des chiens sous la halle, les rires des hommes sur le seuil des auberges.

Mélina tenta encore une fois de faire parler son père, mais c'était fini : il s'en voulait, sans doute, d'en avoir tant dit, et il la laissa seule avec ses questions, cherchant à deviner ce qui avait bien pu se passer. Il ne lui parla d'ailleurs plus de la journée, sauf une fois, une seule,

avant d'arriver à Costenègre, vers la fin de
l'après-midi. Il arrêta alors la charrette au
milieu du chemin, se tourna vers la petite, la
prit par les épaules et lui dit d'une voix douloureuse :

— Il faut me croire, Lina, c'est moi qu'elle
aimait.

## 4

Pendant les semaines qui suivirent le marché d'Excideuil, Mélina ne cessa de se poser
des questions, ne comprenant pas quel était le
rapport entre sa mère, l'Amérique et cette truffière qui avait brûlé. Elle interrogea de nouveau la Miette qui parut surprise et très
inquiète de ce qu'avait révélé Jean Fontanel à
sa fille, mais qui lui assura ne rien savoir de
plus. Alors elle s'adressa une nouvelle fois à
Louis, sans plus de succès.

— Arrête de te poser tant de questions, ma
petitoune, lui conseilla-t-il, ça ne sert à rien.
Apprends bien à l'école et fais ton chemin.
C'est tout ce qui compte.

Quant à Pierre, il ne lui répondait même
plus. Il soupirait, puis, sans se fâcher, il lui
prenait la main et l'entraînait vers l'école,
fidèle compagnon qui, elle ne pouvait pas le
savoir, alors, souffrait beaucoup de la voir
malheureuse.

Mélina comptait profiter des grandes
vacances pour obtenir de son père plus de

confidences, mais il se méfiait d'elle, désormais. Elle constata qu'il s'était mis à boire, puis elle comprit qu'il buvait sans doute depuis longtemps et qu'il avait réussi à le lui cacher jusqu'à la foire d'Excideuil. Cet été-là, plus elle essaya de se rapprocher de lui, plus il s'éloigna d'elle. Elle en souffrit beaucoup, car elle ne cessait de penser à cette femme rencontrée au marché, et elle avait bien envie d'aller la trouver pour l'interroger. Comme elle avait peur, en même temps, elle ne réussit pas à faire un pas dans sa direction.

Ce fut donc avec beaucoup d'impatience qu'elle attendit la rentrée des classes. C'était pour elle le moyen d'oublier toutes les questions qu'elle se posait, et surtout d'échapper à cette angoisse qui la saisissait en présence de son père, surtout le soir, quand la nuit était tombée, et qu'il la regardait en pleurant, parfois, ou en murmurant son nom sans pouvoir lui parler vraiment, ce qui l'aurait soulagé, sans doute, et peut-être guéri.

Un soir, ce devait être en octobre, car tous les chênes avaient encore leurs feuilles, il ne rentra pas. La petite l'attendit jusqu'à la tombée de la nuit, puis elle partit à sa recherche, sa lampe à la main, comme il lui était déjà arrivé de le faire à plusieurs reprises. Elle mit du temps à le trouver, car il travaillait dans la truffière la plus éloignée de Costenègre, qui se situait à deux kilomètres de chez eux. Quand elle le découvrit enfin, il était couché sur le côté, inanimé, et il lui sembla qu'il ne respirait plus. Elle crut qu'il était mort et elle se pencha sur lui en l'appelant. Il se mit à gémir, balbutia quelques mots incompréhensibles et ses mains se refermèrent sur celles de sa fille. Soulagée, Mélina l'aida à se mettre debout et, passant son bras droit par-dessous ses épaules, elle le soutint tout le long du chemin, non sans marquer de nombreuses haltes pour reprendre des forces.

Il leur fallut près d'une heure pour regagner Costenègre où Mélina parvint à le conduire jusqu'à son lit sur lequel il s'endormit aussitôt. Le lendemain, il ne put se lever.

— Lina, murmura-t-il, j'ai été frappé par un Encontre. Je l'ai senti entre mes épaules. Il m'a traversé la poitrine. Il n'y a que Jarillou qui pourra me sauver.

Jarillou était une sorte de guérisseur, mireboutteux, mi-leveur de sort, qui habitait dans les grands bois de Bujadelles, entre Sorges et Périgueux. Mélina en avait entendu parler, comme tout le monde, ici, mais elle ne l'avait jamais vu. On disait que les gens venaient de loin pour le rencontrer, tant ils avaient confiance en ses pouvoirs.

Louis Sauvénie, à qui la petite rapporta les paroles de son père, leva les bras au ciel et répondit :

— C'est pas un guérisseur qu'il lui faut, c'est un médecin. J'irai le prévenir ce matin même.

Le médecin, que Mélina connaissait pour l'avoir déjà vu dans sa maison, vint dès le début de l'après-midi, accompagné par Louis. Il était vieux, avec de fines lunettes, une barbiche rousse, et de larges mains qui paraissaient savantes et rassurantes. Il diagnostiqua un coup de froid, donna une liste de médicaments, puis il s'en alla en pestant contre ces superstitions qui qualifiaient d'Encontres les simples maux qui frappaient les vivants.

— Surtout, qu'il prenne bien les remèdes !
dit-il en montant dans sa voiture. Que ça ne se
transforme pas en pneumonie.

Jean Fontanel accepta les remèdes, mais la
fièvre ne tomba pas. Il continuait à se plaindre
d'un Encontre qui, dans la croyance populaire,
est un contact néfaste avec ces puissances
maléfiques qui hantent le monde, et dont les
anciens prenaient grand soin de se garder. Il se
mit à délirer, et, dans les moments de répit, à
implorer la présence de ce Jarillou qui seul,
assurait-il, pourrait le délivrer. C'était un
automne gris et venteux. Les tempêtes d'équinoxe s'abattaient sur les bois et roulaient de
grandes vagues sombres sur la crête des collines. La nuit, le vent mugissait dans les cou-
loirs des combes puis remontait vers les
coteaux avec des grands froissements d'air qui
cassaient les branches des arbres. Mélina avait
peur. Elle devinait des forces qui la dépassaient et pouvaient l'écraser. Il lui semblait
que la terre manifestait des volontés, des
colères, dont, jusqu'alors, elle n'avait jamais eu
conscience.

Comme l'état de Jean Fontanel ne s'améliorait pas, au contraire, Louis Sauvénie finit par
accepter de faire venir l'homme qu'il réclamait. Celui-ci arriva le surlendemain, en début
d'après-midi, un grand chapeau noir sur la
tête, avec une manière étrange de marcher,
comme s'il faisait corps avec la terre. Il était
fort, grand, très calme, et la peau de son visage
était tannée, épaisse comme du cuir. Ses yeux,
très noirs, très vifs, contrastaient avec la len-
teur de ses gestes : ils furetaient autour de lui,
tandis qu'il frottait lentement ses mains larges

comme des battoirs l'une contre l'autre. Il portait des vêtements de velours noir, marchait avec de grosses chaussures ferrées.

L'ayant fait entrer, Louis, de mauvaise humeur, partit aussitôt. Mélina demeura seule avec le guérisseur dans la cuisine. L'homme ne parlait pas. Il la dévisageait, et, malgré sa peur, elle ne songeait pas à s'éloigner. Il lui prit la main, la garda un moment dans la sienne, demanda enfin :

— Comment t'appelles-tu ?

— Lina.

— Et lui ? fit-il avec un signe de tête en direction du réduit où l'on entendait gémir son père.

— Jean.

— Et elle, comment s'appelait-elle ?

Comment savait-il ? Il vint à l'esprit de la petite qu'il avait peut-être questionné Louis avant de venir, et elle répondit :

— Ida.

L'homme lâcha sa main, s'en fut dans le réduit où dormait le bordier, y demeura dix minutes, puis il revint dans la cuisine et demanda une bassine d'eau et des ciseaux. Dès que Mélina les eut posés devant lui, il sortit de sa poche des feuilles de lierre, y tailla des encoches avec les ciseaux, et les laissa tomber dans l'eau une à une. Il se mit alors à parler dans un langage que Mélina ne comprenait pas, s'adressant probablement à une puissance invisible qu'il était seul à connaître. Dehors, le vent s'acharnait contre les volets, ployait la cime des arbres que la petite apercevait par la fenêtre, et semblait gémir lui aussi, comme son père derrière le rideau.

Cela dura au moins une demi-heure, puis il se redressa et sortit les feuilles de lierre de l'eau, les unes après les autres. Il les examina un long moment, puis il alla les jeter dans le feu. Alors seulement, ses yeux noirs se levèrent sur Mélina. Il ne prononça pas un mot, du moins pas tout de suite. Il sortit, et elle le vit s'éloigner dans les bois. Elle demeura immobile, à l'attendre, très inquiète, sans oser aller voir son père qui gémissait par moments dans son lit.

Le soleil n'était pas apparu depuis plusieurs jours. Une légère brume baignait les collines sur lesquelles erraient les ombres des gros nuages poussés par un vent fou. Mélina commença à se demander si l'homme, ayant rempli son office, était reparti chez lui, quand il réapparut, un petit sac à la main.

Il entra, vida sur la table son sac d'où coulèrent des herbes qui étaient pour la plupart inconnues à Mélina. Des racines aussi, qui semblèrent à la petite être des racines de mille-pertuis. Il fit cuire tout cela dans une toupine, puis, toujours sans un mot, il prépara un cataplasme dans un torchon et enfin lui dit :

— Viens voir ! Il faudra renouveler le remède pendant huit jours, matin et soir.

Elle le suivit dans la chambre où il défit la chemise de Jean Fontanel et posa le cataplasme à même la peau, sur la poitrine. Puis il le fixa avec une bande de gaze, rabattit la chemise, remonta la couverture, et dit :

— Tu sauras faire ? Sur le cœur. Juste sur le cœur.

Elle fit « oui » de la tête car elle aurait été bien incapable de prononcer le moindre mot. L'homme repassa dans la cuisine, où, de lui-même, il se servit un verre de vin. Mélina demeura debout de l'autre côté de la table, ne sachant que faire pour remercier.

— Il faudra me faire porter un canard, dit-il. Pour toi, ce sera le prix.

Elle promit de s'acquitter de cette dette. Il lui demanda alors du pain et un morceau de fromage, puis il se mit à manger tout en la dévisageant d'un air sombre.

— Toi aussi, tu auras mal au cœur, lui dit-il. Mais toi, au moins, tu en guériras.

Elle n'osa pas demander si son père, lui, allait guérir. D'ailleurs, l'homme ne lui en laissa pas le temps. Il ramassa les miettes de la main, les jeta dans le feu derrière lui, puis il se leva, et, sans un mot, ouvrit la porte et s'en alla. La petite le vit disparaître dans le chemin qui s'enfonçait dans le bois tandis que la nuit tombait déjà sur les collines. Elle tremblait. Elle aurait voulu se trouver à l'école, dans la compagnie des autres élèves, entendre les paroles rassurantes de la maîtresse et le ronronnement paisible du poêle au fond de la classe. Mais elle était seule dans les bois et elle n'entendait plus gémir son père. Elle n'entendait que le vent, et la pluie, maintenant, qui giflait les murs et les arbres dont la masse compacte et sombre semblait menacer la maison.

La tempête dura huit jours. Mélina n'avait jamais assisté à un tel déchaînement de vent et de pluie. Elle n'allait pas à l'école car elle tenait à veiller sur son père, mais Louis Sauvénie venait aux nouvelles chaque jour. Elle renouvelait scrupuleusement les cataplasmes, matin et soir, comme elle l'avait promis. Au bout d'une semaine, la tempête se calma, et Jean Fontanel guérit. Mélina le trouva debout un matin en se levant. Déjà, depuis quelques jours, il gémissait moins et se sentait mieux. Ce matin-là, il mangea de bon appétit, puis il dit avant de partir dans les truffières :

— C'est fini pour cette fois.

Mais dans sa voix perçait une grande lassitude, ou, plutôt, une sorte de renoncement. Mélina, en partant pour l'école, n'était pas rassurée du tout, car le monde lui paraissait avoir changé de nature. Elle le devinait habité, plein de mystères, de forces malveillantes — on disait alors maljoventes —, et elle avait l'impression d'être guettée à chaque détour du chemin, au fond de chaque combe, à l'orée de chaque bois, par quelque présence indécelable à l'œil et cependant redoutable.

Jean Fontanel était tombé malade au début de la tempête d'équinoxe, et il avait guéri dès qu'elle avait cessé. Il apparut à Mélina que les êtres vivants étaient étroitement dépendants de cette terre qui les porte, et que sa souffrance comme son bonheur étaient aussi les leurs. À partir de ce jour, elle devint attentive aux voix dans le vent, à ses murmures et à ses soupirs : autant de confidences qu'elle finit par accueillir sans peur. Elle s'ouvrit au langage de la pluie, à celui des arbres et à celui des bêtes. Elle prit l'habitude de s'adresser aux plantes, de cueillir celles qui guérissent, d'écouter battre ce qui lui semblait être des cœurs inconnus là-bas, au fond des bois.

Durant l'hiver qui suivit cet automne de vent et de pluie, la récolte des truffes fut mauvaise.

Pourtant, un froid sec et lumineux avait saisi les bois dans sa main d'acier dès le début de décembre, mais les truffettes, gorgées d'eau, pour la plupart, avaient pourri. Février fut un peu meilleur que janvier. Un soir, Jean Fontanel revint avec deux grosses truffes prélevées parmi son dû : il avait droit, chaque année, à une livre, et jamais il n'aurait songé à tromper les Carsac. L'honnêteté de cet homme était maladive, et pourtant il n'était pas riche. Mais il tenait à faire plaisir à sa fille, à la saison, au moins une fois, en cuisant deux grosses truffes sous la cendre. C'était une fête pour eux, assis côte à côte devant la cheminée, que de surveiller la cuisson dans les cendres encore chaudes, après avoir laissé éteindre le feu. De temps en temps, Jean Fontanel se levait, grattait les truffes avec son doigt, se relevait et lui disait :

— Encore un peu.

Déjà un bon fumet emplissait la pièce, et la petite se consumait d'impatience. Il fallait les laisser cuire à point pour qu'elles ne soient pas trop fermes, sans pour autant les laisser charbonner. À la fin, Jean Fontanel les piquait avec une fourchette et les portait dans leurs assiettes. Tous deux restaient là un moment à les respirer, les yeux clos, puis ils les coupaient en fines lamelles, avant de les savourer lentement. On ne les fait plus guère cuire comme cela aujourd'hui, non pas que l'on ne trouve plus de truffes, mais parce que l'on ne trouve plus de cendres. C'est là sans doute le signe le plus manifeste d'une évolution des campagnes où les âtres se sont éteints, remplacés par des cuisinières et le chauffage central. Mélina, quant à elle, fit en sorte de toujours allumer de grandes flambées, l'hiver, qui lui donnèrent longtemps de belles cendres. Une fois l'an, elle y faisait cuire deux truffes en souvenir de celui qui savait si bien lui faire plaisir et en était heureux.

Cette année-là, Jean Fontanel affirmait que la terre avait souffert comme lui, qu'il était temps que le printemps vienne balayer toute cette souffrance. Il allait mieux, mais il semblait ne plus avoir autant de forces qu'avant l'automne. Il paraissait avoir oublié ses confidences d'Excideuil et se fermait à la moindre des questions formulées par sa fille. Elle se souvenait pourtant parfaitement de ce qui s'était passé ce jour-là, et, ses préoccupations dues à la maladie de son père s'estompant, elle y pensait de plus en plus.

Un matin d'avril, elle n'y tint plus : au lieu de prendre le chemin de la Méthivie, elle prit celui qui menait à Sorges, projetant, à partir de là, d'aller jusqu'à Négrondes pour parler à cette femme qu'elle avait croisée à Excideuil. Mélina se souvenait très bien des mots de son père : « C'est Pascaline, la sœur aînée de ta mère. Elle habite les Granges-Neuves, près de Négrondes. » La petite savait que Négrondes ne se trouve pas très loin de Sorges et elle espérait bien y arriver avant midi.

Il faisait beau, sans quoi elle ne se serait pas mise en route. Les chênes gardaient cette couleur de cendre rose qui leur vient en hiver, surtout lorsqu'il a gelé. Le vent ne soufflait plus du nord, mais du sud-est, et il faisait moins froid que les jours précédents. Mélina avait deviné ce changement de temps la veille au soir en rentrant de l'école : la mousse au bord

du chemin s'était ouverte et les bois semblaient plus profonds. Ils se faisaient accueil-
lants aux premières caresses chaudes du vent,
signe que la nouvelle saison était en chemin,
comme Mélina, ce matin-là, dans une lumière
neuve où fusaient encore les éclats de la rosée
blanche.

À Sorges, qu'elle atteignit vers dix heures,
elle prit la grand-route de Périgueux à Thiviers, et, dès lors, elle se sentit moins seule que
dans les bois. Un vieil homme en charrette, qui
transportait des pommes de terre, proposa de
la conduire et la laissa, une heure plus tard, un
kilomètre avant Négrondes, devant un chemin
qui menait vers les Granges-Neuves où la
petite lui avait dit qu'elle se rendait. Ce chemin
s'enfonçait dans des bois plus touffus que ceux
de Sorges, au milieu desquels elle reconnaissait des hêtres, des érables et des châtaigniers,
mais où le soleil ne pénétrait pas. Elle n'était
pas très rassurée et elle marchait le plus vite
possible, comme lorsqu'elle s'imaginait pour-
suivie par la Cître.

Bientôt la forêt s'ouvrit sur un coteau où
verdissaient quelques pâtures maigres et des
champs fraîchement semés. Mélina aperçut un
toit de tuiles rouges à son sommet. À l'embran-
chement de deux sentiers, un panneau de bois
vermoulu portant l'inscription : LES GRANGES-
NEUVES indiquait cette direction. Mélina hésita
alors un instant, comme si elle craignait de se
faire mal en allant jusque là-bas, puis la curiosité fut la plus forte et elle finit par s'approcher
de la ferme où deux chiens vinrent la menacer.
Elle savait leur faire face, car il n'en manquait
pas entre la Méthivie et Salvignac. Ils

l'accompagnèrent jusqu'au seuil où une femme noire apparut, un torchon à la main.

La petite la reconnut tout de suite. C'était bien le même visage rond, aux larges méplats, aux yeux noirs, et quelque chose de mauvais dans le regard qui la figea sur place.

— Qu'est-ce que tu viens faire là, toi? lui demanda-t-elle.

Et, comme Mélina ne savait que répondre :

— Eh bien, entre, puisque tu es là! Mais pas longtemps parce qu'il va arriver.

Mélina comprit que Pascaline parlait de son mari et il lui sembla qu'elle en avait peur. Elle la fit asseoir à table et la petite remarqua combien elle ressemblait à sa mère, ce qui ne l'avait pas frappée à ce point à Excideuil.

— Alors? Qu'est-ce que tu veux? fit-elle. Il n'y a rien pour toi, ici.

Et elle ajouta, sans laisser le temps à Mélina de répondre :

— Ton père sait-il que tu es venue?

— Non.

Pascaline parut rassurée, se détendit un peu, mais ne s'assit pas et continua de considérer Mélina avec beaucoup de méfiance.

— Alors? fit-elle, je n'ai pas que ça à faire, moi. Qu'est-ce que tu veux savoir?

— Je voudrais que vous me parliez d'elle, dit Mélina. Je ne l'ai pas connue et j'aurais tellement voulu...

Pascaline soupira, finit par s'asseoir, puis, comme s'il lui en coûtait beaucoup, haussa les épaules.

— Bon, fit-elle, puisque c'est ainsi, tu vas manger la soupe avec nous, et je te dirai ce que je me rappelle. Ce sera la première et la der-

nière fois : on a vendu ici, avec Robert, et on
s'en va à la Saint-Jean à Paris. On a acheté un
commerce là-bas.

Mélina n'eut pas le temps de demander qui
était Robert. Il arriva sur un tracteur qui cra-
chait une fumée noire, entra, demanda à sa
femme qui était cette gamine, puis, sans plus
s'intéresser à elle, se servit un verre de vin et
s'attabla. C'était un homme long et maigre, au
regard dur, au visage en lame de faux. Pascaline posa une soupière devant son mari. Il se
servit, se mit à manger et à boire, dévora
presque un poulet entier, un grand morceau
de fromage, but un dernier verre de vin et
repartit.

Mélina avait à peine terminé sa soupe, ainsi
que Pascaline qui était restée debout pour servir son mari. Elle s'assit, et, après une ultime
hésitation, commença à mi-voix :

— J'étais son aînée, à ta mère. Elle me disait
tout. On habitait au Loubatié, un lieu-dit, pas
loin de la route de Thenon, au fond des bois, à
l'écart de tout. Mais ça ne lui déplaisait pas à
ta mère : c'était une rêveuse.

Comme Mélina était sur le point d'achever
sa soupe, Pascaline poussa vers elle un blanc
de poulet et poursuivit :

— Elle était belle, mais elle ne le savait pas.
Ils étaient plusieurs à avoir demandé sa main,
et puis, va savoir pourquoi, elle a rencontré
ton père à la fête de Cubjac. Je m'en souviens :
j'étais là. Ils ont dansé et dansé très longtemps.
À la fin, j'ai dû les chercher parce qu'ils
s'étaient éloignés dans la campagne. C'était
l'été, il faisait très chaud. Je ne les ai retrouvés
qu'une heure plus tard. On aurait dit qu'ils
avaient décroché la lune.

Pascaline soupira une nouvelle fois, puis elle reprit :

— Pendant les jours qui ont suivi, on n'a rien pu lui dire, à ta mère : elle rêvait, ne pensait qu'à lui. Ils se sont revus deux ou trois fois pendant l'été, puis les fêtes ont cessé. Un jour, elle s'est échappée pour aller le retrouver. Alors notre mère a deviné qu'elle avait un galant et elle l'a enfermée. Lui, il a mis un mois à comprendre ce qui se passait. Il est venu, un dimanche, au sortir de la messe, et il l'a enlevée. Heureusement, d'ailleurs, car elle t'attendait, toi, déjà. Ils se sont mariés entre deux témoins à Salvignac. Et puis tu es née, et il y a eu cette truffière qui a brûlé, Ida qui y est morte. Notre mère, elle, a péri de chagrin... Voilà ! C'est tout ce que je peux te dire.

Mélina demanda malgré elle, retenant son souffle :

— Sait-on qui a mis le feu ?

— Certes non. Ce que je sais, c'est que si ton père avait été là, elle ne serait pas morte. Même si elle a été assommée par un arbre, il aurait pu la tirer à l'écart.

— Et l'Amérique ?

Pascaline regarda la petite avec stupeur, demanda :

— Tu sais ça, toi ?

— Oui, c'est mon père qui m'en a parlé.

Pascaline soupira, reprit :

— Il y avait un Américain qui revenait une fois par an à la maison, pour voir notre père qui l'avait sauvé en 1918. Il disait en riant qu'il nous y emmènerait tous, et que là-bas nous serions riches et heureux ensemble. On en riait, bien sûr, mais ta mère, elle, elle y croyait... d'ailleurs elle croyait tout ce qu'on lui disait.

Pascaline réfléchit un moment, perdue dans ses pensées, puis elle poursuivit :

— Quand notre père est mort, l'Américain est revenu une fois ou deux, puis on ne l'a plus revu. C'est sa femme qui nous a prévenus de sa disparition. C'était peu de temps avant qu'Ida rencontre ton père, je crois.

Il y eut un instant de silence qui fit craindre à Mélina que Pascaline cesse ses confidences. Aussi demanda-t-elle doucement :

— Et les truffes ?

— On savait, elle et moi. Notre père nous avait parlé avant de partir à la guerre parce qu'il avait peur de ne pas revenir. Moi, ça ne m'a guère servi, mais elle, si. Enfin je le suppose, parce qu'on ne se voyait guère : notre mère vivait avec moi, à l'époque, et elle ne voulait pas entendre parler de ta mère. J'ai bien essayé à plusieurs reprises de lui faire changer d'avis, mais je n'y suis pas parvenue. Elle disait toujours : « Pour moi, elle est morte. »

Mélina laissa passer quelques secondes, demanda encore :

— Et à Costenègre, qu'est-ce qui s'est passé ?

Pascaline la dévisagea sans paraître comprendre.

— Que veux-tu qu'il se soit passé ? Ils vivaient d'amour et d'eau fraîche, je suppose, parce qu'ils n'étaient pas riches, les pauvres.

Mélina devina qu'elle n'apprendrait rien de plus, Pascaline ayant vécu trop loin de ses parents. Elle ne pouvait pas savoir ce que son père répétait souvent quand ils étaient seuls :

« C'est moi qu'elle aimait, c'est moi qu'elle aimait. » La seule chose que Mélina avait apprise, en somme, c'était que son père avait enlevé sa mère et qu'elle l'attendait avant leur mariage. Elle posa encore deux ou trois autres questions à Pascaline, mais ses réponses ne firent que confirmer son ignorance de la vie que les parents de Mélina avaient menée à Costenègre. Mélina repartit, déçue, non sans que Pascaline, en la poussant dehors, lui eût dispensé ce conseil :

— Dans la vie, petite, faut pas rêver. C'est comme ça que les malheurs arrivent.

Mélina put regagner Costenègre juste à l'heure où elle rentrait d'ordinaire de l'école. Son père ne remarqua rien. Le lendemain, elle dit à la maîtresse qu'elle avait eu mal au ventre et qu'elle était restée couchée. Elle ne devait plus jamais retourner aux Granges-Neuves où plus personne ne pouvait lui parler de sa mère. Elle se sentit plus seule encore sur le difficile chemin sur lequel elle s'était engagée. Elle était persuadée, à cette époque-là, de ne jamais pouvoir percer le secret de celle qui lui manquait tant, et elle tâchait de vivre sans trop y penser, pour ne pas trop en souffrir.

L'école l'y aida. Elle allait sur ses douze ans, en effet, et c'était l'âge où, avant la Seconde Guerre mondiale, on passait le certificat. Elle s'y préparait donc du mieux qu'elle le pouvait, mais c'était difficile, même si elle avait depuis longtemps rattrapé son retard. Outre la santé de son père, en effet, ses sujets de préoccupation étaient grands, surtout sur le chemin de la Méthivie, où elle retrouvait Pierre. Elle guet-

tait les signes de ces présences maléfiques que
lui avait révélées la maladie de son père. Au
retour de l'école, le soir, elle entrait de plus en
plus souvent dans les bois, s'asseyait contre le
tronc d'un arbre et guettait les bruits, regardait de tous ses yeux, retenant son souffle, et
peu à peu elle découvrait la vie des plantes et
des bêtes, sous les feuilles, sous la mousse,
dans les arbres, les bosquets. Elle écoutait le
souffle du vent, elle distinguait des voix qui lui
parlaient des autres mondes, de ce qui se
cache derrière l'air, de la force de l'eau, des
feuilles, des herbes jaillies de la terre, et dont,
peu à peu, elle apprenait les noms.

Elle ne s'y sentait pas seule, parlait à ces présences mystérieuses en leur demandant de
protéger son père. Elle imaginait derrière des
feuillages des ombres à figures humaines qu'il
était important d'apprivoiser, comme l'avait
fait le guérisseur, en pratiquant son rite de
divination. Son comportement en fut modifié,
et ses camarades, à l'école, la baptisèrent de
nouveau la sorcière, comme l'avait déjà fait
Rosalie. Cette fois, pourtant, elle ne s'en émut
pas. La maîtresse s'aperçut qu'elle avait
changé. Elle la retint à plusieurs reprises, le
soir, pour lui demander ce qui n'allait pas,
mais la petite refusa de lui répondre. Pierre,
lui aussi, s'inquiétait :

— Enfin Lina, lui disait-il, tu deviens folle
ou quoi ?

Comment aurait-elle pu expliquer ce qu'elle
avait découvert à l'automne précédent avec le
guérisseur ? C'était impossible. Alors elle faisait ce qu'elle avait toujours fait : elle s'en
accommodait seule, tentait d'apprivoiser ce

qui demeurait invisible aux autres, et, par des rites qu'elle inventait, elle essayait de protéger son père qui s'affaiblissait de jour en jour, miné par un mal dont elle savait, inconsciemment, qu'il ne guérirait pas.

Autant dire qu'elle eut beaucoup de difficultés à obtenir le fameux certificat d'études primaires. Elle fut reçue de justesse, tout de même, ainsi que Pierre. La Miette, très heureuse, ce soir-là, au retour de Salvignac, les invita à souper pour fêter l'événement. Ce fut une belle soirée, pleine de rires et d'histoires racontées par la Miette. À la fin du repas, toutefois, Louis demanda brusquement à Jean Fontanel :

— Et maintenant qu'elle est devenue savante, qu'est-ce que tu vas en faire, de cette petite ?

Jean Fontanel demeura sans voix. Pour Pierre, tout était simple : il allait travailler avec ses parents et prendre leur suite un jour. Mélina ne comprenait pas de quoi on s'inquiétait ce soir-là. Pour elle, il était évident qu'une fois l'école terminée, elle reviendrait vivre avec son père, afin de l'aider dans les truffières. Aussi fut-elle déconcertée quand celui-ci répondit, soucieux, et, lui sembla-t-il, plus fragile encore qu'à l'ordinaire :

— Je ne sais pas. Je la garderais bien avec moi, mais qu'est-ce qu'elle deviendra à Costenègre si un jour je ne suis plus là ?

Mélina ne dit rien tant qu'ils furent dans la maison de Louis et de la Miette, mais, sur le chemin du retour, elle s'inquiéta auprès de son père. Ce devait être dans les premiers jours de juillet. Il faisait une chaleur lourde, et dans la nuit passaient de grands froissements d'air épais comme de la farine. Les chênes craquaient à cause du changement de température, et Mélina sentait que les bois, les collines se plaignaient de quelque chose d'anormal, comme si eux aussi ressentaient son inquiétude. Son père marchait devant elle hâtivement, ne trouvant pas le courage de répondre à ses questions, et il lui semblait très fatigué.

Une fois chez eux, alors qu'ils s'apprêtaient à se coucher, elle lui dit qu'elle ne voulait pas s'en aller de Costenègre, qu'elle souhaitait rester toute sa vie près de lui. Il s'approcha d'elle, la prit par les épaules et répondit d'une voix hésitante :

— Il n'y a rien pour toi, ici, ma fille. La vie est ailleurs.

— On a bien vécu, tous les deux, jusqu'à aujourd'hui.

— C'est vrai, mais tu ne peux pas passer ta vie dans les bois. C'est trop dur.

Ses yeux brillaient. Il paraissait désespéré. Mélina devina qu'il lui en coûtait de lui parler ainsi, et, ce soir-là, elle comprit qu'il se savait très malade et qu'il allait mourir. Elle lui répondit que personne ne lui ferait quitter la maison où il vivait, lui, et elle sentit qu'elle lui faisait du bien.

Trois jours plus tard, cependant, il lui demanda de l'accompagner au château, et, pendant qu'il parlait à Grégoire Carsac, Albine, la femme d'Antoine, la fit appeler, se montra très aimable avec elle, lui donna du chocolat, puis lui dit que Fantille devenait vieille et qu'elle avait besoin d'aide. Mélina devina alors que son père ne l'avait pas ame-

née au château par hasard, et elle se sentit trahie. Elle ne savait pas que cela faisait plusieurs
mois qu'il résistait aux pressions de Grégoire,
de la femme d'Antoine et du curé de Salvignac
qui prétendaient que la place de Mélina n'était
plus à Costenègre mais au château, où elle
apprendrait les bonnes manières et où elle
pourrait un jour trouver un mari.

Mélina s'enfuit, courut droit devant elle et se
réfugia au fond des bois, tremblante, n'osant
croire que son père avait consenti à son départ
de Costenègre. Elle y resta trois jours et trois
nuits, dormant sur la mousse épaisse d'une
combe, mangeant des baies et buvant l'eau
d'une source qu'elle connaissait, entre Costenègre et la Méthivie. Il lui apparut pourtant
qu'elle ne pouvait pas continuer à vivre ainsi.
La faim et le désespoir la poussèrent à aller
vers celle qui, elle en était certaine, saurait la
comprendre : sa maîtresse d'école. Elle se souvenait qu'elle l'avait embrassée en lui disant au
revoir le soir du certificat d'études, et elle lui
gardait beaucoup de gratitude pour tout ce
qu'elle avait fait pour elle.

— D'où viens-tu, toi ? lui demanda sa maîtresse en découvrant Mélina devant sa porte à
la tombée de la nuit, sale, dépenaillée, à bout
de forces.

Mélina n'eut pas besoin de lui raconter ce
qui s'était passé, car les gendarmes de Salvignac étaient venus la voir dans la matinée.
Mme Servantie lui donna à manger, l'aida à se
laver, puis elle lui parla comme la mère qu'elle
n'avait jamais eue, lui montrant que peut-être
elle pourrait rester à Costenègre quelques
mois de plus, mais qu'il était impossible d'y

demeurer toujours. Mélina l'écouta, rassurée, car ce qui compte pour les enfants c'est le présent et non pas l'avenir. Elle lui promit d'intervenir en sa faveur et lui proposa de passer la nuit chez elle. Mélina s'endormit en imaginant qu'elle se trouvait chez sa mère, et elle oublia pour quelques heures les menaces qui pesaient sur sa vie.

Le lendemain, la maîtresse d'école alla prévenir le maire, et ce fut entre son institutrice et lui que Mélina regagna Costenègre. Grégoire Carsac s'y trouvait déjà, en compagnie d'Antoine, pour reprendre les recherches. Son père l'embrassa sans lui faire le moindre reproche. Il fit entrer tout le monde et Mélina attendit dehors un moment, rassurée par la présence de sa maîtresse d'école dans la maison. Ensuite, on l'appela et elle dut écouter ce qu'on avait décidé : elle pouvait rester avec son père pendant la durée des vacances. En octobre, elle irait travailler au château, mais elle rentrerait chez elle chaque soir. Tous étaient d'accord pour cette solution. Mélina remarqua que son père tentait de lui sourire. Elle se dit que le mois d'octobre était loin et elle se déclara d'accord, au grand soulagement de ceux qui se trouvaient là. Sa maîtresse l'embrassa une nouvelle fois avant de repartir, et la vie reprit son cours, comme si rien ne s'était passé.

L'été de cette année-là fut superbe. Il y eut de belles journées de grand soleil, pas trop chaudes, cependant, car le vent venait de l'ouest. Après avoir achevé le travail dans les truffières, ils avaient moissonné à la Méthivie,

puis battu, puis fêté la gerbebaude. On attendait les orages. Ils éclatèrent juste après les
Rogations pour donner suffisamment d'eau
aux truffes en formation. Le soleil revint au
bout d'une semaine, sécha les chênes qui
déployèrent toutes leurs feuilles vernies. Les
cercles de brûlé signalant la présence des
truffes commencèrent à se former et l'on
comprit que la saison s'annonçait bonne. Jean
Fontanel s'en fut marquer quelques truffes-
fleurs avec des graines d'avoine. Mélina le suivait dans tous ses déplacements, veillant sur
lui comme si elle le savait en danger.

Il l'était, et, pas moins que sa fille, ne l'ignorait. Un matin de la mi-septembre, repris par
la fièvre, il ne put se lever. Le médecin, de nouveau, revint, puis ce fut le tour de Jarillou. Ce
jour-là, dès son arrivée, le guérisseur imposa
les mains sur la poitrine de Jean Fontanel, se
mit à trembler et à suer, paraissant ne plus
voir personne. Quand ce fut fini, il se leva, et
dit à la petite :

— Je vais rendre le mal. Ne bouge pas. Je
reviens.

Elle le vit s'éloigner, puis presser ses mains
contre le tronc d'un grand chêne, toujours en
tremblant. Il revint au bout de quelques
minutes, apaisé, sembla-t-il à Mélina qui
l'interrogeait du regard.

— C'est comme ça que je me délivre du mal
que j'ai levé, dit-il. Il ne faut pas que je le
garde. Ça me tuerait.

En veine de confidences, il ajouta :

— Il n'y a que les chênes qui supportent ça.
Les autres arbres en crèvent. N'oublie pas : les
chênes seulement. Eux seuls ont assez de
force.

Il renouvela chaque jour cette opération, ne ménagea pas ses efforts, mais il dut avouer, un soir, à Mélina :

— J'ai fait ce que j'ai pu, mais cette fois ça ne suffira pas.

Il prit sans doute la petite en pitié car il resta trois jours supplémentaires, dormant dans la remise, lui montrant les herbes et les fleurs avec lesquelles il confectionnait ses cataplasmes : sureau, millepertuis, jusquiame à la senteur fétide, myosotis, renoncule, euphorbe des bois, véronique, aubépine, et bien d'autres encore. Il lui expliqua leurs vertus, leurs effets, la meilleure saison pour les cueillir, la manière de les préparer, en cataplasme ou en infusion, lui laissa entrevoir une partie de ses connaissances, sans doute parce qu'il avait deviné en elle une sensibilité particulière pour ce monde-là.

Un matin, Jean Fontanel appela Mélina et lui dit d'une voix très faible :

— N'aie pas peur, ma Lina. Je vais la rejoindre. On veillera sur toi. On te protégera. Il faudra que tu ailles au château. Ce sera mieux pour toi.

C'est à peine si elle reconnaissait son visage maigre dans la pénombre. Ses yeux brillaient de fièvre et de fatigue.

— Approche-toi. Je vais te dire le secret.

Elle se pencha sur lui, posa sa joue sur son épaule, tout près de sa bouche. Elle pleurait, lui aussi, mais il eut la force de parler jusqu'au bout. Désormais, Mélina « savait ». Elle resta un long moment couchée sur sa poitrine, puis il lui sembla que son père s'était endormi.

Ensuite, il dit encore ces quelques mots qu'elle connaissait si bien : « Tu sais, c'est moi qu'elle aimait », puis il se tut et ne parla plus jusqu'à la fin.

Le lendemain, le guérisseur lui dit, devant la Miette et Louis Sauvénie prévenus par Pierre qui, dans l'épreuve, venait chaque jour soutenir Mélina :

— Il ne souffre pas, je lui ai donné ce qu'il fallait pour ça, mais il ne passera pas la nuit.

Et il partit, silencieux, de sa grande foulée qui le faisait ressembler à l'ogre chaussé de bottes de sept lieues, s'enfonçant dans les bois touffus comme dans un univers dont lui seul connaissait les secrets.

La Miette voulut emmener Mélina chez elle, mais elle refusa. Alors, ce fut la Miette qui resta avec la petite, veillant celui qui allait l'abandonner, elle en était sûre, comme l'avait fait sa mère douze ans plus tôt. Il mourut dans la nuit, le pauvre homme, sans doute de ce que l'on appelle aujourd'hui une longue maladie et que, à l'époque, on était incapable de combattre, surtout pas les médecins. Les guérisseurs, eux, savaient au moins apaiser les souffrances. Mélina ne devait jamais oublier Jarillou et les leçons qu'il lui avait données.

Le lendemain, à la première heure, Louis, venu aux nouvelles, s'en fut prévenir Grégoire Carsac, qui arriva peu après en compagnie d'Antoine et d'Albine. Tous trois embrassèrent Mélina, comme si elle faisait partie de leur famille. Pierre demeurait près d'elle, et elle comprenait qu'il aurait voulu l'aider. Elle ne pleurait pas. Il y avait longtemps qu'elle avait deviné à quel point son père était malade, un peu comme les animaux, sans doute, qui devinent d'instinct la mort prochaine.

Vers midi, le menuisier de Sorges apporta une boîte longue et claire dans laquelle Louis Sauvénie et Antoine Carsac transportèrent Jean Fontanel. Mélina ne souffrait pas vraiment, du moins pas encore. La Miette avait posé sur le cercueil un bol d'eau bénite et une branche de buis. Dans la maison entrèrent pour la première fois des gens que la petite ne connaissait pas. Ils bénissaient la boîte, discutaient à voix basse, buvaient un verre de vin et repartaient. Mélina ne sentait pas le temps passer. Elle demeurait immobile, assise sur une chaise, comme le resta la Miette en veillant avec elle pendant la nuit qui suivit.

Le lendemain, on chargea le cercueil sur la charrette de Louis, puis on partit vers le cimetière de Salvignac, ce cimetière où son père ne serait pas seul puisque Mélina avait pris soin de placer la boîte de cendres près de lui. Trop de chagrin empêcha ses larmes de couler quand on fit glisser le cercueil dans la terre. Des gens vinrent s'incliner, puis l'on repartit sur la charrette. Pierre serrait la main de Mélina dans la sienne. Comme il avait été convenu qu'elle allait pendant quelques jours habiter chez les Sauvénie, il ne la lâcha pas une seule fois jusqu'à la tombée de la nuit.

5

Les enfants savent se protéger de la souffrance par instinct de survie. C'est pour cette
raison, sans doute, que Mélina ne remit pas les
pieds à Costenègre avant plusieurs mois. C'est
aussi pour cette raison qu'une partie de son
esprit se ferma à ce qui venait de se passer.
Demeura en elle une terrible impression
d'abandon et de solitude. Mais elle possédait
cette force de son jeune âge qu'elle sentait
bouillonner, le matin, surtout, en se levant, au
moment où il s'agissait d'affronter ce monde
nouveau dans lequel elle avait pénétré, et donc
ceux qui habitaient le château.

Il lui fallut pas mal de temps pour apprendre
comment on vivait dans ces lieux si nouveaux.
Quelle différence avec la masure de Costenègre ! À l'étage, où elle ne montait jamais sans
appréhension, d'immenses pièces ornées de
gravures, de trophées de chasse, étaient
encombrées de coffres trapus, d'armoires à
linge, d'armes, de meubles de style. Elle couchait en bas, près de la cuisine, dans une
chambre qui prolongeait celle de Fantille, et
qui s'ouvrait sur la cour, à l'angle du mur
d'enceinte. De l'autre côté, c'étaient les écuries,
un cellier, une resserre où elle ne s'aventurait
guère, ne se trouvant à son aise que dans la
compagnie de Fantille.

Celle-ci lui apprenait la cuisine, mais aussi
le soin qu'il fallait porter aux meubles et aux
objets précieux d'une telle demeure : il convenait de les cirer, de passer les marbres à
l'alcali, de frotter l'argenterie, sous le regard

impitoyable d'Albine Carsac qui faisait toujours aussi peur à Mélina.

Une lingère, nommée Rosine, venait du village à la journée. Un palefrenier, homme à
tout faire, que l'on appelait Rémi et qui allait
sur ses soixante ans, couchait dans l'écurie et
prenait ses repas dans un coin de la cuisine, à
l'écart, sous le regard miséricordieux de Fantille qui le plaignait ; c'était un pauvre homme
originaire de la forêt Barade qui était venu
mendier son pain un soir et que l'on avait
gardé parce qu'il s'était occupé des chevaux
pendant la nuit et s'apprêtait à repartir sans
demander de gages. Comme l'ancien palefrenier s'était enfui trois jours plus tôt avec une
jeunesse du village, Grégoire Carsac avait pro-
posé à Rémi de rester et il était encore là,
quinze ans plus tard, muet, appliqué dans son
travail, mais sale, hirsute, à tel point qu'Albine
exigeait de ne jamais se trouver en sa présence.

Mélina se mit à les observer tous avec une
certaine curiosité car ils étaient tellement dif-
férents des êtres qu'elle avait connus, à la
Méthivie, qu'elle ne comprenait pas très bien à
quelles lois secrètes ils obéissaient. Antoine et
Albine Carsac n'avaient pas d'enfants. C'était
sans doute ce manque qui l'avait poussée, elle,
à demander depuis longtemps à ce que Mélina
vienne travailler au château.

Albine aurait pu en être heureuse, et pourtant elle en voulait à la petite, car sa seule présence lui rappelait l'injuste destin qui la frap-
pait. Quand elle entendait le frôlement de sa
robe dans le couloir, instinctivement Mélina
s'apprêtait à subir des remontrances sur la

manière dont elle accomplissait son travail. Ça n'allait jamais très loin, mais Albine ne pouvait pas s'en empêcher.

— Laisse, disait Fantille. Elle est plus à plaindre qu'à blâmer, la pauvre.

Car Fantille, elle, plaignait tout le monde. Sa générosité ne se limitait pas à ceux qu'elle côtoyait mais s'adressait à tous, y compris aux chemineaux qui venaient parfois demander la soupe et la paille, en hiver, pour la plupart de pauvres hères dont on n'avait pas besoin dans les terres pendant la mauvaise saison. Elle rappelait la Miette à Mélina, que celle-ci allait voir au moins une fois par semaine, le dimanche, sans oublier de passer par le cimetière où son père et sa mère, songeait-elle avec une sorte de paix, étaient enfin réunis. Cependant, elle ne s'y attardait pas. Il lui semblait qu'elle devait s'éloigner de cette douleur, ne pas la réveiller sous peine d'y sombrer. Elle s'attardait davantage auprès de Pierre qui lui donnait des noisettes, de menus présents, s'inquiétait de savoir si tout allait bien, si l'on ne lui faisait pas de misères au château.

— Tu sais, Lina, lui disait-il en brandissant un bâton, si on te fait du mal, il faut me le dire : je viendrai te défendre.

Elle le rassurait, discutait un peu avec la Miette et avec Louis, puis elle regagnait à pas lents, comme à regret, la demeure qui était désormais la sienne en s'efforçant de ne pas trop penser au passé, ni à ces deux êtres qui dormaient ensemble, dans le cimetière, et qui lui manquaient tant.

Le maître des lieux, Grégoire Carsac, parlait peu, sinon à son fils Antoine, et possédait un bureau au rez-de-chaussée où il recevait les gens avec lesquels il était en affaires. Il dormait à l'étage, dans une chambre située au-dessus de son bureau, où nul n'avait le droit d'entrer. En vieillissant, il devenait de plus en plus maigre, et son nez fin et courbe saillait davantage d'un visage mangé par les rides, mais sa mise était toujours aussi soignée. Mélina avait plaisir à le voir aller de son bureau à l'écurie, de la salle à manger à sa chambre où elle se plaisait à imaginer des objets précieux, des trésors venus des pays lointains, des lettres écrites par de grands personnages, des secrets qui lui seraient un jour révélés.

D'Antoine, son fils, Mélina avait toujours su qu'elle devait se méfier. Elle sentait souvent son regard posé sur elle et évitait de le croiser. Ce qu'elle y avait lu un jour lui avait fait deviner, ou plutôt lui avait révélé, ce que les femmes savent d'instinct : cet homme lui voulait du mal. Le sourire glacé d'Antoine, ses traits aigus, ses cheveux d'un noir corbeau, sa façon de la dévisager la mettaient mal à l'aise. Elle le fuyait autant qu'elle le pouvait, encouragée par Fantille qui, elle aussi, le craignait sans que la petite réussisse à deviner exactement pourquoi.

Les Carsac n'étaient pas parvenus à remplacer Jean Fontanel à Costenègre et s'en désolaient. En effet, à cette époque-là, c'est-à-dire au début des années trente, les affaires marchaient mal. Beaucoup d'hommes étaient partis en ville, abandonnant sans remords une situation d'ouvrier de la terre qui les nourrissait à peine. Si l'on trouvait encore des fermiers ou des métayers, on ne trouvait plus de bordiers : les jeunes préféraient partir pour tenter leur chance ailleurs. Ainsi, les Carsac n'avaient plus personne pour s'occuper des truffes.

Un soir — ce devait être au début du mois de décembre de cette année-là —, le vieux Grégoire fit appeler Mélina dans son bureau où elle entra toute tremblante, se demandant quelle bêtise elle avait bien pu commettre pour être ainsi convoquée.

— Quel âge as-tu, petite ? lui demanda-t-il abruptement, tandis qu'elle se tenait le plus droite possible devant le bureau impeccablement rangé, où elle remarqua des livres à la couverture de cuir, une cravache, un sous-main, un encrier et bien d'autres objets dont elle ne connaissait pas l'usage.

— Douze ans passés, monsieur.

— Oui, oui, c'est vrai, murmura-t-il avant de rester un long moment silencieux.

Mélina ne bougeait pas, toujours aussi inquiète de ce qui l'attendait.

— Tu sais qu'ici on ne te veut que du bien, reprit-il, alors il faut me dire la vérité, petite.

Elle se demanda de quelle vérité il voulait parler, mais elle fit « oui » de la tête, car elle était trop effrayée pour s'opposer à quoi que ce fût.

— Est-ce que ton père t'a parlé ?

La question frappa de plein fouet Mélina. Elle sentit pourtant que subitement elle était devenue importante. D'ailleurs, le regard de Grégoire Carsac n'avait jamais été aussi humble, et cette humilité soudaine, sans que

Mélina la définisse très bien, la rassura. Il n'eut pas besoin de préciser de quoi Jean Fontanel était censé avoir parlé à sa fille : elle avait compris tout de suite qu'il s'agissait du secret des truffes, cet enseignement qui ne se transmettait que de parents à enfants, mais qui disparaissait peu à peu, les paysans ayant choisi d'évoluer vers les cultures traditionnelles, avec des méthodes nouvelles, plutôt que de se consacrer aux truffes si capricieuses, si difficiles à faire naître dans des bois dont l'entretien était si malaisé. Ainsi, sans le vouloir, grâce à son père, Mélina était devenue l'une des dernières dépositaires d'un savoir qui s'éteignait et dont les Carsac, eux, avaient besoin.

— Oui, répondit-elle d'une voix qu'elle s'efforça de rendre ferme, il m'a parlé.

— Tant mieux, fit le vieux Carsac après une hésitation. Nous allons pouvoir nous entendre.

Et il lui proposa d'aider à la récolte de l'hiver en compagnie d'Antoine et de Rémi.

— Pour le reste, ajouta-t-il, nous aviserons au printemps. Tu nous diras ce qu'il faut faire, n'est-ce pas ?

Elle accepta d'autant plus facilement que c'était pour elle le moyen de fréquenter de nouveau les bois. Elle s'était évadée quelquefois, mais rarement, car elle n'avait pas à sa disposition le prétexte de l'école ou du travail à l'extérieur, et elle regrettait le temps où elle pouvait aller se blottir dans la forêt pour l'écouter respirer, vivre, lui enseigner tout ce que le commun des mortels ignorait. Elle allait ainsi pouvoir retrouver son domaine perdu, celui qui lui faisait penser à son père, à sa mère, comme s'ils étaient encore vivants, là-bas, parmi les chênes dont les feuilles murmuraient des mots rassurants près de ses oreilles.

Ce ne fut pas un véritable hiver que cet hiver-là. Du moins Mélina ne se souvint pas d'avoir eu froid dans les truffières. Il est vrai qu'ils ne perdaient pas de temps, Rémi conduisant la truie dressée par Jean Fontanel, Antoine Carsac portant le sac dans lequel il faisait prestement disparaître les truffes ; Mélina devant, se dirigeant vers les endroits sûrs, là où, d'expérience, elle savait que naissait la Noire. Grégoire Carsac, lui, surveillait sans un mot, mais avec un léger sourire, et il se montrait très aimable avec elle. La récolte de cette année-là fut bonne, sans plus, car le temps avait été trop humide l'automne précédent. Le gel ne se manifesta qu'à la fin du mois de janvier, mais déjà la récolte s'épuisait, si bien que février ne fut pas de bon rapport.

Début avril, Grégoire Carsac demanda à Mélina quelle truffière, à son avis, il fallait éclaircir, quelle autre était épuisée, et où il serait bon de replanter des chênes.

— Il faut que j'aille voir, lui répondit-elle.

— Va, petite, dit-il avec bienveillance.

Elle put retrouver ses bois dans la solitude et, pour la première fois depuis la mort de son père, elle s'aventura jusqu'à Costenègre où les ronces et les orties avaient gagné du terrain. Elle entra d'abord dans le hangar à bois, où elle s'assit sur le tabouret sur lequel elle avait l'habitude d'aller se réfugier, parfois, puis dans la petite étable où ils enfermaient les canards et les oies. Ensuite, elle se dirigea vers la porte qu'elle poussa, mais elle était fermée. La clef se trouvait toujours dans sa cache habituelle, celle qu'ils avaient choisie, son père et elle, sous la pierre descellée, la troisième sur la gauche, exactement, entre la porte et la fenêtre.

Mélina eut une hésitation à l'instant de pénétrer dans ce qui avait été son univers pendant douze ans. Il lui sembla qu'elle allait apercevoir son père, et même peut-être sa mère, assis à table. Elle le souhaita si fort que, le seuil franchi, elle ne douta plus de les trouver là tous les deux, face à face, comme s'ils l'attendaient. Quel choc ce fut pour elle de découvrir que la pièce était vide ! Il n'y avait plus de table, plus de coffre, plus rien, sinon cette noire terre battue sur laquelle couraient des faucheux et ces poutres, non moins noires, auxquelles étaient suspendues des chauves-souris. Son cœur se mit à cogner si fort qu'elle recula doucement, très doucement. Elle eut à peine la force de refermer la porte avant d'aller s'asseoir un instant dans la remise. Puis elle se mit à courir, à courir dans les bois, si vite qu'elle en tremblait et qu'elle finit par s'écrouler sur un tapis de mousse, entre deux chênes verts.

Elle aurait sans doute pu mourir ce jour-là, tant le choc avait été violent. Elle continua de trembler un long moment, les genoux repliés, essayant de chasser la vision de la pièce noire où elle avait cru retrouver un peu de son passé. Il fallut de longues minutes avant que la forêt familière ne parvienne à l'apaiser. Et puis elle lui parla, comme à son habitude. Mélina se coucha sur la mousse et ce fut comme si elle l'entendait respirer. Alors elle se sentit moins seule et, au bout d'un moment, elle chercha les signes qu'elle avait pris l'habitude d'interpréter : des ronces en forme de croix, une empreinte sur la terre meuble, des branches dessinant un visage, une main sur l'écorce indiquant une direction à prendre. Bientôt les arbres nus se mirent à chanter. Un oiseau appela à dix mètres d'elle : une bécasse qu'elle avait dérangée.

Ce qu'elle allait chercher au fond des bois, en réalité, c'étaient les réponses aux questions qu'elle se posait depuis toujours sur la mort de sa mère, et ce mystère qui l'entourait. Depuis sa visite à Pascaline, elle n'avait rien appris de plus, mais elle se souvenait des derniers mots murmurés par son père : « C'est moi qu'elle aimait... c'est moi qu'elle aimait. » Qui d'autre que lui aurait-elle pu aimer ?

À cette époque-là, Mélina, dans sa quête éperdue, demandait aux arbres de la forêt, qui avaient été témoins de ce qui s'était passé, de lui révéler la vérité :

— Dites-moi, suppliait-elle, vous qui savez tout, qui avez tout vu, qui avez tout entendu, dites-moi, s'il vous plaît, pourquoi elle est morte.

Les branches frémissaient, les feuilles frissonnaient, les troncs craquaient, des murmures couraient à ras du sol, venus des truffières, mais nulle réponse ne lui était donnée. Il lui sembla que la clef de l'énigme se trouvait peut-être au château, et elle se mit dès lors à interroger Fantille en qui elle voyait une alliée. Celle-ci, pourtant, lui répondait invariablement :

— Laisse ta mère en paix, ma fille. Elle a droit au repos maintenant.

Ces quelques mots contenaient eux aussi leur poids de mystère. C'était le « maintenant » qui intriguait Mélina. Si elle avait droit « au repos maintenant », cela signifiait que la vie de sa mère avait été difficile et douloureuse. Pourquoi ? Que s'était-il passé ? Obsédée par ces questions, Mélina prit l'habitude d'errer dans le château, de pousser la porte de pièces où elle n'avait pourtant rien à faire, guettant le pas d'Albine, le cœur battant, mais elle ne trouva rien qui pût l'instruire et, en même temps, l'apaiser.

Au printemps, il fallut choisir des glands pour replanter quelques chênes, afin de remplacer la vingtaine qui était épuisée. Cette occupation allait permettre à Mélina d'oublier les questions qui la hantaient. Grégoire Carsac la fit venir une nouvelle fois dans son bureau, mais il n'était pas seul : Antoine se trouvait là aussi, et elle en fut mal à l'aise, comme chaque fois qu'elle se trouvait en sa présence.

— Voilà ! lui dit Grégoire, il faudrait des glands pour planter en novembre. C'est toi qui iras les choisir, et on les mettra en pots jusqu'à l'automne. C'est le moment.

— Non, dit-elle, c'est trop tôt.

— Tu es sûre ?

— Oui.

— Alors, fais à ton idée.

À partir de ce jour, elle se sentit guettée par Antoine : il voulait savoir quel était ce secret qu'avait enseigné Jean Fontanel à sa fille, avant de mourir. Mélina avait appris de la

bouche de son père que les bons glands étaient
ceux donnés par les chênes qui débourraient le
plus tard, pendant la première semaine de
mai, avec des bourgeons très blancs et beaucoup de duvet. De ces arbres-là, et uniquement
d'eux, il fallait choisir les glands les plus petits
et les plus allongés : alors on était sûr — selon
Jean Fontanel mais Mélina le vérifia plusieurs
fois — de planter des chênes qui seraient
féconds pour les truffes.

Elle attendit donc la première semaine de
mai, puis elle partit dans les bois faire sa provision. Elle ne cueillit rien les deux premiers
jours, car elle savait qu'Antoine Carsac la suivait, mais elle n'eut pas de mal, le troisième, à
lui échapper, car les bois lui étaient familiers.
Quand elle revint au château, rapportant sa
provende, il se montra furieux et elle comprit
qu'elle allait devoir se méfier davantage de lui.
Pourtant, elle avait la conviction d'être devenue indispensable et elle comptait bien le
demeurer. Elle avait deviné que sa seule force
au milieu des Carsac était là, dans sa connaissance des glands et de la truffe, et qu'il était
vital, pour elle, de la préserver.

Elle n'eut pas à attendre longtemps la vengeance d'Antoine. Un jour que Rémi était
malade, accablé par la fièvre et incapable de se
lever depuis trois jours, Antoine obligea
Mélina à nettoyer l'écurie. Au lieu de l'aider,
pendant tout le temps qu'elle s'affairait avec la
fourche et la brouette, il demeura immobile
devant la porte, un sourire aux lèvres, s'effaçant à peine quand elle passait en poussant la
brouette vers le tas de fumier qui se trouvait
dans le jardin, de l'autre côté du mur
d'enceinte, à plus de trente mètres de là.

Mélina travaillait depuis près d'une heure quand Albine, prévenue par Fantille, vint s'interposer. Elle ne parvint pas à fléchir Antoine, et il fallut que Grégoire Carsac, en personne, intervienne :

— Maintenant ça suffit ! lança-t-il à Antoine. Le plus gros du travail est fait. Le reste attendra que Rémi aille mieux.

À l'instant où Mélina regagnait la cuisine, Antoine lui dit de sa voix grinçante :

— Dépêche-toi de grandir, petite, et sois sûre que nous reparlerons de tout ça.


Pendant les jours qui suivirent, Mélina se confia à Fantille, qui parvint, comme chaque fois, à la rassurer. Pourtant, jugeant qu'il y avait là une menace pour la petite, Fantille parla des manigances d'Antoine à Albine. Les deux femmes, alors, pour permettre à Mélina de s'éloigner d'Antoine, la poussèrent à participer davantage à la vie du village. C'est ainsi que Mélina fit connaissance avec la coutume du feu de la Saint-Jean auquel elle assista pour la première fois en compagnie de Fantille. Il eut lieu non pas sur la place de l'église, mais dans une prairie voisine de l'Isle, sur la route de Cubjac. La petite avait attendu ce moment avec tellement d'impatience qu'elle courait presque, ce soir-là, en quittant le château, devant Fantille qui peinait à la suivre et disait :

— Attends-moi donc ! Où vas-tu si vite ?

Malgré son impatience, Mélina ralentit et marcha au pas de la vieille servante. Il faisait un de ces temps clairs et chauds de juin qui poussent les gens à s'asseoir devant le seuil des portes, à sortir enfin de l'ombre des maisons où les relègue la chaleur accablante des jours. Les martinets achevaient de s'épuiser dans le ciel vert en rondes folles. D'épaisses bouffées de chaleur au parfum de foin erraient sur la campagne en nuages invisibles. Mélina avait l'impression que cette journée de juin ne s'achèverait jamais, qu'on ne reverrait plus d'étoiles dans le ciel.

Les deux femmes arrivèrent parmi les premières dans la prairie où l'herbe fauchée dégageait un parfum plus frais grâce à l'humidité qui montait de la rivière voisine. Les jeunes gens du village avaient apporté des planches, des fagots, des vieilles poutres qu'ils avaient dressés autour d'une grande perche plantée en terre. Par-dessus les fagots, ils avaient entassé des branches de genévrier et de pin qui s'embrasent facilement. À l'extrémité de la perche, un bouquet de fleurs sauvages couronnait l'ensemble.

L'heure approchait d'allumer le foyer. Les villageois arrivaient les uns après les autres, lentement, sans se presser, tandis que sonnaient les cloches de l'église. La Miette apparut bientôt, précédée par Pierre qui, aussitôt, vint près de Mélina et lui dit :

— Je suis content que tu sois là. On va pouvoir sauter le foyer tous les deux.

Et il lui prit la main. La nuit tombait enfin, chaude et lourde de multiples senteurs, avec de longs froissements d'air venus des peupliers de la rive. Le curé en surplis, suivi par un enfant de chœur portant l'eau bénite, s'avança et récita des prières auxquelles s'associèrent les femmes, puis il aspergea le bûcher et l'alluma avec un cierge. Aussitôt, tout

s'embrasa et la nuit fut illuminée par une
immense langue de feu qui parut à Mélina
bondir jusqu'aux étoiles. Alors s'organisa une
farandole autour du foyer qui crépitait joyeu-
sement et projetait sur les danseurs des étincelles d'or. Mélina tenait la main de Pierre et,
de l'autre, celle d'un garçon qu'elle ne connaissait pas. Fantille et la Miette, côte à côte, les
surveillaient en discutant. Mélina tourna tellement, ce soir-là, qu'elle en devint ivre et dut
s'asseoir dans l'herbe pour ne pas tomber.

Plus tard, elle sauta le foyer avec Pierre —
un dicton prétendait que ceux qui agissaient
ainsi étaient promis l'un à l'autre — et ce fut
seulement à ce moment-là que les braises rou-
geoyantes lui firent penser à sa mère. Aussitôt
elle chancela, puis elle recula et, après avoir
laissé se dissiper ce moment de frayeur, elle
demanda à Fantille de partir. Celle-ci fut
d'abord surprise, puis elle devina ce que
Mélina ressentait et elle ne fit pas de difficultés
pour quitter les lieux. La Miette et Pierre,
aussi, avaient deviné les pensées qui étaient
venues à Mélina : Pierre lui reprit la main et
lui parla tout le long du trajet de sa voix déjà
grave, placide et chaude. Cette nuit-là, ce fut la
première fois où Mélina songea qu'il serait bon
pour elle de passer sa vie près de lui.

Elle oublia très vite le feu de Saint-Jean en
aidant aux travaux des champs à la Méthivie.
Puis vinrent les Rogations, la fête de la Saint-
Michel, et l'année se termina dans le froid sec
et dur qui, la nuit, faisait craquer le tronc des
chênes. Le jour de l'an, avec les gamins de Salvignac, Mélina fêta le « Guillonaou » en portant des branches de gui de porte en porte. Les

gens donnèrent de menus cadeaux : fruits ou friandises que les enfants partagèrent. À Pâques, il y eut la « Pascade », à laquelle Mélina participa pour la première fois, avec les encouragements de Fantille qui avait obtenu la permission d'Albine. Il était d'usage, alors, d'aller de ferme en ferme pour demander des œufs en chantant en patois périgourdin :

*Donnez-nous quelques œufs pour l'omelette*
*Le ciel bénira votre toit.*

Ce fut bien deux centaines d'œufs que les enfants récoltèrent ce jour-là, et la Miette les battit en une omelette géante qu'ils dégustèrent dans la grande salle à manger du château, sous l'œil attendri d'Albine. C'est ainsi que Mélina fit peu à peu sa petite place dans le village et aux alentours, sous le regard protecteur de Pierre à qui, désormais, elle se sentait promise.

Elle ne se rendait pas compte qu'elle grandissait, que le temps passait, car elle travaillait beaucoup, du fait que les Carsac n'étaient pas riches : ils ne pouvaient pas payer d'ouvriers agricoles, et Mélina n'avait guère de temps, entre la cuisine, les truffières et l'aide aux travaux de la Méthivie, pour s'occuper d'elle. C'étaient Antoine et Rémi qui accomplissaient le plus gros du travail dans les truffières, mais sa présence y était souvent nécessaire. Elle s'y rendait avec le vieux Grégoire, en charrette, et redoutait les jours où les rhumatismes de son maître l'empêchaient de se déplacer. Ces jours-là, elle se sentait en danger face à Antoine, et à peine rassurée par la présence de Rémi. Un incident vint toutefois mettre fin à la menace que représentait pour Mélina Antoine Carsac. En effet, un soir où il la serrait de près, dans une chambre où elle faisait le ménage, Albine apparut et se mit en colère. Antoine protesta de son innocence, mais il se défendit mal. Quand tous deux eurent disparu, Mélina entendit crier Albine pendant près d'une heure et, le soir, elle ne descendit pas dîner. Dès lors, Antoine devint plus distant, et Mélina cessa d'avoir peur.

Ce fut vers cette époque-là, un après-midi, que, seule dans le château, Mélina ne résista pas à l'envie de pousser la porte d'une pièce à l'étage, et qu'elle découvrit un portrait qui la troubla beaucoup. Deux enfants en costume s'y trouvaient, parmi lesquels elle reconnut Antoine en bas âge. Qui était l'autre, qui lui ressemblait mais qu'elle n'avait jamais vu au château ? Était-il mort ? Pourquoi n'en parlait-on jamais ? Elle posa la question à Fantille, qui, d'abord, ne lui répondit pas. Mélina dut insister, supplier, avant d'obtenir une réponse :

— C'est Philippe, le frère aîné d'Antoine.

— Il est mort ?

— Non, il est parti.

— Quand ? Il y a longtemps ?

— Oh ! Je ne me rappelle pas. Une dizaine d'années, peut-être.

— Où est-il ?

— On ne sait pas. Même son père ne le sait pas.

— Et leur mère, il y a longtemps qu'elle est morte ?

— Je ne me souviens plus.

Il sembla à Mélina que Fantille mentait, et elle comprit qu'une nouvelle fois elle s'était approchée d'un domaine interdit. Le dimanche suivant, elle interrogea Louis et la Miette qui lui parurent troublés par ses questions.

— Philippe est parti parce qu'il s'est fâché avec son père, finit par admettre Louis. Quant à la mère, la pauvre, elle a beaucoup souffert avant de mourir. Elle était atteinte d'une maladie qu'on ne connaissait pas par ici, et les médecins n'ont rien pu faire. Elle est restée de longs mois à Périgueux à l'hôpital, et puis elle est revenue un automne pour mourir près des siens. Elle est passée en février, je m'en souviens bien car il gelait à pierre fendre.

— C'était une brave femme, reprit la Miette, mais elle languissait beaucoup de sa famille et de la vallée de la Vézère d'où elle était « sortie ». Je crois qu'elle ne s'est jamais habituée, ici.

— Et Philippe ?

— Oh ! lui, répondit la Miette, c'était une tête folle.

Mélina devina qu'elle n'en apprendrait guère plus, mais elle posa néanmoins une dernière question :

— Il y a longtemps qu'elle est morte ?

— Qui ça ?

— La mère d'Antoine et de Philippe.

— Il y a eu quinze ans en février.

— Un an avant ma naissance ?

La Miette hésita à répondre, s'y décida en soupirant :

— Peut-être, mais c'est si loin que je ne me rappelle plus très bien.

De Philippe, elle n'apprit rien de plus que ce que lui avait dit Fantille, sinon qu'il vivait sans doute à l'étranger : c'était du moins le bruit qui courait au village. Pierre, en la raccompagnant à Salvignac, lui dit en confidence :

— J'ai entendu dire que Philippe vivait en Amérique.

Elle ne sut pourquoi, ce jour-là, son estomac se noua en entendant prononcer le mot « Amérique ». Un malaise s'empara d'elle, que Pierre remarqua.

— Qu'est-ce que tu as ? lui demanda-t-il.

— Rien, je suis un peu fatiguée.

Il demeura un moment silencieux, puis il ajouta :

— D'autres disent qu'il est en Afrique.

Puis il lui reprit la main, comme à son habitude, et il ne prononça plus un mot jusqu'à Salvignac. Mélina, sans bien savoir pourquoi, s'efforça d'oublier Philippe Carsac, sa mère, et tout ce qu'elle avait entendu depuis sa découverte du portrait. Elle ne remit jamais les pieds dans la pièce où elle l'avait trouvé.

C'est vers cette époque-là qu'Albine décida d'emmener Mélina à la foire de Périgueux. Elle ne sut ce qui avait décidé sa maîtresse à ce voyage, mais elle ne s'y attarda pas, tant elle était impatiente de découvrir enfin la grande ville. Depuis quelques mois, déjà, Albine s'était rapprochée d'elle et parfois lui disait :

— Comme tu grandis vite !

Mélina ne savait si elle devait entendre par là un reproche, mais le regard d'Albine lui donnait à comprendre qu'il s'agissait plutôt d'un regret. Mélina l'avait toujours trouvée belle, et elle l'était, avec ses cheveux blonds, ses yeux verts, sa taille mince, et cette manière qu'elle avait de se déplacer en faisant jouer les plis de ses longues robes. À plusieurs reprises, Albine avait eu des élans de tendresse vers elle, puis, le lendemain, avait repris sa distance un peu mélancolique. Mélina avait deviné que sa présence, même si elle était précieuse à sa maîtresse, en même temps, la faisait souffrir. Elle s'était habituée à ces changements d'humeur car elle devinait de quel poids pouvait peser chez une femme une telle blessure. Elle-même, depuis toujours, rêvait d'avoir plus tard un enfant pour lui donner tout ce qu'elle n'avait pu recevoir, et combler ainsi, du moins elle l'espérait, l'absence d'une mère. C'est pourquoi, malgré les accès de froideur d'Albine qui succédaient à des périodes de douceur, Mélina se sentait bien en sa compagnie.

Elles partirent un matin, de très bonne heure, sur le break conduit par Antoine. Le cheval allait au trot sur la route qui suit l'Isle, dans ce qui est encore le causse sur quelques kilomètres. Il faisait bon, et Mélina était heureuse près de cette femme qui lui souriait de temps en temps en lissant de la main sa robe de coton d'un bleu très clair, si belle que la petite se retenait de respirer pour l'admirer. Elle en oublia très vite la présence d'Antoine, qui, d'ailleurs, ne se retournait pas. Depuis qu'il était monté sur la voiture, il paraissait furieux, et il semblait à Mélina que c'était à cause d'elle.

Le long du chemin tout lui était découverte : le village de Sarliac, aux maisons sagement assises le long de la rivière et qui, dès sa sortie,

sur sa droite, reçoit la route de Thiviers; le
hameau de Laurière et, plus loin, celui dont le
nom l'étonna : Antonne-et-Trigonnant. Un peu
plus loin encore, l'Isle, grossie des eaux de
l'Auvézère, longeait la grand-route jusqu'à
Périgueux, dont Mélina aperçut la cathédrale
de Saint-Front sur les hauteurs.

— Nous arrivons, lui dit Albine.

— Déjà !

Mélina n'avait pas vu le temps passer, et
cependant ils étaient partis depuis plus d'une
heure. Une longue côte les conduisit jusqu'aux
premières maisons de la grande ville, des maisons grises et basses pour la plupart, pas très
différentes de celles de Salvignac. Il leur fallut
encore une demi-heure avant de gagner le
centre, tant il y avait de voitures, de charrettes,
de fardiers, d'automobiles, le long de la route
étroite.

Antoine arrêta la voiture à proximité des
allées Tourny qui étaient proches du champ de
foire. Albine et Mélina partirent à pied parmi
une foule si bruyante, si animée, que la seule
préoccupation de Mélina, pendant un moment,
fut de ne pas perdre de vue sa maîtresse.
Antoine s'était éloigné de son côté, sans un
mot, et elle en avait été soulagée.

Jamais Mélina n'avait vu autant de monde,
même à Excideuil le jour où son père l'y avait
emmenée. Albine était heureuse : la petite le
devinait à la vivacité qu'elle mettait à se déplacer entre les étalages malgré la cohue. Elle
acheta des gants, une ombrelle qu'elle fit livrer
chez l'une de ses amies domiciliée dans le
quartier de la préfecture, pas très loin des
allées Tourny où, confia-t-elle à Mélina, on les
attendait à midi pour déjeuner.

Plus loin, elle s'arrêta devant l'étal d'un marchand de chapeaux, et se tourna vers Mélina en demandant :

— Lequel te plairait ?

D'abord surprise, et très gênée aussi, Mélina eut du mal à répondre. La marchande dit à Albine :

— C'est une bien belle fille que vous avez là, madame.

Mélina voulut protester, consciente qu'elle était d'usurper une identité qui lui était interdite, mais Albine ne lui en laissa pas le temps :

— En effet, répondit-elle, aussi lui faut-il un chapeau qui lui convienne.

Mélina, ne sachant que dire, sentit ses jambes trembler sous elle. Albine lui avait fait le plus beau cadeau de sa vie : avoir une mère, enfin, une vraie mère, élégante de surcroît, fût-ce un instant, une seconde, quelques minutes seulement, celles qui lui suffirent pour choisir un chapeau de feutre beige, en forme de cloche, avec un ruban bleu, qu'elle conserva longtemps et qui lui rappela, chaque fois qu'elle posait les yeux sur lui, cet instant unique et merveilleux.

Mélina ne sut pas si Albine vit les deux larmes qu'elle s'efforçait de retenir au bord de ses paupières, mais elle devina que sa maîtresse était aussi émue qu'elle. Ensuite, Albine l'entraîna vers d'autres étalages, d'autres boutiques merveilleusement achalandées, puis vers les hauteurs de la ville, auxquelles menaient des ruelles obscures et sales, dont les balcons se joignaient presque au-dessus de la tête des passants.

— Je ne viens jamais à Périgueux sans me recueillir dans la cathédrale, dit Albine.

134       *Les Chênes d'or*

Quelle splendeur! Mélina, qui n'avait jamais
fréquenté que l'église de Salvignac, découvrit
des coupoles, des vitraux, des retables d'une
beauté qu'elle aurait été bien incapable d'imaginer. Elle fut si impressionnée qu'elle ne réussit à réciter aucune des prières qu'elle avait
apprises par cœur au catéchisme. Albine, la
tête inclinée, se recueillit pendant un long
moment, puis elle se redressa, souriante, avec
une grande douceur sur le visage.

Pour redescendre vers le champ de foire, elle
prit la main de Mélina puis elle la lâcha une
fois qu'elles arrivèrent en bas, dans la cohue,
de nouveau, parmi les baraques où l'on vendait de tout : des légumes, des fruits, des
volailles, mais aussi des potions magiques, des
eaux de jouvence, des poudres contre les poux,
des pommades contre les brûlures ou le mal de
dents. Albine fit rapidement ses dernières
emplettes puis elles partirent vers la préfecture, chez son amie d'enfance, qui les attendait. Mélina fut heureuse de constater qu'on
lui faisait bon accueil et surtout qu'Antoine ne
se trouvait pas là : il devait festoyer avec des
relations de foires, dans l'une des nombreuses
auberges de la ville.

Le mari de leur hôtesse apparut bientôt, et
Mélina comprit qu'Albine en était contrariée.
C'était un homme sévère, en costume noir et
col dur, qui travaillait à la préfecture. Heureusement, il déjeuna très vite et ne s'attarda
pas. Une fois qu'il fut parti, Albine et son amie
envoyèrent Mélina dans la bibliothèque afin de
pouvoir discuter à leur aise. Elle se mit à feuil-
leter un livre de Guy de Maupassant, mais elle
renonça bien vite à la lecture et s'approcha de

la fenêtre pour essayer d'apercevoir le champ
de foire qui ne se trouvait pas très loin. Elle
observa avec amusement les gens : femmes en
toilette, hommes en costume, marchands en
blouse, ménagères en tablier noir qui s'y rendaient ou en revenaient avec une sorte d'agitation, de fébrilité, qui l'étonnait beaucoup.

C'était pour elle un spectacle si nouveau, si
vivant, ces gens affairés, poussés par de mystérieuses nécessités, qu'elle entendit à peine
Albine entrer dans la pièce.

— Viens, lui dit-elle, il est temps.

Son amie, qui s'appelait Yvonne, était brune
autant qu'Albine était blonde, avec de grosses
lèvres rouges comme des cerises. Elle donna
des chocolats à Mélina et l'embrassa. Quand
elles sortirent, le soleil avait disparu. On
entendait un orage gronder au loin, par-delà
Saint-Front.

— Il manquerait plus qu'il pleuve, souffla
Albine.

Elles se dirigèrent vers le champ de foire,
eurent du mal à retrouver la voiture parmi tant
d'autres, et Albine pesta contre Antoine qui
n'était pas encore là.

— Ça ne m'étonne pas. C'est chaque fois la
même chose, fit-elle avec dépit.

Elle releva la capote et elles purent s'asseoir
côte à côte à l'arrière. Mais, comme l'orage
menaçait d'éclater vraiment, il leur fallut revenir chez l'amie d'Albine, le temps de le laisser
déverser sa colère. Ce fut vite fait : en un quart
d'heure, les nuages crevèrent sur la ville, pro-
voquant la panique du bétail et une fuite éperdue de ceux qui se trouvaient à découvert, puis
ils s'éloignèrent aussi vite qu'ils étaient appa-

rus. Albine et Mélina embrassèrent de nouveau Yvonne, puis elles repartirent vers la voiture près de laquelle Antoine Carsac, furieux et
trempé, cette fois, les attendait. Mélina
comprit qu'il avait bu, car il eut du mal à monter sur la banquette et à prendre les rênes.
Enfin l'attelage partit sous une petite pluie
tiède qui se mit à tomber dès la sortie de Périgueux, faisant comme un bruit de pattes
d'oiseaux sur la capote noire. Alors Albine
passa son bras par-dessus les épaules de
Mélina et demanda :

— Tu n'as pas froid ?

Mélina ne répondit pas, mais elle se serra
contre sa maîtresse et fit semblant de s'endormir. Elle comprit plus tard que ce voyage avait
forgé dans son souvenir la sensation impéris-
sable d'une poitrine qui se soulevait doucement contre sa joue, et la certitude de savoir,
désormais, ce qu'était la précieuse chaleur
d'une mère.

6

Deux ans passèrent sans que Mélina n'y
prenne garde. À seize ans, elle était désormais
une femme et ne pouvait pas l'ignorer : le
regard des hommes sur elle le lui indiquait
assez. Celui d'Albine, aussi, qui, au fur et à
mesure que Mélina se transformait, s'éloignait
d'elle après avoir été très proche. Mélina ne lui
en voulait pas. Elle avait toujours su qu'il était

important, et même vital pour elle, de rester à sa place, de ne pas forcer le destin. Au contraire, pendant quelques mois, elle mélangea aux tisanes d'Albine une décoction de plantes dont elle pensait qu'elle pouvait enfin combler ses vœux de maternité. Albine trouvait que sa tisane avait un drôle de goût et s'en prenait à Fantille qui disait à Mélina, sans vraiment se fâcher :

— Cesse donc ! Tu finiras par nous l'empoisonner.

Découragée, Mélina finit par renoncer, mais elle aimait tellement sa maîtresse qu'elle s'efforçait de ne pas lui faire de peine. Et pour cela elle évitait soigneusement Antoine, s'habillait de robes longues, oubliait de se coiffer, parfois même de se laver.

— Mais qu'est-ce qui te prend ? s'emportait Fantille. On dirait que tu tiens commerce avec le diable.

Elle ne croyait pas si bien dire. Mélina n'osait même plus se regarder dans le miroir, et, attentive à ne pas être suivie, courait les bois tous les jours, passait des heures dans les truffières, vivait comme une sauvageonne.

Elle rattrapait le temps perdu, en fait, car pendant une année les Carsac avaient trouvé des bordiers et les avaient chargés de s'occuper des truffières. C'étaient un homme et une femme âgés d'une cinquantaine d'années et originaires de la région de Montignac. Ils avaient tout de suite compris que Mélina était pour eux une concurrente et exigé des Carsac de ne plus la voir dans les truffières. Mélina en avait souffert, bien sûr, puis elle s'était réfugiée auprès de Fantille, attendant le moment de regagner le terrain perdu.

Ce moment ne tarda guère : Grégoire et Antoine s'aperçurent rapidement que les bordiers leur volaient des truffes et les revendaient pour leur propre compte. Ils les chassèrent et demandèrent à Mélina de reprendre sa place. Elle eut la bonne idée de ne pas se faire prier, ce qui lui valut l'estime de Grégoire et lui donna les coudées franches.

Il y avait d'ailleurs beaucoup à faire : en une année, les truffières, insuffisamment entretenues, menaçaient de s'asphyxier. Ce printemps-là, il fallut employer deux hommes pour les nettoyer. De plus, les anciens bordiers avaient laissé crever la truie que Jean Fontanel avait si bien dressée. Mélina eut alors l'idée de dresser un chien, ce qui parut également préférable aux Carsac. Il s'appelait Bobi, venait d'une ferme voisine, et n'était pas de pure race. Il devait être le fruit d'un croisement entre un épagneul et un griffon, mais il avait un nez extraordinaire, Mélina le comprit dès le premier jour où elle l'emmena avec elle. Ce devait être en novembre, et elle n'avait que peu de temps avant la récolte.

Ce n'est pas très difficile de dresser un chien, surtout quand on y passe ses journées, comme Mélina le fit alors. Il faut surtout, avec beaucoup de patience et de douceur, associer le parfum de la truffe à celle d'un aliment qu'il aime particulièrement : du fromage, du biscuit, ou même de la viande. La bonne méthode consiste à commencer par cacher le fromage et à le lui faire chercher. Puis il convient de cacher ensemble le fromage et la truffe ; et enfin la truffe seule, le fromage venant récompenser l'animal. Mélina ne savait rien de cela. Elle l'apprit toute seule, en observant son chien, en ne le frappant jamais et en l'aimant beaucoup.

Quand l'animal a compris, tout devient facile : il marque la truffe en grattant le sol de ses pattes, et c'est là qu'il faut intervenir : ne pas la lui laisser déterrer, car ses pattes, à force, saigneraient. Si l'on a pris la précaution de l'empêcher de creuser très tôt au cours du dressage, alors, dès qu'il a marqué la truffe, il se retourne et attend sa récompense.

Plus tard, Mélina eut un chien qui mentait très bien. Il feignait d'avoir flairé une truffe et se retournait vers elle. Elle s'aperçut que c'était un chien qui avait été battu et avait appris à dissimuler ce qu'il faisait pour ne pas être châtié. Elle le garda, mais elle en dressa un autre, plus jeune, plus franc, qui mourut dans ses bras, après avoir été heurté par une voiture.

Ce mois de janvier-là, les Carsac furent très étonnés mais très satisfaits de ce succès si rapide. Ils avaient redouté le pire, c'est-à-dire de ne pas pouvoir assurer la récolte car les chiens truffiers ne se prêtent pas. En outre, malgré les mauvais soins des bordiers, c'était une année exceptionnelle — avec la truffe, c'est souvent comme ça : elle a des caprices qui défient la raison. Plus simplement, il avait plu juste ce qu'il fallait pendant l'été, et l'automne, lui, avait été plutôt sec. Bref ! ce fut une très bonne année, qui permit à Mélina de retrouver encore plus d'importance aux yeux des Carsac, et elle en éprouva du réconfort.

Ce fut pour elle le début d'une période heureuse et libre car nul ne songeait à la retenir quand elle partait avec son chien dans les bois.

Elle en profita pour faire provision de ces
herbes dont elle avait appris les pouvoirs du
guérisseur. En effet, au cours de ces deux
années elle était allée le voir à trois reprises
dans sa masure des bois de Bujadelles. Il
l'avait reconnue tout de suite, l'avait fait entrer
dans sa cuisine qui ressemblait beaucoup à
celle de Costenègre : même dénuement, même
mobilier sommaire, même noirceur des murs.
Il avait accepté de répondre à ses questions,
probablement parce qu'il avait deviné en elle
quelqu'un qui avait la même passion que lui
pour les herbes et sans doute aussi les mêmes
dispositions à deviner le sens caché des
choses.

Elle le revit pour la dernière fois à cette époque où elle était libre d'aller et venir, au printemps, alors que les premières feuilles poin-
taient sur les chênes. Il lui parla longuement,
cet après-midi-là, puis il lui dit soudain, tandis
qu'elle s'apprêtait à repartir :

— Je ne te reverrai plus, petite. Je suis
arrivé au bout. Il ne faudra plus revenir.

Mélina eut bien du mal à le quitter, cet
homme qui avait été si bon pour son père et
pour elle. Il le devina et l'accompagna un peu
sur la route. Puis il s'arrêta et lui dit de sa voix
de rocaille :

— Le secret, c'est qu'il faut aimer le monde
dans ses plus petites choses. Tu n'oublieras
pas ?

Elle promit et partit, non sans se retourner
plusieurs fois car elle avait le cœur serré à la
pensée de ne plus le revoir. Il ne s'était pas
trompé : trois mois plus tard, un jour où
Mélina aidait les Sauvénie aux fenaisons,

Louis lui demanda, alors qu'ils marchaient à côté de la charrette chargée de foin :

— Tu te souviens de cet homme qui a soigné ton père ?

— Oui, dit-elle, il s'appelle Jarillou.

— J'ai appris qu'il était mort.

Elle n'eut pas la force de demander quand ni comment. Dès que le foin fut déchargé dans le fenil, elle partit dans les bois pour se retrouver seule avec ses souvenirs, toujours aussi impressionnée par cet instinct que le disparu possédait de la vie, mais aussi de la mort. S'il lui avait enseigné l'essentiel de ce qu'il connaissait sur les plantes, cet instinct, elle l'avait en elle. Il y avait fort longtemps qu'elle devinait les choses avant qu'elles n'arrivent, et elle avait toujours su, au fond d'elle, que son père ne vivrait pas vieux. Au château, elle savait qu'Antoine était le mal absolu, qu'Albine souffrirait toute sa vie, que Grégoire n'était pas l'homme dur et autoritaire qu'il s'efforçait de paraître et que Fantille était la bonté même. D'Albine, Mélina savait également qu'elle était « marquée ». Un destin tragique la guettait. C'est pour cette raison que, malgré les humeurs changeantes de sa maîtresse, Mélina tâchait de se montrer aimable vis-à-vis d'elle.

De même, quand Grégoire Carsac se mit à souffrir de rhumatismes et de douleurs, Mélina le soulagea avec des bains de pieds préparés avec de la bardane, de la bruyère, du chiendent et des fleurs de genêt. Il lui en sut gré, et, pour tout dire, lui manifesta encore plus d'intérêt : il la croyait savante uniquement des truffes, et découvrait qu'elle connaissait aussi le pouvoir des plantes. À partir de ce

jour, même Antoine la considéra d'un autre
œil, avec une sorte de méfiance respectueuse,
et il demeura à distance.

Ce fut l'année suivante qu'on entendit parler
pour la première fois d'un certain Hitler qui,
d'après les journaux, se montrait de plus en
plus menaçant. Mélina ne s'en soucia pas
beaucoup au début, mais ce nom revint
souvent dans les conversations, y compris au
château. Au fond d'elle-même, à force
d'entendre ce nom-là, elle comprit qu'il
compterait dans sa vie. Et puis l'été arriva, et
les travaux le lui firent oublier.

Ses seuls soucis du moment, du moins
depuis qu'elle avait acquis son indépendance
et affermi ses positions au château, concer-
naient la mémoire de sa mère et le mystère de
sa mort. On ne lui parlait plus de ce Philippe
qui l'avait occupée quelque temps. Il était loin,
c'était tout. Il lui arrivait de questionner des
gens de Salvignac qu'elle connaissait bien,
mais ils ne savaient pas grand-chose, ou du
moins le lui cachaient soigneusement.

Pourtant, un jour, alors qu'elle lavait le linge
à la rivière, des femmes du village, sans se soucier d'elle, se mirent à parler de Philippe Carsac. Mélina apprit qu'il avait été une « forte
tête », souvent en conflit avec son père, et que
« tout ça s'était très mal terminé ». L'une
d'entre elles prétendit qu'il était complètement
fou et prêt à tout pour arriver à ses fins. Puis
elles parurent s'apercevoir de la présence de
Mélina et changèrent de conversation, ce qui
l'intrigua beaucoup. Pendant les jours qui suivirent, elle se demanda pourquoi les femmes

s'étaient tues brusquement et s'en inquiéta
auprès de Fantille.

— Oh! Pauvre, lui dit-elle, si tu te mets à
écouter les commères, maintenant, tu as du
temps à perdre! Tiens, aide-moi plutôt à remplir ces bocaux de confits!

C'était là la passion de Fantille : canards,
oies, porcs finissaient leur vie en conserve, si
bien qu'il y en avait tellement à la cave qu'on
aurait pu soutenir un siège. Mais Fantille était
aussi experte en confitures de prunes, de
mûres, de coings, et ne sortait plus guère de sa
cuisine, car l'âge commençait à compter. Elle
avoua qu'elle avait près de soixante-dix ans,
alors que Mélina lui en aurait donné à peine
soixante. C'était une vraie femme du Périgord,
forte et généreuse, l'une de celles qui, alors,
travaillaient toute leur vie au service d'une
famille. Près d'elle, Mélina se sentait bien, en
sécurité, et elle ne voyait pas le temps passer.

Les mois défilaient, pourtant, et elle achevait de se transformer, comme ces chrysalides
qui prennent leur aspect définitif sous le soleil.
Elle ne pouvait pas ignorer qu'elle était belle.
Oh! pas de cette beauté fragile qu'on voit aux
femmes des villes, mais de celle de chez nous,
robuste, sombre, sauvage, sans nuance. À cette
époque-là, elle était brune, grande comme il
fallait, ronde, avec des yeux très noirs semblables à ceux des gitanes, des cheveux drus, et
deux fossettes aux joues qui donnaient
l'impression qu'elle avait le sourire facile. Il est
vrai qu'après ses premières années si douloureuses, le monde dans lequel elle vivait lui
paraissait une sorte de paradis.

Pierre aussi était devenu un homme. Il ne lui

parlait plus avec les mêmes mots, et il faisait des projets à voix haute :

— Je prendrai un jour la métairie. Ce serait bien si on se mariait. Tu le sais, Lina, que j'ai une grande amitié pour toi.

Il n'osait pas dire de l'amour. Ce n'était pas un mot que l'on prononçait si facilement, dans nos campagnes. C'est ce mot-là, pourtant, qu'elle aurait bien voulu entendre, mais Pierre n'avait jamais été très savant dans ce domaine. Il était bon, travailleur, courageux, et c'était déjà beaucoup, elle le savait.

— Les Carsac ne voudront jamais, lui répondit-elle. Ils ont trop besoin de moi.

Il protesta :

— C'est moi qui ai besoin de toi.

Et, comme elle demeurait silencieuse :

— Tu le sais, Lina, qu'on a toujours été promis l'un à l'autre.

— Alors, il faut demander la permission aux Carsac.

— Je le ferai à la première occasion. Je te le jure, je le ferai.

Il essaya mais ne put pas. Ce fut la Miette qui parla de ce projet de mariage à Grégoire Carsac, mais elle se heurta à un refus.

— Ils ont le temps, lui répondit-il. Et puis on a besoin d'elle, ici, au château.

Quelque chose alors, en Mélina, se révolta. Il lui sembla qu'elle n'existait pas, qu'elle n'avait aucun droit, pas même celui de décider de sa vie. Aussi de ce refus se sentit-elle profondément blessée. Elle attendit quelques jours, cependant, le temps que sa résolution se forge, puis elle alla frapper à la porte du bureau de Grégoire Carsac. Il se douta bien, en la faisant entrer, de la raison pour laquelle elle venait le trouver. Il feignit cependant de s'étonner et la laissa parler.

— Je veux me marier avec Pierre Sauvénie, dit-elle. Vous n'avez pas à vous inquiéter : je continuerai à m'occuper des truffières.

— Il n'en est pas question, répliqua-t-il. Tu es trop jeune.

— J'ai eu dix-huit ans au mois de janvier.

— C'est bien ce que je dis : tu es trop jeune. Quand tu auras vingt et un ans, tu feras ce que tu voudras. Je ne pourrai pas t'en empêcher.

— Si vous ne voulez pas nous laisser nous marier, poursuivit-elle d'une voix douce mais ferme, nous allons partir, Pierre et moi.

— Tu n'en as pas le droit. Je suis responsable de toi.

— Je partirai quand même, et je vous jure bien que vous ne me reverrez jamais.

Le vieux Carsac fit semblant d'en rire et demanda d'une voix qui blessa cruellement Mélina :

— Et où iras-tu, toi qui n'es jamais sortie de Salvignac ?

— En Amérique.

Ce fut comme si la foudre le frappait. Il devint blanc, ses mâchoires se crispèrent, et elle comprit qu'elle avait touché juste. Mais elle comprit également qu'il se sentait trahi, et qu'elle s'en était fait un ennemi.

— Attends encore un peu, dit-il seulement, tentant de dissimuler sa colère. Si ça se trouve, on va avoir la guerre.

— Justement. Je veux me marier avant.

Elle ne pouvait pas lui dire qu'elle rêvait depuis toujours d'avoir un enfant — une fille

— et que ces bruits de guerre, en menaçant ce rêve, la désespéraient.

— Je vais réfléchir, concéda Grégoire Carsac.

— Ce n'est pas la peine, trancha-t-elle. On se mariera après les battages, à la fin du mois d'août.

Et elle sortit, étonnée d'avoir été capable de si bien défendre sa cause. Quand elle raconta l'entrevue à Pierre, il n'osa y croire. Deux jours plus tard, le curé de Salvignac vint à la Méthivie pour tenter de le faire fléchir — en ce qui concernait Mélina, il savait que c'était inutile d'essayer. La Miette le jeta dehors. Le lendemain, Grégoire Carsac fit venir Louis Sauvénie et le menaça de lui retirer la métairie, mais Louis ne céda pas, car il se savait, avec Pierre, indispensable. Et puis c'était lui, et non pas Grégoire, le représentant légal de Mélina depuis la mort de son père. Elle n'avait besoin, en réalité, que de son autorisation. De guerre lasse, Grégoire Carsac capitula.

Ce soir-là, ce fut la première fois que Pierre embrassa Mélina. Ils marchaient sur le sentier qui, depuis la Méthivie, descend dans ces grands bois où l'on peut si facilement se perdre. Il s'arrêta brusquement, la prit dans ses bras, et la serra très fort avant de poser ses lèvres sur son épaule, ensuite sur son cou, et bientôt sur ses lèvres. C'était un homme qui, s'il avait beaucoup de force, était très maladroit. Il l'aimait depuis toujours. Mélina aurait pu lui demander n'importe quoi. Si elle l'avait voulu, il aurait marché sur les mains jusqu'à Périgueux, il aurait mendié sur les routes ou tenté de lui décrocher des étoiles. Elle ne lui en

demandait pas tant : il lui suffisait d'une promesse qu'elle lui arracha sans peine ce soir-là :

— Quand on sera mariés, tu devras me dire
tout ce que tu sais au sujet de ma mère.

Elle ne lui laissa pas le temps de protester,
ajouta :

— Tu as entendu parler tes parents. Je crois
que tu sais tout et que tu as toujours eu peur
de me le confier. Le lendemain de notre première nuit, il faudra tout me dire. Promets-le-
moi !

Il promit. Mélina l'embrassa à son tour, et ce
fut comme un serment entre eux dont ils ne
reparlèrent plus avant la date convenue.

Il y en eut un, toutefois, qui ne se résigna
pas à ce mariage : ce fut Antoine Carsac. Mais
il ne pouvait pas agir à découvert : il n'y avait
plus assez de main-d'œuvre, de gens capables,
à cause de cette crise économique dont on parlait à l'époque, et aussi de la menace de guerre.
Un jour de juillet où Mélina se trouvait sur le
chemin entre le château et la Méthivie, elle le
vit apparaître devant elle, l'œil mauvais, décidé
à l'empêcher de passer.

— Alors tu veux te marier, dit-il, menaçant.
Et avec mon métayer par-dessus le marché.

— Parfaitement.

— Et tu lui donneras ce que tu m'as toujours refusé, à moi ?

Elle comprit que ce qu'elle redoutait était
arrivé. Elle n'avait pas peur, cependant : elle se
savait forte et de taille à se défendre. Au fur et
à mesure qu'il avançait vers elle, elle reculait.
Quand il bondit, elle n'eut guère de mal à
l'esquiver, ce qui le rendit encore plus furieux.

— De toute façon, j'ai le temps, lui dit-il. Je

sais qu'un jour viendra où tu ne pourras pas m'échapper.

— Il faudra compter avec Pierre, désormais.

— Et tu crois qu'un métayer me fait peur ? grinça-t-il.

— Un métayer sait se servir d'un fusil aussi bien qu'un propriétaire.

— Tu me menaces ?

— C'est vous qui me menacez, et depuis trop longtemps.

Il avançait de nouveau vers elle et elle dut entrer dans le bois. Il tenta de lui saisir le bras, mais elle avait l'habitude de se faufiler entre les branches basses et elle put s'échapper, non sans l'entendre crier des insultes derrière elle. Elle courut jusqu'à la métairie où elle arriva à bout de souffle et se garda bien de raconter à Pierre ce qui s'était passé. Elle avait trop peur d'une vengeance car elle savait que Pierre était capable de tout pour la défendre, sans doute même de tuer Antoine.

Elle aurait pu en parler à Albine, et cela aurait sans doute suffi à tenir Antoine à distance, mais elle ne voulait pas lui faire de peine : elle souffrait assez comme cela. Fantille, elle, disait :

— Je te regretterai, ma fille. Pourtant tu as raison : il faut te marier, cela te vaudra une position que je n'ai jamais pu acquérir, moi, et j'en ai souvent souffert.


Il tardait à Mélina qu'arrive la fin du mois d'août, un mois qui fut très chaud, ponctué de nombreux orages. Les incidents se multiplièrent avec les Carsac, notamment au moment du partage de la récolte de blé. On eut

peu de temps pour préparer le mariage auquel
Antoine et Grégoire refusèrent d'assister.
Albine et Fantille, elles, malgré les menaces
des hommes, avaient accepté. Louis et la
Miette firent de leur mieux pour que ce soit
une réussite : ils aimaient beaucoup Mélina, et
ils n'avaient qu'un fils. Toutes leurs économies
y passèrent. Mélina ne put les aider parce
qu'elle n'avait pas d'argent. Les Carsac ne la
payaient pas : elle était nourrie, logée, et c'était
tout. C'était d'ailleurs le lot de nombreux
domestiques à la campagne dans ces années
d'avant guerre, et elle n'avait jamais songé à
s'en plaindre. Albine, heureusement, participa
à l'achat de la robe de mariée. Sans elle,
Mélina n'en aurait pas eu, car c'était un privi-
lège, à l'époque, de pouvoir se marier dans une
robe blanche, avec un voile et une couronne de
fleurs d'oranger. Pierre, lui, était vêtu de
l'unique costume qu'il posséderait de sa vie et
que la Miette avait commandé à un tailleur de
Cubjac.

Ils eurent seulement une vingtaine d'invités,
parents, amis ou connaissances des Sauvénie,
mais ils avaient dû nettoyer la grange pour le
repas car la cuisine de la métairie était bien
trop petite pour accueillir tant de monde. Ils
avaient tendu des draps le long des murs, et
pavoisé l'ensemble avec des fleurs des champs.
Fantille et la Miette avaient préparé à l'avance
le grand repas des noces. Mélina ne s'en souciait guère, de ce repas, au matin du 29 août
1939, quand il fut enfin l'heure de partir pour
l'église de Salvignac. Elle ne songeait qu'à la
promesse de Pierre, et à ce qu'elle allait
apprendre, le lendemain, au sujet de sa mère.

Elle monta à côté de Pierre sur la charrette conduite par Louis Sauvénie. Les ridelles et les brancards aussi avaient été décorés. Même la jument avait reçu des fleurs dans la gourmette et sur le frontal. Pierre ne cessait de regarder Mélina et murmurait à son oreille :

— Tu es belle, Lina. Tu es trop belle.

Pauvre Pierre ! S'il avait su, à ce moment-là, ce qui les attendait, il n'aurait rien trouvé trop beau. Mélina, elle, sentait confusément qu'il fallait profiter de ces moments parce qu'ils leur étaient mesurés.

C'est ce qu'elle fit, le long du chemin qu'elle connaissait si bien, entre ces chênes qu'elle aimait tant, et ensuite à l'église, les mains sagement posées sur son prie-Dieu, tandis que le curé parlait d'honnêteté, de fidélité, d'enfants à venir dans le bonheur du travail partagé. Mélina n'en demandait pas davantage. Pierre non plus. Il lui passa la bague au doigt en la regardant droit dans les yeux, la dévisageant de son regard profond, sincère, qui l'ensoleillait.

À la sortie, des enfants jetèrent des fleurs sur les mariés pendant qu'ils recevaient les félicitations des amis et des invités sur le parvis. Au retour, en direction de la Méthivie, un cousin de Pierre joua de l'accordéon sur leur charrette. Il faisait beau. Des gens chantaient dans le cortège et, dès leur arrivée à la Méthivie, le vin coula à flots des deux barriques installées à l'entrée de la grange. Puis l'on se mit à danser sur l'aire de battage au son de l'accordéon. Mélina dansa avec Pierre, mais aussi avec Louis, puis avec tous les invités. Quand tout le monde fut bien gai, ils prirent place à table pour un véritable festin.

Il y eut d'abord un potage au vermicelle, puis du foie gras, ensuite des bouchées à la reine au ris de veau, des confits de canard avec des pommes sarladaises, du rôti de bœuf sauce Périgueux aux haricots verts, des cailles avec un farci aux truffes, des perdreaux rôtis, enfin des fromages, des crèmes et des tartes. Il faut bien le dire, si les parents et les amis des jeunes mariés de l'époque se déplaçaient si facilement, même de loin, c'était parce qu'ils savaient qu'ils feraient à cette occasion leur meilleur repas de l'année. La nourriture était sacrée, en ce temps-là, parce qu'elle était la première des récompenses, surtout pour ceux qui avaient eu faim à un moment ou à un autre de leur vie. En outre, les occasions de se distraire étaient rares, et l'on prenait plaisir à danser, à s'amuser, même si ce n'était pas sur un plancher ciré.

Autant dire que le repas dura longtemps, jusque tard dans la nuit. Mélina dut danser de nouveau avec tout le monde, alors qu'elle ne rêvait que de danser avec Pierre. D'ailleurs, depuis quelques jours, elle ne rêvait que de se retrouver seule avec lui, dans la petite chambre qu'ils avaient aménagée, son père et lui, dans le grenier de la Méthivie. Mélina gardait aussi présente à l'esprit la promesse qu'il lui avait faite au sujet de la mort de sa mère, et il lui tardait que la fête s'achève.

Les mariés purent s'enfuir vers quatre heures, mais, comme c'était la tradition, ils durent se cacher pour échapper aux invités qui, conduits par le garçon et la demoiselle d'honneur, les cherchaient pour leur porter une soupe à l'oignon. Comme ils ne les trouvaient pas — Pierre leur avait ménagé une retraite dans une grange d'un de ses amis de Sorges —, Louis finit par leur dire où ils s'étaient réfugiés. Ils arrivèrent à sept heures du matin, et il fallut manger et boire le « chabrol » traditionnel, c'est-à-dire mélanger du vin au bouillon de soupe. Ensuite, après les plaisanteries d'usage que pour sa part Mélina ne goûta guère, ils rentrèrent lentement à la Méthivie, alors que le soleil jouait de ses rayons à travers les chênes et que les odeurs secrètes des bois se levaient une à une, leur donnant l'impression d'avoir vécu des milliers de fois ce moment.

Mélina devinait que Pierre n'était pas à son aise. Il savait qu'il allait devoir tenir sa promesse et semblait le redouter. Elle eut peur, tout à coup, tant il lui parut évident que s'il craignait de lui dire la vérité, c'était parce qu'elle était cruelle. Mais elle avait trop attendu, trop cherché, trop espéré savoir un jour ce qui s'était passé, pour reculer aujourd'hui.

— Alors ? demanda-t-elle.

— Ah ! lui répondit-il, tu n'as donc pas changé d'avis ?

— Non, Pierre, je n'ai pas changé d'avis.

— Il me faut donc te dire ce que je sais.

— Oui. S'il te plaît.

Il prit la main de Mélina et l'entraîna dans une clairière où l'on entendait respirer et murmurer les arbres si paisiblement, si tranquillement, que sa peur s'envola. Tout pétillait, tout se remettait à vivre dans la lumière du matin, les parfums exaspérés par la fraîcheur de la nuit, comme si le monde se remettait en marche lentement, avec beaucoup d'espérance.

— Tu es bien sûre que tu le veux ? demanda Pierre une dernière fois.

Mélina hocha la tête et lui sourit. Pierre soupira, puis se mit à raconter doucement, sans la regarder :

— Mon père et ma mère en parlaient souvent à table, mais ils m'avaient fait jurer de ne rien te dire.

Il tourna la tête vers Mélina, puis, comme elle ne disait rien, il reprit :

— Ce Philippe, c'était une fripouille, et ta mère, il faut bien le dire, elle était rêveuse et innocente. Personne ne sait comment ils se sont rencontrés, sans doute dans une truffière ou alors quand elle gardait les oies dans quelque friche. C'était aussi un beau parleur, le Philippe, et il ne songeait qu'à l'aventure, aux voyages, aux grandes villes. C'est pour ça qu'un jour, sans doute, il lui a parlé de l'Amérique.

Pierre se tut un instant, reprit après un soupir :

— Tu ne le sais peut-être pas, mais son père avait sauvé un Américain pendant la guerre et il revenait souvent les voir, cet Américain, et il leur parlait de son pays.

— Si, je sais, souffla Mélina : il s'appelait Peter Loveridge.

— Oui, un nom comme celui-là. C'est pourquoi ta mère en rêvait de l'Amérique, et que Philippe lui avait promis de l'emmener. Même s'ils se cachaient, tout le monde savait qu'ils se retrouvaient dans les bois tous les deux. Un journalier les avait vus et en avait parlé.

Pierre se tut de nouveau, comme s'il ne pouvait pas en dire plus. Alors, Mélina, d'un signe de tête, lui fit signe de continuer.

— En réalité, il n'avait aucune envie d'aller en Amérique avec elle. Ce qui l'intéressait, c'était le savoir de ta mère sur les truffes car son père lui avait parlé avant de partir à la guerre. Elle avait dû en faire la confidence à ce Philippe de malheur l'une des premières fois où ils s'étaient vus : elle ne se méfiait de personne, tu comprends ?

Mélina fit « oui » de la tête et demanda doucement :

— Dans la truffière, qu'est-ce qui s'est passé ?

— Élise Carsac était morte l'année précédente. Philippe avait voulu obliger son père au partage des terres, mais Grégoire avait refusé parce qu'il ne voulait pas morceler son domaine. Le temps avait passé et ils ne se parlaient même plus. Ce mois d'août-là, ils se sont battus, un jour, dans la cour du château. Grégoire Carsac eut le dessus. L'autre, fou de rage, est allé mettre le feu à une truffière, la meilleure qu'ils possédaient. Ta mère travaillait à proximité pendant que ton père était venu ici, à la Méthivie, pour aider. Elle a essayé d'éteindre le feu, mais c'était l'été, tout était sec, et il y avait du vent. Elle a dû se faire prendre par la chute d'un arbre et n'a pas pu se relever. Ou alors elle s'est laissé encercler : on a retrouvé plusieurs foyers.

Pierre soupira encore, murmura :

— Voilà.

— Et Philippe ?

— Il a eu peur d'être accusé, et il est parti très loin. On ne l'a plus jamais revu.

Pierre se tut. Il s'en voulait d'avoir tenu sa promesse, car il savait que la vérité serait difficilement supportable et il n'avait pas tort. Pourtant, ce qui fit le plus mal à Mélina, ce matin-là, ce ne fut pas de savoir que Philippe Carsac avait mis le feu, mais de penser à la souffrance de son père.

— Il le savait, dit-elle doucement

— Qui ?

— Mon père, il le savait.

— Tu crois ?

— Oui. Il me disait souvent : « C'est moi qu'elle aimait. » Peut-être qu'il les avait surpris. Ou bien il avait été renseigné par une âme charitable. Il a dû en souffrir terriblement. D'ailleurs, c'est de cette souffrance qu'il est mort, j'en suis persuadée.

Le silence se fit. Mélina, à présent, avait du mal à retenir ses larmes et Pierre le devinait.

— Tu vois qu'il ne fallait pas m'obliger à parler.

— Si, dit-elle, il le fallait. J'ai trop cherché, trop attendu, je te remercie.

Il l'aida à se lever et ils partirent, silencieux, maintenant, vers la métairie où ils allaient vivre désormais. Ce fut un peu plus loin seulement, en passant devant une borie de pierres sèches, que l'idée d'être la fille de Philippe Carsac, et non pas de celle de Jean Fontanel, frappa brusquement Mélina. Alors les arbres se mirent à tourner follement au-dessus de sa tête, ses jambes se dérobèrent sous elle, et elle se sentit basculer vers l'herbe du chemin.

# 7

Pierre avait ramené Mélina à la Méthivie et l'avait aidée à se coucher sur leur lit, dans ce grenier où elle devait passer des années, seule le plus souvent. La Miette monta lui porter un cordial et parler avec elle. Mélina en avait bien besoin. Elle était si bouleversée qu'elle fit part à la Miette de ses craintes. Celle-ci, d'abord surprise, s'exclama :

— Qu'est-ce que tu vas chercher là ! Tu es née au mois de janvier et ils ont dû se rencontrer au printemps suivant.

— Tu crois ? insista Mélina, pas tout à fait convaincue.

La Miette assura que non seulement elle en était persuadée, mais elle avoua qu'elle avait bien connu Ida, qui venait souvent à la Méthivie et se confiait à elle.

— Elle était tourmentée par ce qu'elle faisait, précisa la Miette, mais elle ne pouvait pas s'en empêcher. Il l'avait ensorcelée, l'autre, avec ses belles paroles, son Amérique, ses mensonges. Un mauvais sujet, vraiment, ce Philippe !

Mélina, alors, demanda :

— Pourquoi ne m'en as-tu jamais parlé, malgré les questions que je te posais ?

— Parce que tu en aurais souffert davantage que ce que, déjà, tu souffrais, et je ne le voulais pas. J'avais raison : regarde comme tu es malade, ce matin, alors que tu viens juste de te marier. Tu devrais être heureuse au contraire, et ne pas te morfondre dans des idées qui n'ont pas lieu d'être.

Ces mots, cette assurance et le sourire de la Miette finirent par apaiser Mélina. Elle se leva, fit sa toilette et descendit pour l'aider à la cuisine. À partir de ce matin-là, elle fit en sorte de s'habituer à ce qu'elle avait appris et s'efforça de ne plus en parler ni à la Miette ni à Pierre dont la présence attentive l'aida à oublier sa souffrance.

Ils durent, d'ailleurs, très vite faire face à d'autres soucis : la guerre approchait, tout le monde le devinait. Louis tentait de rassurer sa famille, prétendait que ce n'était pas possible, qu'on ne pouvait pas avoir oublié les tueries de la précédente, et pourtant le pays avait commencé à mobiliser. Le 3 septembre au soir, alors que Mélina rentrait des champs avec Pierre, Louis et la Miette les attendaient devant la porte, anéantis.

— Ça y est, dit Louis, c'est la guerre.

Ils entrèrent, s'assirent tous les quatre autour de la grande table, consternés, incapables de prononcer un mot. Louis versa dans les verres un peu d'eau-de-vie de prune, mais nul n'avait le courage de parler, et on n'entendait que le tic-tac de l'horloge qui égrenait le temps. Il se passa bien dix minutes avant que Pierre ne trouve la force d'avouer à Mélina qu'il avait reçu sa feuille de route et qu'il devait partir dès le lendemain.

— Partir où ? demanda-t-elle d'une voix qu'elle-même ne reconnut pas.

— Sedan, dans les Ardennes.

Cela faisait quarante-huit heures qu'il le savait, mais il n'avait pu le dire à Mélina. Elle songea qu'ils étaient mariés seulement depuis cinq jours et que déjà ils allaient être séparés.

Elle prit sur elle, cependant, et son regard demeura rivé à celui de Pierre qui tentait vainement de lui sourire.

— Je dois l'emmener demain matin à Périgueux avec la charrette, dit Louis. Il prendra le train pour Limoges, et ensuite pour Paris.

— Je viendrai avec vous, dit Mélina.

— Ce n'est pas la peine, dit Pierre. Il ne vaut mieux pas. Ce sera trop difficile.

— Si, insista-t-elle. Il faut que je vous suive.

Il semblait à Mélina, au souvenir de son voyage avec Albine, que Périgueux ne serait jamais pour elle une ville hostile, qu'elle n'en avait rien à craindre.

De fait, il faisait beau, ce matin-là, quand ils partirent, tous les trois. Mélina tenait son mari par le bras, sur la banquette, tandis que Louis guidait le cheval. Mais, contrairement à ce qu'elle avait cru, Mélina ne reconnaissait rien de ce qu'elle avait découvert de chaque côté de la route lors de son voyage précédent : ni les champs, ni les arbres, ni les villages. C'était comme si le monde avait changé de couleur et de nature. Elle essayait de se montrer forte, de prendre exemple sur la Miette, qui n'avait pas pleuré et avait seulement dit à son fils :

— Reviens vite, mon petit. Tu sais qu'on a besoin de toi ici.

Mélina aurait voulu ne jamais arriver, et elle tentait de faire provision de tout ce qui la reliait encore à Pierre : son odeur de terre et de feuilles, le contact des muscles de son bras, son sourire aussi, qui tentait de la rassurer, tandis qu'il répétait, ne trouvant rien d'autre à dire :

— Ça ne peut pas durer longtemps. De nos jours, c'est impossible.

Elle hochait la tête, mais tout son corps, tout son être se refusait à l'approche de la grande ville dont ils apercevaient pourtant, là-bas, déjà, trop vite, droit devant eux, le clocher de Saint-Front perdu dans le bleu du ciel. Les maisons se firent plus nombreuses, mais aussi les attelages, les automobiles, des hommes et des femmes en marche, comme si quelque part un événement monstrueux avait ébranlé l'univers, les jetant sur les routes avec une sorte de hâte affairée, à la manière d'un peuple de fourmis dérangé par un coup de pied.

Encore un quart d'heure et ils pénétrèrent au milieu d'une cohue qui les arrêta un long moment sur la place du Triangle. On aurait dit que les gens étaient devenus fous : ils allaient et venaient entre les voitures, s'appelaient, criaient, comme si l'ennemi était aux portes de la ville. À proximité de la gare, c'était pis encore : à tel point qu'ils ne purent passer. Pierre dut descendre et s'y rendre à pied, après avoir embrassé furtivement Mélina et serré la main de son père qui tremblait. Ils le regardèrent s'éloigner puis disparaître, avalé par la foule après un dernier geste du bras.

— Viens, petite, souffla Louis.

Il ne lui dit pas un seul mot pendant tout le trajet de retour. Tenant négligemment les rênes, il regardait droit devant lui, perdu dans ses pensées. Mélina non plus ne parlait pas. Elle était tout entière murée dans une souffrance qui la figeait sur son siège, rendait sa respiration difficile. Elle observait la campagne qui lui paraissait déserte, hantée seulement par d'inexplicables dangers. Un peu avant d'arriver, Louis se tourna vers elle et lui dit en ravalant un sanglot :

— Tu comprends, petite, je n'en ai qu'un. Il faut qu'il revienne.

Elle le comprenait d'autant mieux qu'elle connaissait Pierre depuis toujours. Faudrait-il qu'elle le perde comme elle avait déjà perdu son père et sa mère ? La soirée fut silencieuse, sinistre, dans la grande cuisine où la place de Pierre demeurait vide. Aucun d'entre eux n'eut le courage de sortir pour travailler. Louis se mit à lire le journal, hochant la tête de temps en temps d'un air accablé, et la Miette éplucha des légumes, aidée par Mélina dont le regard s'échappait vers le chemin sur lequel était parti Pierre, peut-être pour toujours.

Un peu avant le repas, ce soir-là, Grégoire Carsac vint à la Méthivie, l'air grave, préoccupé. Il apprit à la maisonnée qu'Antoine était parti lui aussi pour une caserne parisienne, et que lui-même, Grégoire, avait essayé de trouver un ou deux ouvriers agricoles, même âgés, pour remplacer les hommes de la propriété, mais qu'il n'y était pas parvenu.

— Vous croyez que vous y arriverez ? demanda-t-il à Louis, inquiet, après un instant de silence.

— Il le faudra bien, répondit le métayer. La petite va nous aider.

— Jusqu'en novembre, d'accord. Après, j'en aurai besoin, dit le vieux Carsac.

— D'ici là, le plus gros du travail sera fait, assura Louis.

Grégoire Carsac s'inquiéta alors du grand âge de Fantille et de Rémi, s'interrogea à haute voix sur la nécessité de les remplacer, et Mélina comprit qu'il aurait bien voulu qu'elle aille s'installer au château en l'absence d'Antoine.

— Je vous ai promis de m'occuper des truf-fières, dit-elle sans se troubler, mais mon foyer est ici, maintenant.

Grégoire Carsac partit, la mine sombre, et ne reparut pas de plusieurs jours.

Il fallut se remettre au travail, non pas dans les truffières, où les truffes étaient nées et où, donc, on ne devait plus toucher à la terre, mais dans les champs de la métairie. Mélina s'efforça d'aider de son mieux les parents de Pierre. Si elle n'avait participé qu'occasionnel-lement aux travaux des champs, son devoir, désormais, était de remplacer un homme. Elle s'y consacra de toute son énergie, car la Miette et Louis prenaient peine à travailler à cause de leur âge. Mélina, cependant, n'avait pas la même force que Pierre, et septembre est un mois exigeant : il faut labourer les chaumes, qu'on appelle « les rétoubles », ici, chez nous ; il faut aussi procéder aux dernières coupes de luzerne, du regain, lever la récolte de la Saint-Michel, haricots et maïs, et arracher les pommes de terre.

Malgré sa fatigue, Mélina fit quelques provi-sions d'herbes de la saison : c'était pour elle un moyen de s'évader, de se rappeler les bois dans lesquels elle avait grandi, de se souvenir du guérisseur et de ses secrets. Elle cueillit de la matricaire, des carottes sauvages, de l'ama-rante et des chardons épineux qu'elle mit à sécher dans un coin du grenier, à l'endroit où, déjà, embaumaient celles de la Saint-Jean qu'elle avait rapportées du château.

C'était un automne sec et chaud qui rendait

le travail très pénible. Heureusement, les nouvelles de la guerre n'étaient pas mauvaises.
Rien ne bougeait là-bas, sur le front, et les premières lettres de Pierre étaient rassurantes. Il
s'inquiétait surtout de la santé de ses parents
et du travail, promettait de revenir très vite.
Sur un deuxième feuillet que Mélina ne montra ni à la Miette ni à Louis, il lui écrivait des
mots dont elle ne l'aurait pas cru capable. Elle
gardait ce feuillet contre elle jour et nuit, entre
sa chemise et sa peau, jusqu'à l'arrivée du prochain. Elle ne cessait d'y penser, et il lui semblait que ce contact permanent entre elle et
son mari le protégeait des dangers.

Les lourds travaux de l'automne avaient
épuisé Louis. D'ailleurs, depuis le départ de
son fils, on aurait dit que quelque chose s'était
brisé en lui. On avait pourtant dépassé la
Saint-Michel et il aurait fallu commencer à
semer, mais il ne s'en sentait pas le courage.
La Miette finit par le décider un lundi, un jour
malade, plein d'haleines chaudes poussées par
le vent du sud, un vent qui annonçait la pluie
pour les prochains jours.

— Ce temps ne va pas, avait protesté Louis.
Les graines vont voler partout.

— On a trop attendu, maintenant, avait
répondu la Miette. Il y a beaucoup de choses
qui pressent, et bientôt la petite devra partir
au château.

Ce lundi-là, Mélina, qui ne savait pas semer,
portait le sac derrière ses beaux-parents. Elle
les suivait lentement tout en les regardant lancer de la main droite d'un geste régulier mais
ample, la main gauche tenant le tablier replié

où Mélina versait les graines. Ils travaillaient depuis deux heures, quand, subitement, Louis eut un geste brusque des bras vers sa poitrine et s'écroula. Les deux femmes se précipitèrent, le questionnèrent, affolées par la difficulté qu'il avait à respirer et la douleur inscrite sur son visage devenu couleur brique.

— Je le savais, murmurait-il. Je le savais.

— T'en fais pas, mon homme, dit la Miette. Ce n'est rien.

Fallait-il transporter le malade chez le médecin ou aller le chercher ? La Miette hésita un moment, puis se décida pour la première solution. Mélina fut chargée de rapprocher la charrette qui attendait à l'autre bout du champ et à laquelle le cheval était toujours attelé. Dès que Louis se sentit un peu mieux, les deux femmes l'aidèrent à se lever et le soutinrent, une de chaque côté, jusqu'à la charrette où elles le firent allonger à l'arrière, la tête reposant sur un sac de graines à moitié vide. La Miette resta près de lui tandis que Mélina prenait les rênes.

Il leur fallut plus d'une heure avant de rejoindre Salvignac, car il fallait ménager Louis qui gémissait de temps en temps, à cause des cahots du chemin. À leur arrivée, le médecin, heureusement, se trouvait dans son cabinet. C'était celui qui avait soigné le père de Mélina et il connaissait très bien Louis et la Miette. Il fit une piqûre à Louis qui, bientôt, se sentit mieux.

— Il faut vraiment que tu te reposes, dit le médecin. Ou alors tu n'en as pas pour longtemps.

— Qu'est-ce qu'il a ? demanda la Miette.

— Il a le cœur très fatigué. Ça ne t'étonnera

pas ? Il faudrait le faire hospitaliser à Périgueux.

— Non, dit Louis, pas l'hôpital. Je me repo-
serai à la maison.

— Mais oui, c'est ça, fit le médecin, agacé.
Tu resteras allongé trois jours et tu recommen-
ceras.

— Et comment voulez-vous que nous fas-
sions ? fit la Miette, impatientée, le travail
n'attend pas, lui.

— La mort non plus, rassure-toi, fit le
médecin.

La Miette, frappée de stupeur, ne trouva
plus rien à dire.

— Je ne veux pas aller à l'hôpital, répéta
Louis, d'une voix à peine audible. Je te promets de me reposer.

— Passez au moins à la pharmacie avant de
rentrer à la Méthivie, dit le médecin en ten-
dant à la Miette une ordonnance.

Sa voix n'était plus aussi vive. Il paraissait
résigné. Il connaissait la peur de ses patients
pour l'hôpital à une époque où l'on préférait
mourir dans son lit que dans une salle commune, soigné par des inconnus et exposé à des
regards étrangers. C'était un homme âgé, à
présent, épuisé par les luttes permanentes
contre des coutumes séculaires, l'inutilité de
ses conseils et de ses ordonnances. On n'avait
pas le temps de prendre des médicaments auxquels, d'ailleurs, on croyait moins qu'aux pouvoirs des guérisseurs. Il y avait comme une
fatalité dans la maladie dont on faisait en sorte
de s'accommoder, tant bien que mal. C'est ce
que Louis et la Miette Sauvénie allaient faire,
il ne le savait que trop.

De fait, ils rentrèrent à la Méthivie, où Louis

accepta de se coucher, non sans se désoler du travail qui attendait.

— On finira avec la petite, dit la Miette.

C'est ainsi que Mélina apprit à semer, ce mois d'octobre-là, en se levant avec le jour et en se couchant de plus en plus tard, éreintée par le travail. Jamais, cependant, elle ne songea à s'en plaindre, consciente qu'elle était de ne faire que son devoir.

Pour ne pas inquiéter Pierre, ils avaient tous les trois décidé de ne pas lui parler de ce qui était arrivé à son père. Ses lettres étaient toujours aussi bonnes. Il semblait que la guerre n'aurait pas lieu. Les armées s'observaient. Il ne se passait rien. On commençait à reprendre espoir. Mais l'hiver approchait, et il s'annonçait rude.

Le lendemain de la Saint-Martin, Grégoire Carsac revint à la Méthivie et demanda à Mélina de venir s'occuper des truffières.

— La semaine prochaine, dit-elle. Ça suffira.

Il repartit, furieux, et la reçut fraîchement, huit jours plus tard, au château, quand elle vint prendre les outils pour nettoyer les truffières :

— Voilà donc toute ta reconnaissance? fit-il, d'une voix mauvaise. Tu nous oublies volontiers, maintenant que tu es installée. Je te rappelle que la Méthivie est à moi et que c'est donc grâce à moi que tu as un toit aujourd'hui.

Elle savait depuis quelques mois qu'il rêvait de régler ses comptes avec elle, mais elle n'était pas décidée à le supporter, surtout après ce qu'elle avait appris de la bouche de Pierre.

— Et je devrais aussi remercier votre fils Philippe d'avoir mis le feu à la truffière dans laquelle ma mère est morte? demanda-t-elle d'une voix qu'elle ne put empêcher de trembler.

Ils se trouvaient sur la terrasse du château, face à face. Grégoire Carsac baissa subitement la voix :

— Qu'est-ce que tu racontes? C'est le mariage qui t'a fait perdre la tête?

Mélina se sentit blessée, répliqua :

— Vous savez très bien que je dis la vérité. C'est parce que vous vous êtes disputé avec votre fils qu'il a mis le feu à la truffière.

Le vieux Carsac, déjà, avait repris ses esprits :

— Si tu écoutes les malveillances de tous ceux qui nous en veulent, tu n'auras guère le temps de travailler. Et c'est pour ça que je t'ai fait venir ce matin. Rémi t'attend avec la charrette. Nous n'avons pas de temps à perdre.

Elle faillit lui répondre une nouvelle fois, mais elle préféra lui cacher les larmes qui lui venaient aux yeux devant tant de mauvaise foi. Elle rejoignit Rémi et monta sur la charrette pour se rendre dans ces bois où l'attendaient, elle le savait, des présences secourables.

Les truffières, mal entretenues faute de main-d'œuvre, étaient en piteux état. Il fallait les débarrasser des feuilles et des branches mortes, nettoyer les allées entre les chênes, rouvrir les chemins envahis par les ronces. Ce travail pénible et malaisé leur prit un mois, jusqu'à l'arrivée du grand froid. Ensuite, il fallut s'occuper de la récolte, qui fut bonne, sans plus, cette année-là. Mélina s'en chargea avec Grégoire Carsac qui, pendant les longues heures passées en sa compagnie, sachant à quel point il avait besoin d'elle, se montra plus aimable.

En janvier, cependant, il fit tellement froid que, malade, il ne put caver les truffes avec Mélina. Ce fut Rémi qui vint l'assister, et c'était donc lui qui ramenait le soir la récolte au château tandis que Mélina rentrait à la Méthivie. À la métairie, la Miette et Louis ne sortaient guère. Il y avait longtemps qu'on n'avait pas connu un tel froid. La nuit, seule dans son grand lit, Mélina entendait craquer les arbres dans les bois. Au matin, on retrouvait des oiseaux morts sur les chemins, des conduites d'eau gelées, et des troncs fendus du haut en bas.

— Chauffe-toi bien avant de sortir, petite, disait la Miette à Mélina, dont les mains étaient couvertes d'engelures. Ce ne sont pas quelques truffes de plus ou de moins qui vont ruiner les Carsac.

Elle s'en allait vers dix heures du matin, dans un monde pris par le givre, pareil à un immense lustre d'église, où même le silence semblait pétrifié. Toutes les branches étaient blanches, gaufrées par le gel, et Mélina avait l'impression de pénétrer dans un univers de cristal. La terre étant dure, le chien avait du mal à flairer et Rémi beaucoup de difficultés à creuser car les truffes étaient enfouies profondément dans le sol, comme si elles avaient deviné que l'hiver serait rude.

C'était grâce à des constatations de ce genre

que Mélina éprouvait les forces souterraines
du monde, celles dont la présence lui apparais-
sait de plus en plus évidente. Elle était persuadée qu'il y avait quelque part un savoir et une
puissance qui dépassaient ceux des humains.
Elle devinait qu'il ne servait à rien de vouloir
s'opposer à des raisons supérieures, celles-là
mêmes qui avaient décidé d'un grand froid sur
la terre, cet hiver-là. Elle l'acceptait, ne s'en
plaignait pas. Les arbres couverts de givre, que
le soleil de la mi-journée ne parvenait même
pas à dégeler, avaient leur raison d'être.
Mélina consentait au grand froid comme pour
s'intégrer à la marche de l'univers, et il lui arrivait de s'en réjouir comme si elle partageait
avec lui un secret inaccessible au commun des
mortels.

La nuit, pourtant, en pensant à Pierre, elle
ne dormait guère. Même si les soldats ne se
battaient pas, elle le sentait menacé. Elle relisait ses lettres, lui parlait, ne doutait pas que
ses paroles parviendraient jusqu'à lui. Elle ne
s'endormait qu'au matin, épuisée, persuadée
d'avoir su briser la distance qui la séparait de
lui.

Ce temps cessa enfin vers la fin février. Il y
eut tout à coup dans le ciel de grands charrois
de nuages qui apportèrent un peu de neige,
puis, très vite, de la pluie. C'en était fini de la
récolte des truffes, mais non pas du travail de
leur sol qui doit s'effectuer jusqu'à la fin
d'avril. Louis Sauvénie s'en désolait : il ne se
remettait pas et les grands travaux de printemps approchaient : comment ferait-on sans
l'aide de Mélina ?

— Il n'y aura pas de guerre, assurait la Miette pour le rassurer. Pierre va revenir.

Mais il ne revenait pas, et Mélina, qui avait follement espéré attendre un enfant de lui après leurs premiers jours de vie commune, en était désespérée. Tandis qu'elle élaguait les truffières et travaillait le sol au bigot, elle ne cessait de penser à cette fille qu'elle avait toujours souhaitée pour lui donner ce qu'elle n'avait pas reçu, elle, et ainsi, sans doute, combler définitivement ce gouffre qui lui avait longtemps fait peur. C'était devenu une idée fixe : lorsqu'elle était courbée sur la terre, elle apercevait un enfant allongé devant ses yeux, qui semblait l'appeler au secours. Parfois elle se redressait, fixait le sol devant elle pendant de longues minutes, sous le regard étonné de Rémi ou de Grégoire Carsac. Elle demandait des nouvelles de la guerre à ce dernier chaque matin, mais rien ne bougeait sur le front des armées et Pierre, dans ses lettres, ne parlait pas de revenir.

C'était le temps des bourrasques de l'équinoxe de printemps. La nuit, le vent soufflait en rafales qui faisaient gémir les volets, tomber des gravats dans la cheminée, craquer la charpente en bois de châtaignier de la métairie. Mélina n'aimait pas ce temps-là : il lui rappelait de bien mauvais souvenirs.

Un matin, le vent étant tombé juste avant le jour, Louis et la Miette décidèrent d'aller semer l'avoine et la luzerne. Mélina, elle, partit vers les truffières, avec, dans le cœur, un mauvais pressentiment. À midi, elle ne rentra pas, car elle emportait une gamelle et mangeait sur place pour gagner du temps. Rémi, lui, repartait au château avec la charrette. Elle aimait ces moments de solitude dans lesquels elle renouait vraiment le contact avec les bois de son enfance. Il lui semblait alors qu'il n'y avait pas eu de cassure dans sa vie, qu'elle n'avait rien perdu des heures passées avec son père, et d'ailleurs, souvent, elle l'entendait. Alors, elle s'asseyait, fermait les yeux, songeait aux disparus et aux absents avec l'impression de les sentir près d'elle, leur parlait à voix basse, tendait la main pour les toucher.

Ce jour-là, ce ne fut pas Rémi qui revint au début de l'après-midi, mais Grégoire Carsac. Il avait un drôle d'air : sombre, et plutôt contrarié. Elle pensa à Pierre, eut peur, tout à coup, mais il ne la laissa pas dans l'attente :

— Il faut rentrer, dit-il, Louis est mort.

Elle se laissa conduire à la Méthivie sans un mot, songeant à Pierre qui était loin. Peut-être obtiendrait-il une permission à l'occasion de cette disparition ? Cette idée-là, même si elle en eut honte, préserva Mélina d'une grande tristesse.

À la métairie, la Miette était assise près du lit où l'on avait transporté son homme, très droite, très forte comme elle l'avait toujours été, sans une larme. Elle expliqua comment c'était arrivé : elle n'avait pas vu tomber Louis, car elle se trouvait à l'autre bout du champ. Elle ne l'avait aperçu par terre qu'à l'instant où elle s'était retournée. Elle s'était précipitée vers lui, mais, quand elle était arrivée, il était déjà mort.

— Il n'a pas souffert, dit Mélina pour la consoler.

La Miette hocha la tête, répondit :

— Non. Je ne crois pas.

Albine vint à la métairie, ainsi que Fantille. En accord avec la Miette, Grégoire Carsac était parti au village pour demander une attestation au maire et envoyer un télégramme à Pierre, en espérant qu'il pourrait obtenir une permission pour les obsèques que l'on avait fixées au surlendemain.

Durant tout l'après-midi et pendant la journée qui suivit, alors que les visites des voisins et des connaissances se succédaient, Mélina ne pensa plus qu'à Pierre. Elle s'en voulait beaucoup, à cause de la Miette qui était malheureuse devant le corps de son mari mis en bière, mais c'était comme une force de vie qui l'emportait, lui faisait souhaiter que Pierre arrive avant la nuit, pour se blottir dans ses bras et dormir près de lui.

Il arriva le lendemain soir, vers sept heures, pas vraiment changé, seulement un peu amaigri, épuisé par le voyage. Il demeura une heure avec la Miette et Mélina devant la dépouille de son père, se fit raconter ce qui s'était passé, puis passa dans la cuisine où Mélina lui donna à manger. Ils ne parlèrent pas, ou très peu, puis ils retournèrent dans la chambre pour veiller. Pierre devait repartir le lendemain, dès que la cérémonie serait terminée. Ils veillèrent côte à côte jusqu'à deux heures du matin puis la Miette, qui était allée prendre un peu de repos, vint les relayer. Alors ils purent gagner leur chambre et Mélina se serra contre lui. Il en avait rêvé aussi, sans doute, car ses mains chaudes et rassurantes se refermèrent aussitôt sur elle, et elle oublia tout.

Le lendemain, la cérémonie à l'église eut lieu

à dix heures et celle du cimetière à onze. Il fallut garder à déjeuner les parents et les amis proches, ce qui donna beaucoup de travail à Mélina et l'empêcha de passer tout son temps près de Pierre. Celui-ci paraissait très affecté par la disparition de son père. Il avait même versé quelques larmes silencieuses au cimetière, quand on avait fait descendre la boîte dans la tombe. Mélina, qui tenait son bras, en avait été ébranlée jusqu'au cœur. Heureusement, dès la sortie, il s'était repris et elle en avait été soulagée, car le voir souffrir la bouleversait.

Maintenant, il était assis, grave, silencieux, et il la regardait servir les invités qui parlaient bruyamment, comme s'ils avaient oublié qu'ils se trouvaient dans la maison d'un défunt. Tout ce qu'ils ne pouvaient pas se dire par la parole, Pierre et Mélina se le disaient avec les yeux, ne songeant qu'à se retrouver seuls, au moins quelques minutes, avant une nouvelle séparation. Ils prirent prétexte du train à ne pas manquer pour s'en aller les premiers vers Salvignac. Là, un ami de Pierre, qui travaillait au village mais rentrait chaque soir à Périgueux, avait promis de l'emmener jusqu'à la gare. Ainsi Pierre et Mélina se retrouvèrent-ils sur la charrette côte à côte, avançant sur ce chemin qu'ils connaissaient bien pour l'avoir très souvent emprunté en allant à l'école.

— Comment allez-vous faire, toutes les deux seules, avec tout ce travail? demanda Pierre.

— Ne t'inquiète pas, on y arrivera.

— Si encore j'étais sûr d'être rentré pour les foins et les battages, soupira-t-il.

Comme ils étaient un peu en avance, ils quittèrent le chemin, arrêtèrent la charrette dans
une allée transversale, descendirent et firent
quelques pas dans les bois où l'on devinait la
proximité du printemps aux duvets éclos sur
les branches.

— Tu te souviens ? demanda Pierre.
Combien de fois sommes-nous venus ici, au
retour de l'école !

Bien sûr, Mélina se souvenait. Ce n'était
pourtant pas le passé — leur passé — qui
occupait ses pensées aujourd'hui, c'était la
séparation qui les attendait, une séparation
dont elle devinait qu'elle serait longue et douloureuse. De nouveau, alors qu'il lui parlait
calmement, doucement, comme à son habitude, un pressentiment de malheur naquit en
elle, l'angoissa. Alors, elle s'approcha de
Pierre, posa sa tête contre sa poitrine, et il
devina ce dont elle avait besoin. Ils s'allon-
gèrent sur la mousse et oublièrent pendant
quelques minutes, en s'aimant violemment,
désespérément, qu'ils allaient devoir se quitter.

Ensuite, ils repartirent vers Salvignac, Pierre
tenant les rênes, Mélina serrée contre lui. Ils se
séparèrent sur la place de l'église où ils avaient
tant joué, enfants, avant le catéchisme.

— Prends bien garde à toi, dit-elle, quand il
descendit de la charrette.

— Ne t'inquiète pas, fit-il, je reviendrai vite.

Il se détourna et, sans un mot de plus, il se
dirigea vers la maison où travaillait l'homme
qui devait le conduire à Périgueux. Mélina,
cependant, ne parvenait pas à s'éloigner. Elle
le suivit longtemps des yeux, attendit qu'il dis-
paraisse au fond d'une cour avant de

reprendre le chemin de la Méthivie, avec, en elle, précise et douloureuse, l'impression qu'elle ne le reverrait jamais.

La vie reprit, cependant, en compagnie de la Miette qui n'avait plus aucun courage. Il fallut que Mélina l'aide à franchir ce mauvais pas. Heureusement, ce mois d'avril-là fut plein de soleil et de lumière, et le travail des champs, en les occupant l'une et l'autre, les sortit de leur abattement.

Mélina avait toujours eu plaisir à vivre en compagnie de la Miette, une femme qui, comme elle, croyait aux signes et aux mystères du monde. Elle excellait à deviner le temps : un ciel rouge le soir était signe d'espoir, le chant d'une chouette en plein jour annonçait une tempête de vent, une lune noyée de brume signifiait qu'il allait pleuvoir, un ciel bleu pâle indiquait que le beau temps allait durer, un bleu cru que le mauvais temps était en route.

Mélina encourageait la Miette à la parole car elle aimait l'entendre prononcer ses dictons en levant un index sentencieux, l'air grave, persuadée de la véracité de ses prévisions. En l'écoutant, dans les champs, Mélina oubliait l'absence de Pierre. Elles n'avaient jamais tant parlé ensemble que depuis qu'elles étaient seules, comme si leur conversation était une manière de continuer à vivre, de se soutenir l'une l'autre pour ne pas désespérer. Chaque soir, Mélina relisait à voix haute la dernière lettre de Pierre, et elles la commentaient longtemps avant d'aller se coucher.

Au début du mois de mai, elles prirent l'habitude de se rendre chaque soir à Salvignac, à l'église, pour l'office du mois de Marie. Là, elles priaient pour le salut de Louis, mais aussi pour Pierre, pour la paix, devant l'autel fleuri d'aubépines, dans le parfum délicieux de l'encens et les chants liturgiques, puis elles rentraient lentement vers la métairie, apaisées par la douceur des cantiques et des prières. La nuit tombait sur les bois qui retrouvaient leur verdure, et le monde leur paraissait de nouveau plein d'espoir.

Aussi ce fut avec stupéfaction que, le matin du 11 mai, elles apprirent l'attaque allemande de la bouche de Grégoire Carsac. Elles en demeurèrent sans voix toute la matinée, mais ne laissèrent rien paraître de leur inquiétude. Mélina, ce matin-là, comprit que ce qu'elle redoutait depuis de longs jours était en train de se produire. Elle n'en dit rien à la Miette, mais elle se prépara à faire face à ces forces obscures qui s'étaient mises en marche et contre lesquelles, elle le savait bien, elle était impuissante.

8

Au début, les nouvelles de la guerre ne furent pas mauvaises. Deux lettres de Pierre arrivèrent dans la troisième semaine du mois de mai, rassurantes. Mélina reprit espoir grâce au flamboiement de lumière qui embrasait les bois et au grésillement des insectes ramenés à la vie par les premières chaleurs. Comme elles ne possédaient pas de poste de TSF et n'achetaient pas de journaux, les deux femmes se renseignaient auprès de Grégoire Carsac. Il paraissait inquiet, s'interrogeait à voix haute, se demandait si les journaux disaient la vérité.

— Quelle vérité ? s'inquiétait Mélina.

— Gamelin a été limogé. Ce n'est pas bon signe.

Ni Mélina ni la Miette ne connaissaient Gamelin, mais le pessimisme de Grégoire les impressionna. De fait, le désastre devint évident aux alentours du 10 juin 1940 quand on apprit que les Allemands avaient atteint la Seine et que le gouvernement allait quitter Paris pour Bordeaux.

— Et les soldats, où sont-ils ? demanda Mélina, incrédule, à Grégoire Carsac.

En disant soldats, elle voulait dire Pierre, le seul dont le sort la préoccupait réellement, en tout cas beaucoup plus que celui du pays tout entier. Mais Grégoire n'avait aucune nouvelle d'Antoine ni de Pierre. Il ne savait pas où se trouvaient les hommes qui étaient censés défendre les frontières. On comprit vraiment ce qui s'était passé là-haut, dans le Nord, quand les premiers réfugiés arrivèrent à Salvignac, hagards, affamés, avec, parmi eux, quelques soldats complètement désemparés. Dans ces conditions, l'armistice signé le 22 juin fut un grand soulagement pour Mélina et pour la Miette qui se consumaient d'inquiétude pour Pierre. D'après Grégoire Carsac, la guerre étant terminée, les soldats ne tarderaient pas à rentrer chez eux.

À partir de ce jour, Mélina se mit à attendre et à espérer. Quand elle travaillait dans les

champs avec la Miette, le moindre bruit, le
moindre son un peu inhabituel leur faisait
lever la tête en direction du chemin. Juin
s'épuisait en longues journées torrides que
n'adoucissait pas le moindre souffle de vent.
On achevait de rentrer les foins quand un
homme apparut, un soir, à la tombée de la
nuit en compagnie de Grégoire : ce n'était pas
Pierre, mais Antoine Carsac. Aux deux femmes
pressées de connaître les nouvelles, il raconta
comment la débâcle l'avait roulé jusqu'à Bordeaux comme les flots d'une rivière en crue et
comment, de là, il avait décidé de regagner
Salvignac à pied, en évitant les grandes routes.
Il se montra réservé sur le sort de ceux, qui, là-
haut, avaient reçu de plein fouet le choc de
l'offensive allemande, mais Grégoire tempéra
ses propos en disant :

— Pierre va revenir aussi, j'en suis sûr. Ça
prendra seulement un peu plus de temps : il
vient de plus loin.

— Oui, renchérit Antoine, dans deux
semaines, au plus tard, il sera là.

Mélina, pourtant, n'aima pas le regard qu'il
lui lança en prononçant ces mots. Un regard
qui démentait ses propos et même davantage :
il contenait l'espoir secret que Pierre ne reviendrait jamais. Elle en fut certaine, et, meurtrie
jusqu'au plus profond d'elle-même, n'en dit
rien à la Miette. Au contraire, elle s'efforça
d'oublier, tendue dans un espoir qui la tenait
en alerte, la nuit, attentive au moindre bruit.
Parfois elle se levait, ouvrait la fenêtre et
s'accoudait en regardant le chemin éclairé par
la lune où, par moments, il lui semblait deviner une silhouette. Alors son cœur battait plus

vite, et elle scrutait la nuit. Mais non. Personne
ne marchait vers la Méthivie. C'étaient seulement les branches des arbres qui jouaient sous
la lueur blafarde, ou un lapin qui traversait le
sentier pour aller folâtrer dans la luzerne.

Juin s'acheva, puis juillet passa, et les moissons occupèrent assez les deux femmes pour
leur faire oublier leur attente. On approchait
de l'Ascension, quand, un jour à midi, alors
qu'elles mangeaient en silence dans la grande
cuisine, les volets clos pour se protéger de la
chaleur, elles entendirent appeler au-dehors.
Elles sortirent d'un même élan, aperçurent
deux gendarmes qui demandèrent à leur parler. Elles les firent entrer, leur proposèrent de
s'asseoir, et Mélina leur versa un verre de vin.

— C'est pas de refus, dit le brigadier, un
homme maigre à moustaches qui était agité de
tics et semblait accablé par sa mission.
D'autant que ce ne sont pas de bonnes nouvelles que je vous apporte, ajouta-t-il en soupirant.

La Miette devint pâle, porta la main vers sa
bouche, étouffant un cri. Mélina, elle, paraissait calme, comme si les premiers mots du
gendarme ne l'avaient pas surprise. Celui-ci
sortit de sa poche un portefeuille en cuir noir,
le posa sur la table en disant :

— Ce sont les papiers de Pierre Sauvénie.
On les a retrouvés dans les ruines d'une grange
écrasée, paraît-il.

— Où ? demanda Mélina, comme si cette
question était plus importante que ce qu'elle
venait d'apprendre.

— On ne sait pas exactement. Vous savez,
c'est déjà un miracle qu'ils soient revenus
jusqu'à nous.

La Miette avait fermé les yeux et respirait avec difficulté. Mélina, elle, ne sentait pas la douleur. Pas encore : elle était préoccupée surtout de la Miette qui venait de s'évanouir. Elle versa un peu d'eau-de-vie dans un verre, puis, aidée par les gendarmes qui soutenaient sa belle-mère par les épaules, elle fit couler quelques gouttes d'alcool dans sa bouche. La pauvre femme retrouva ses esprits, mais il fallut la porter dans la chambre. Ensuite, Mélina s'assit de nouveau en face des gendarmes, pas tout à fait certaine de comprendre ce que lui disait le brigadier.

— Voilà les papiers officiels, dit-il : porté disparu.

Et il ajouta, avec une évidente compassion :

— Je vois que vous êtes courageuse. Si vous voulez, je vais passer au château pour les mettre au courant.

— Non, ce n'est pas la peine, dit Mélina. Allez plutôt prévenir le médecin pour ma belle-mère.

Ils partirent après un dernier salut réglementaire, manifestement impressionnés par cette femme calme, grave, qui faisait preuve de tant de courage. Mélina entra de nouveau, referma la porte derrière elle, passa dans la chambre et s'assit sur le lit où reposait la Miette. Celle-ci respirait toujours aussi difficilement.

— Le docteur va venir, dit-elle.

— Mon Pierre, gémit la Miette.

Puis elle se tut, ferma les yeux. Mélina revint dans la cuisine, s'assit, posa les mains sur la table, et, incapable de bouger, regardant fixement droit devant elle, se mit à attendre le médecin. Elle n'osait même pas toucher le portefeuille dont la couleur noire tranchait sur le vert pâle de la toile cirée. Au bout d'un moment, cependant, elle l'ouvrit d'une seule main, reconnut les papiers de Pierre, son matricule, et une lettre qu'il lui avait écrite, mais qu'il n'avait pu poster. Elle le referma, le repoussa au bout de la table, n'y accordant plus d'attention. Puis elle lut la lettre qui était en tout point semblable aux précédentes : Pierre se montrait inquiet pour elles, optimiste en ce qui le concernait.

Malgré ce portefeuille, malgré les paroles du brigadier, Mélina ne croyait pas à la mort de son mari. Ou plutôt, elle ne le sentait pas mort, au contraire : elle devinait une présence lointaine, vaguement menacée, mais qui demeurait tournée vers elle. Elle entendait toujours battre son cœur, elle le voyait bouger, vivre, même s'il était loin, très loin, en un lieu qui lui demeurait étranger.

C'est ce qu'elle s'efforça d'expliquer à la Miette cet après-midi-là et les jours qui suivirent, tentant de la persuader qu'une lettre allait arriver. La pauvre femme l'écoutait d'un air absent, et l'on comprenait bien qu'elle ne croyait pas à ce que lui racontait sa belle-fille. Elle s'efforçait au courage, s'appliquait au travail, mais le désespoir la gagnait au fur et à mesure que les jours passaient.

L'été fut ébranlé par de violents orages qui tournaient des jours et des jours avant d'éclater, fracassant les branches des chênes, dévastant les chemins. Chaque soir Mélina passait au château où le facteur de Salvignac laissait les lettres destinées à la métairie. La Méthivie, en effet, se trouvait à l'écart de tout, loin des circuits de distribution, et Louis Sauvénie, autrefois, avait trouvé cet arrangement avec le facteur qui était un homme très âgé, obligé de travailler encore pour gagner sa vie. Mélina le regrettait parfois, surtout depuis qu'elle attendait tellement des lettres de Pierre, mais elle ne savait à qui s'adresser pour faire changer les choses. Elle se disait que les Carsac auraient pu se vexer de ce qui pouvait paraître comme un manque de confiance. Or, ce n'était pas le moment de se fâcher avec eux : ils maintenaient deux femmes seules dans une métairie alors que la plupart des hommes étaient rentrés de la guerre, que le travail pressait et qu'elles n'arrivaient pas toujours à y faire face.

Antoine, déjà, y avait fait allusion au début de septembre, un jour que Mélina était allée chercher des engrais au château.

— Vous ne pouvez pas continuer comme ça, là-bas, avait-il dit. Il faudra bien trouver une solution.

— Pierre va revenir, avait-elle répliqué. Jusque-là, on se débrouillera comme on a toujours fait.

Il l'avait considérée un moment en silence, se demandant si elle croyait vraiment ce qu'elle disait ou, plutôt, si elle n'était pas en train de devenir folle. Aussi n'avait-il pas insisté ce jour-là, et il l'avait regardée s'éloigner en hochant la tête, inquiet pour elle, mais surtout pour sa métairie.

Au moment des labours d'automne, cependant, elles durent accepter l'aide d'un homme appelé Gabriel, qui était un journalier origi-

naire de la région de Lens. C'était un réfugié
que l'exode avait transporté jusqu'en Dordogne où il avait retrouvé sa femme et ses
deux enfants venus au mois d'août 1939 chez
des cousins de Salvignac. Depuis la débâcle,
Gabriel s'engageait comme journalier dans les
fermes et gagnait ainsi sa vie et celle de sa
famille. Ce n'étaient pas les Carsac qui le
payaient, mais la Miette et Mélina, en préle-
vant quelques billets sur leurs maigres économies. Au moins, de cette manière, avaient-elles
fait reculer Antoine dont Mélina se méfiait de
plus en plus. Gabriel, lui, était un homme irré-
prochable, courageux, qui ne cherchait pas à
profiter de la situation des deux femmes esseu-
lées. Pourtant il n'était pas très costaud, mais
sec, tout en os et en nerfs. Heureusement, il
connaissait le métier, du fait qu'il avait travaillé la terre avec ses parents avant de trouver
de l'embauche à la mine.

À partir du mois de novembre, pour le
compte des Carsac, cette fois, il aida aussi
Mélina dans les truffières, car Rémi, très
malade, avait trouvé refuge à l'hospice de Périgueux. Antoine Carsac redevint alors aussi
désagréable qu'il l'avait été avant la guerre :

— Une belle femme comme toi toute seule
avec un homme dans les truffières, disait-il à
Mélina. Il faut que je te surveille.

Elle ne répondait pas, mais sentait se resser-
rer autour d'elle un étau qui l'oppressait, et
dont la menace devenait de plus en plus évidente. Car les jours passaient et Pierre n'écrivait pas. La Miette, elle, s'en désespérait, perdait des forces. Elle ne faisait même plus de
cuisine. Elle se contentait de faire réchauffer

ce tourain qui, ici, chez nous, en période de difficultés, constitue le plat principal des familles. Elle laissait glisser dans sa poêle une noix de graisse d'oie, y faisait revenir de l'oignon et de l'ail, ajoutait une pincée de farine, versait le tout dans une casserole d'eau bouillante, salait et poivrait. Dix minutes plus tard, elle répandait le contenu de sa casserole dans la soupière sur des tranches épaisses de ce pain de tourte qui devenait très dur au fil des jours et que l'on consommait ainsi. C'était tout. Elle qui cuisinait si bien auparavant, et trouvait plaisir à bien nourrir sa famille, n'avait plus goût à rien.

Ainsi, malgré les paroles de réconfort prononcées par Mélina, la Miette finit par tomber malade. De désespoir, tout simplement. La nuit, elle appelait son fils, se levait, errait dans la maison, se cognait aux meubles et, parfois, tombait. En décembre de cette année-là, un peu avant Noël, elle se cassa le col du fémur et ce fut le début d'un douloureux calvaire que Mélina tenta d'adoucir avec dévouement.

Malgré ses soins attentifs, la mère de Pierre mourut en février, et ses derniers mots furent pour son fils et pour son mari.

Mélina, alors, se retrouva seule pour résister à Antoine qui la pressait de revenir au château afin qu'il puisse installer de nouveaux métayers.

— Mon bail est toujours valable, répondait-elle, et Pierre va revenir, j'en suis certaine.

Antoine insista, menaça, et Mélina se décida à en appeler à Grégoire, un matin, dans son bureau. Contrairement à ce qu'elle redoutait, elle trouva du soutien auprès de lui, et elle ne

sut si c'était de lui avoir reparlé de cette truffière dans laquelle sa mère avait péri par la
faute de Philippe, ou si le vieux Carsac,
connaissant les penchants naturels de son fils,
voulait éviter de la savoir chaque jour sous la
dépendance d'Antoine, à l'intérieur même du
château.

À cette occasion, Mélina parla aussi à Albine
qu'elle trouva très froide à son égard, ce qui lui
fit mal. Elle s'entretint également avec Fantille
qui, elle, tenta de lui redonner espoir. Elle était
de l'avis de Mélina : si Pierre était porté disparu, cela ne signifiait pas qu'il était mort. Elle
se déclara persuadée que Mélina recevrait
bientôt des nouvelles. Pourtant, seule à la
Méthivie, la nuit, Mélina avait peur. Elle gardait toujours le fusil de Pierre chargé près du
lit, et elle ne dormait guère, guettant les bruits,
priant à genoux pour qu'une lettre enfin arrive,
ou lui-même, comme elle le rêvait, parfois,
courant vers lui et se jetant dans ses bras.

Elle reçut des nouvelles au printemps. Mais,
alors qu'elle attendait une lettre, c'est un
homme qui arriva, un midi de la fin du mois
de mars tout charrué de ces giboulées qui
noient les dernières pointes de l'hiver tout en
brassant de gros nuages au ventre d'ardoise.
En entendant du bruit sur le seuil, Mélina sentit son cœur, comme chaque fois, s'emballer.
Elle fut tout de suite déçue en découvrant
quelqu'un qu'elle ne connaissait pas, habillé
des dimanches, un peu gêné, lui sembla-t-il, et
qui demanda à lui parler d'une voix pas très
assurée.

Elle le fit entrer, non sans avoir jeté un coup
d'œil derrière elle pour vérifier que son fusil

était bien à portée de sa main au cas où elle en aurait besoin. C'était un homme aux yeux fuyants, à la fine moustache, coiffé d'un chapeau de feutre gris à ruban noir et vêtu d'un costume de velours flamme. Son visage était étroit et anguleux. Sa main droite tapotait la toile cirée à côté du verre de vin que Mélina, comme c'était la coutume, lui avait versé.

— Vous avez deviné que si je suis venu jusqu'à vous, c'est au sujet de votre mari, dit-il enfin sans la regarder.

Mélina, qui sentit de nouveau son cœur se remettre à battre très fort, demanda :

— Vous le connaissez ?

L'homme soupira, reprit :

— Je l'ai connu, oui.

Il hésita, poursuivit, toujours sans la regarder :

— J'étais avec lui à Sedan, quand les Allemands ont attaqué sur les routes des Ardennes.

— Et alors ? fit-elle. Où est Pierre aujourd'hui ?

L'homme leva pour la première fois la tête vers elle, un instant seulement.

— On a tout juste eu le temps de se replier vers la Champagne pour ne pas être encerclés, mais ils étaient juste derrière nous. La débandade était totale. Le lendemain, je crois, ou le surlendemain, on a trouvé refuge dans un village, aux environs de Rethel, mais on a été bombardés.

L'homme se tut. Mélina ne respirait plus. Elle le dévisageait maintenant avec des yeux horrifiés, comme si elle avait compris ce qu'il allait lui révéler.

— Il est mort à côté de moi, écrasé par un mur. Je n'ai eu que le temps de me jeter en arrière.

— Non, dit Mélina, ce n'est pas vrai.

L'homme soupira de nouveau, ajouta :

— C'est moi qui ai envoyé ses papiers à la mairie de Salvignac.

— Non, répéta Mélina, dévisageant cet homme dont elle ne parvenait pas à croiser le regard, et qui semblait hésiter, maintenant, devant cette femme si seule et si vulnérable.

Il reprit pourtant, de la même voix basse et mécanique, se redressant légèrement sur sa chaise :

— J'habite Périgueux, mais je n'ai jamais trouvé le courage de venir jusqu'à vous.

— Et pourquoi aujourd'hui ? demanda-t-elle, comme si elle ne croyait toujours pas à ce qu'elle venait d'entendre.

Il hésita encore, répondit :

— Parce que je sais que c'est terrible d'attendre pour rien.

Elle s'affaissa, murmura :

— Oui, c'est vrai : c'est terrible.

L'homme ouvrit la bouche, comme s'il allait prononcer d'autres mots, mais il se tut et elle en fut déçue. Il se leva, demeura un instant sur place, se demandant s'il devait rester ou s'en aller, puis il se dirigea vers la porte.

— Il m'a semblé que c'était mon devoir, dit-il enfin en écartant les bras de son corps, en un geste d'incertitude.

Et, comme s'il se sentait coupable, tout à coup :

— Est-ce que je peux faire quelque chose pour vous ?

Elle fit un signe négatif de la tête.

— Au revoir, fit l'homme avant de sortir.

Elle le suivit sur le seuil, tendit la main comme pour le retenir. Il fit quelques pas, se retourna et dit :

— Vous savez...

— Oui, fit-elle.

— Non, rien, rien.

Et il s'en alla à grands pas sur le chemin qui commençait à reverdir, effaçant enfin les traces noires de l'hiver.

Mélina rentra chez elle, s'allongea sur le lit qui avait été celui des parents de Pierre et qu'elle utilisait désormais. Depuis la mort de la Miette, en effet, elle dormait en bas et non pas au grenier. Elle se sentait mal. Des gouttes de sueur coulaient sur son front, sur ses flancs. Tout, en elle, était refus de ce qu'elle avait appris. Son corps luttait contre l'inacceptable. Dehors, une tempête de vent se levait. Les bourrasques faisaient comme une houle qui balayait la cime des arbres, précipitaient les uns contre les autres les nuages noirs qui n'avaient pas le temps de crever sur les bois. Il faisait sombre comme à la tombée de la nuit. Les branches des chênes, corrompues par le froid de l'hiver, cassaient et s'envolaient vers les collines sur lesquelles tombaient comme de la grêle des vols d'alouettes à la recherche d'un abri.

Mélina s'assoupit d'un mauvais sommeil qui la fit gémir plusieurs fois. Elle entendait le vent se débattre dans les solives du grenier. Elle brûlait de fièvre, ne savait plus où elle se trouvait, n'était que douleur. Plus tard, dans la soirée, elle voulut se lever mais n'y réussit pas.

Le vent cessa vers huit heures. La pluie se mit
à crépiter sur la maison, d'abord avec une
grande violence, puis un peu moins fort, et,
quand la colère du ciel fut retombée, tout doucement, comme une pluie d'été, alors, seulement, Mélina s'endormit, ses larmes séchant
enfin sur ses joues.

Elle fut malade deux jours et deux nuits. Le
troisième jour, vers la fin de la matinée, alors
qu'elle s'efforçait de se tenir sur ses jambes,
Grégoire Carsac, inquiet de ne pas la voir dans
les truffières, apparut. Elle s'attendait plutôt à
affronter Antoine qui ne cessait de rôder
autour de la Méthivie depuis la mort de la
Miette.

Quand Grégoire Carsac la découvrit dans
l'état où elle se trouvait, encore tremblante de
fièvre, il alla chercher Fantille et revint avant
midi. Celle-ci soigna Mélina, fit chauffer du
bouillon, l'aida à se changer, et demeura près
d'elle. Mélina lui raconta la visite de l'homme
au chapeau gris. Quand Grégoire revint, en fin
d'après-midi, Fantille lui expliqua ce qui s'était
passé et exigea de rester avec Mélina pour la
nuit. Grégoire en parut contrarié mais il repartit seul au château.

Le lendemain, Albine et Antoine vinrent à la
Méthivie, assurèrent Mélina de leur soutien,
proposèrent de lui laisser Fantille quelques
jours. Elle accepta, promit de se remettre à
travailler dans les truffières dès qu'elle irait
mieux. Malgré sa promesse, pourtant, elle n'en
trouva pas la force.

Un mois passa, durant lequel elle s'enfonça
dans le désespoir, sortant à peine de la métai-

rie, refusant tout contact, y compris avec les Carsac qui commençaient à s'impatienter. Mélina acceptait seulement de parler à Fantille, et parfois à Albine, dépêchée par Antoine, inquiet de voir la métairie s'en aller à vaul'eau.

Vers la fin avril, pourtant, il y eut deux jours de grand beau temps. Les chênes retrouvaient leur feuillage verni et partout les oiseaux s'égosillaient dans les branches où ils bâtissaient fébrilement leur nid. Une douceur nouvelle de l'air se répandit sur les collines, appelant Mélina au-dehors. Elle prit le chemin des truffières, se sentit pénétrée de cette force nouvelle qui était éclose, réveillant en elle plein d'échos oubliés, d'une grande douceur. Elle n'eut pas la force d'aller jusqu'aux truffières, ce jour-là, et d'y travailler, mais, au retour, elle se sentit mieux, comme délivrée du mal qui la rongeait. La terre qui se réchauffait, les bois qui crépitaient sous les premiers rayons chauds du soleil, les fleurs qui illuminaient le revers des sentiers venaient de lui rappeler qu'elle aimait la vie, tout simplement, et que quelque chose en elle, très profondément, l'inclinait vers le combat et le bonheur, non vers le renoncement.

Ce fut au carrefour du chemin qui menait au château et de celui qui conduisait aux truffières qu'elle pensa brusquement à la fille qu'elle avait toujours espérée. Une enfant à laquelle elle pourrait donner tout ce qui lui restait de forces, qui l'accompagnerait comme elle avait accompagné son père, elle, et qu'elle saurait rendre heureuse, elle n'en doutait pas. Plus de solitude, alors, mais une autre existence, dans le souvenir de ceux qui n'étaient plus là et dans l'espoir de pouvoir aimer de nouveau, sinon un mari, du moins une enfant.

Elle y pensa jour et nuit, s'arrima à cette espérance comme un marin au mât de son navire dans la tempête, reprit le travail, au grand soulagement des Carsac. Elle ne pouvait pourtant travailler à la fois dans les truffières et dans les terres de la métairie qu'elle refusait de quitter. La Méthivie, en effet, demeurait pour elle la maison de Louis, de la Miette et de Pierre. Sa vie était là, désormais. À Grégoire Carsac, qui tenta de lui démontrer que sa place était de nouveau au château — il cherchait de nouveaux métayers —, elle répondit que s'il la chassait, elle ne pourrait plus s'occuper des truffières.

— Mais enfin! s'écria-t-il, ça ne peut pas durer! On n'a presque rien semé ce printemps.

— Je ne veux pas quitter la métairie, répondit-elle. Je ne regagnerai jamais le château.

— Bon, fit-il, on va chercher une solution. Mais si on est obligés de prendre un ouvrier, c'est toi qui le payeras.

— Je l'ai déjà fait, dit-elle, ça m'est égal. Je ne veux pas quitter cette maison.

Elle s'étonna, durant les jours qui suivirent, de ne pas voir intervenir Antoine. Il vint pourtant, deux ou trois fois, à la Méthivie, et ne lui parla pas de la chasser, au contraire. Il se montra prévenant, se soucia de sa santé, et elle comprit qu'il préférait la savoir seule, ici, loin du château et de sa femme. Un jour, en fin de matinée, il se montra entreprenant, mais elle le repoussa fermement. Il n'insista pas. Il se dit sans doute qu'il avait le temps.

Les truffières, cette année-là, furent quelque peu délaissées, et Gabriel, le journalier du château, vint aider Mélina à semer ce qui pouvait encore l'être et à sarcler les rares pièces de terre qui étaient en culture. Antoine, aussi, venait tous les jours, comme s'il avait décidé de surveiller Mélina. Mais elle n'avait plus peur de lui. Il repartait le soir, ramenant Gabriel, et elle retrouvait sa solitude, pensait à son projet, à cette fille qu'elle espérait de toutes ses forces.

Après les douceurs de mai, la chaleur s'installa dès le début du mois de juin, si bien qu'on put rentrer les foins avant que n'éclatent les premiers orages. La dernière charretée mise à l'abri, Mélina entendit tonner au-delà des collines et sortit sur le pas de sa porte. Il était neuf heures du soir, la nuit tardait à tomber, comme toujours en cette saison, quand les jours semblent ne pas vouloir finir et ne le font qu'à regret, en saignant sur l'horizon. Des vols de passereaux, affolés par le tonnerre, cherchaient déjà l'abri des arbres. L'orage était loin encore, mais Mélina espérait qu'il finirait par éclater sur les collines.

Quand les branches des chênes se mirent à se balancer, elle rentra, fit un peu de cuisine. Pendant ce temps, l'orage se rapprocha. Bientôt des éclairs apparurent derrière les fenêtres et le ciel s'obscurcit. Il faisait chaud, très chaud, et Mélina, oppressée, se déshabilla, gardant seulement une légère combinaison sur sa peau moite.

Elle finissait de manger lorsqu'elle entendit la charrette du château s'arrêter dans la cour. Elle ne répondit pas lorsqu'on frappa à la

porte, recula seulement vers le fond de la
pièce. Elle ne fut pas étonnée de voir la porte
s'ouvrir, poussée par Antoine Carsac. Il ne dit
pas un mot, s'avança vers elle. Il aperçut le
fusil posé à côté du lit, hésita. Elle ne s'en saisit pas. Au contraire, avant même qu'il fasse
un nouveau pas dans sa direction, elle se laissa
tomber en arrière sur le lit, ferma les yeux et
ne bougea plus. Quand Antoine Carsac s'abattit sur elle, elle ne se défendit pas, et, les yeux
toujours clos, elle songea à Pierre.

L'été de cette année-là garda quelque douceur grâce aux pluies atlantiques. Les feuilles
des chênes conservèrent leur couleur jusqu'à
la fin septembre, sans ces tavelures qui, d'ordinaire, leur viennent dès le mois d'août, au
moment des grosses chaleurs. À force de se
partager entre les truffières et les champs de la
métairie, Mélina était épuisée. Elle avait cherché un ouvrier agricole qui pourrait l'aider,
mais Antoine Carsac lui avait conseillé de se
contenter de Gabriel. Il craignait probablement la présence d'un homme en permanence
à la métairie, surtout la nuit. Or Gabriel, lui,
regagnait Salvignac chaque soir pour y retrouver sa famille.

Pendant l'été, Antoine était souvent revenu,
la nuit, à la Méthivie, et il n'avait pas trouvé
porte close. Il s'étonnait de la facilité avec
laquelle il avait conquis cette femme si belle
qui s'était si longtemps refusée à lui. À vingt
ans, malgré le travail dans la canicule des étés
et la froidure des hivers, Mélina n'avait rien
perdu de l'éclat de sa jeunesse. Bien d'autres,
dans les campagnes, avaient, à son âge,

commencé à se flétrir. Pas elle. Et Antoine
Carsac, ignorant des desseins qu'elle poursuivait, ne pouvait plus se passer de ce corps
auquel il avait si longtemps rêvé.

Aussi fut-il très étonné, à la fin du mois de
septembre, de ne pouvoir entrer dans la métairie, un soir, alors qu'il venait une nouvelle fois
profiter de sa bonne fortune.

— Non, dit Mélina, blottie derrière la porte.
Je ne veux plus, c'est fini. Il faut me laisser
maintenant.

Il tenta de parlementer, de la convaincre,
mais ce fut sans effet. Alors, il devint fou
furieux et se mit en devoir d'ouvrir la porte
avec une barre de fer. Il entendit le volet
s'ouvrir en même temps que partait le coup de
fusil. Il sentit les plombs lui frôler la tête et il
battit en retraite, non sans proférer des
menaces que Mélina prit bien évidemment au
sérieux.

À partir de ce jour, il tenta de la surprendre,
mais elle se tenait sur ses gardes. Alors, il vint
avec son père, Grégoire, qui se doutait probablement de quelque chose, et tous deux lui
demandèrent de regagner le château : ils
avaient trouvé des métayers. Mélina refusa,
car son bail allait jusqu'au mois de juin 43.

— Ce n'est pas raisonnable, dit Grégoire. Tu
vois bien que tu n'y arrives pas.

— Je n'y arrive pas à cause du temps que je
passe dans les truffières. Sinon, vous n'auriez
rien à me reprocher.

Mélina savait à quel point ils avaient besoin
d'elle et elle n'avait pas peur. Elle les tenait en
son pouvoir, l'un comme l'autre, et même s'il
n'était pas dans ses intentions d'abuser de la

situation, elle ne craignait plus de les affronter.

Car désormais, c'était sûr, elle ne se battait pas que pour elle-même. Cet enfant qu'elle avait espéré si longtemps, elle l'attendait. Et personne ne pourrait la priver de ce plaisir, de cette joie immense, de cette présence qui prospérait en elle et à laquelle elle pensait désormais à chaque instant. Elle était sauvée, elle le savait. Son existence avait retrouvé un but. Elle se sentait de taille à lutter contre le monde entier.

Elle n'en parla à personne, pas même à Fantille, travaillant comme si de rien n'était, ne se souciant pas du tout des événements du pays, ignorant le maréchal Pétain, le gouvernement de Vichy, la zone libre et la zone occupée, pour se consacrer à ce qui avait été, depuis toujours, le grand rêve de sa vie. Certes, elle pensait à Pierre, aux disparus de la Méthivie, à son père aussi, mais elle savait intimement que sans cet enfant, elle serait morte elle aussi. Alors elle faisait en sorte d'oublier le passé et de préparer l'avenir de son enfant. Ce serait une fille, elle n'en doutait pas. Comment pourrait-il en être autrement, quand elle lisait en elle, se souvenait de ses plus lointaines années, du bonheur qui, alors, l'envahissait à l'idée de donner à sa fille ce qu'elle n'avait jamais connu et dont, cependant, elle aurait été comblée?

Antoine Carsac ne désarma pas aussi facilement. Il la surprit un matin, alors qu'elle allait chercher du bois dans sa remise, mais elle était vigoureuse et elle réussit à le frapper avec une bûche, lui ouvrant le cuir chevelu. Il s'en alla, la tête pleine de sang, et, pendant quelques jours, il ne reparut pas. Elle eut peur de l'avoir blessé gravement, mais elle l'aperçut dans les truffières le premier jour de la récolte et en fut soulagée.

À Noël, elle voulut rester seule, de crainte que Fantille ne s'aperçoive de sa grossesse. Mais il était trop tôt encore, et elle s'en félicita. Elle réussit à la cacher jusqu'au mois d'avril, et, alors que Grégoire Carsac cherchait à en faire un prétexte pour la chasser, elle lui dit simplement :

— J'attends un enfant de votre fils, Antoine. Si vous ne me croyez pas, vous n'avez qu'à le lui demander.

Il crut qu'elle allait exiger quelque chose, qu'elle avait volontairement cédé à Antoine pour les mettre en difficulté, mais, malgré sa fatigue, ses chagrins, ses deuils et sa solitude, elle était demeurée claire comme une source. Il le comprit quand elle ajouta sans la moindre menace dans la voix :

— Je m'en occuperai seule. La seule chose que je veux, c'est rester ici, dans cette métairie.

Le lendemain, Grégoire revint avec Antoine. Si celui-ci ne nia pas avoir fréquenté la Méthivie la nuit, il ajouta pourtant perfidement qu'il n'était pas toujours là, pendant la journée, quand Mélina travaillait avec Gabriel.

— Ça m'est égal, ce que vous pensez, dit Mélina. Je ne vous demande rien d'autre que de rester ici, un point c'est tout.

Elle travailla jusqu'au dernier moment, s'évertuant à remplir sa tâche pour ne pas encourir le moindre reproche. Elle accoucha un peu avant terme, au début du mois de mai, aidée par Fantille, d'une fille qu'elle appela

Jeanne, et Louise en deuxième prénom. Quand
Fantille lui mit l'enfant dans les bras, elle
pleura, mais elle sut que personne, désormais,
ne pourrait rien contre elle. Elle avait compris
que si la vie inflige le pire aux vivants, elle peut
aussi parfois leur accorder le meilleur.

## 9

Mélina reprit le travail huit jours après avoir
donné le jour à sa fille. Malgré la chaleur accablante qui écrasait les champs et les bois, elle
emmenait Jeanne avec elle dans un grand
panier d'osier, la posait à l'ombre d'une haie,
venait lui donner le sein quand elle pleurait.
Même au moment des foins, elle ne laissait
jamais sa fille seule à la métairie. D'ailleurs,
elle avait besoin de sa présence, de la savoir à
portée de regard, de main et de caresses.
Albine n'était pas venue lui rendre la visite traditionnelle occasionnée par une naissance :
elle avait compris ce qui s'était passé loin du
château, quand son mari rentrait au milieu de
la nuit, ou même, parfois, le matin, aux premières lueurs tremblantes de l'aube.
Grégoire Carsac, en découvrant l'enfant,
n'avait pas manqué d'être frappé par sa res-
semblance avec son fils Antoine. La petite
avait le même visage aigu, les mêmes yeux
verts et, déjà, la même expression moqueuse
des lèvres. Grégoire n'avait rien dit, mais il
avait compris. Antoine, lui, dès le premier

regard avait su que Mélina n'avait pas menti. Il le savait d'ailleurs dès le début. Pourtant, bizarrement, alors que Mélina s'était attendue à des représailles, les deux hommes s'étaient montrés conciliants. Peut-être parce que l'un et l'autre songeaient que le domaine n'avait pas d'héritier, sans doute aussi parce que, contrairement à leurs affirmations, ils ne trouvaient pas de métayers.

À cette époque-là, en effet, il y avait près de quatre cent mille paysans prisonniers en Allemagne. Dans tout le pays, on cherchait vainement des engrais, de la main-d'œuvre et du carburant pour les machines. Les terres ensemencées se réduisaient comme peau de chagrin et les rendements avaient diminué de moitié. Renonçant à chasser Mélina, les Carsac lui avaient délégué Gabriel, en qui ils avaient toute confiance. Eux-mêmes avaient trouvé un autre journalier qui logeait au château. Il s'appelait Manuel. C'était un homme grand et mince, qui parlait avec un léger accent étranger, et dont les manières d'agir, de se comporter, contrastaient avec celles des gens d'ici. On ne savait pas très bien d'où il venait, ce qu'il avait fait, mais les Carsac n'avaient pas eu le choix. Sans lui poser de questions, ils avaient engagé cet homme qui était venu un matin demander humblement s'ils n'avaient pas de l'ouvrage à lui confier.

Mélina avait fait sa connaissance au moment des foins, ne l'avait pas revu depuis. Elle n'avait pas oublié, pourtant, ses yeux noirs, son front haut, et l'impression de grande noblesse qui se dégageait d'un visage sévère dont elle devinait qu'il avait souffert. Elle le

revit au moment des moissons — vite ache-
vées, car les épis étaient clairsemés — et, une
semaine plus tard, au moment des battages.
Sans machine, sans main-d'œuvre, on avait dû
remettre en service les vieux fléaux. Fantille
vint faire la cuisine à la métairie, tandis que
Mélina et les deux ouvriers battaient les épis
sur l'aire préalablement nettoyée. Antoine
aussi, était là, tendu, agressif, mais pas Grégoire qui ne supportait plus la chaleur et
demeurait cloîtré entre les quatre murs de son
bureau.

Au moment de passer à table, les hommes se
lavèrent les mains à l'eau du puits qui était
situé entre l'aire de battage et la métairie.
Mélina s'y trouva à côté de Manuel, versa de
l'eau sur ses mains, croisa son regard. À la
manière dont il la remercia, elle comprit
qu'elle n'avait rien à craindre de cet homme-là,
au contraire. Ce qu'elle lut dans ses yeux lui fit
apercevoir ce qu'elle n'avait jamais soupçonné
de la profondeur de la pensée. Elle en demeura
bouleversée, inquiète qu'Antoine, présent au
repas, ne s'en aperçoive, mais en même temps
submergée par une immense douceur. Elle
avait découvert quelque chose d'inconnu, de
rare, d'infiniment précieux, que son esprit ne
pouvait pas, alors, lui enseigner, et elle en
souffrit durant tout le jour.

Il lui tarda de se retrouver seule, le soir, avec
sa fille, pour oublier le regard et les mains de
cet homme si singulier. Elle en demeura trou-
blée, sans pour autant perdre de vue le fusil
qui lui servait toujours à tenir à distance
Antoine Carsac.

— Que crains-tu maintenant? lui demandait-il avec rage, chaque fois qu'il pouvait l'approcher. Si tu veux, je me sépare de ma femme et je me marie avec toi.

Et, comme elle ne répondait pas, haussant simplement les épaules :

— Tu habiteras au château. Tu seras la maîtresse, on prendra des servantes, tu ne travailleras plus.

Plus elle gardait le silence et plus il devenait violent, davantage en paroles que par des actes, heureusement. Elle se demanda un moment si Antoine et Grégoire n'avaient pas passé un accord à son sujet. Albine ne pouvait pas avoir d'enfants. Mélina, elle, était capable de leur donner un héritier qui prendrait un jour la direction du domaine. Ainsi, le nom des Carsac ne disparaîtrait pas et les truffières continueraient de prospérer.

— Si tu acceptes, renchérissait Antoine, je reconnaîtrai ta fille et je signerai tous les papiers que tu voudras.

— Vous êtes marié, répliquait-elle, et vous savez bien qu'Albine est une bonne épouse.

Antoine s'étranglait de colère.

— Je vais divorcer. Je la chasserai.

— Ce n'est pas la peine. Je ne veux pas vivre au château avec vous.

— Tu y viendras, s'étranglait Antoine. Je te jure bien que tu y viendras !

Ces manœuvres d'Antoine furent pour Mélina un sujet d'inquiétude tout l'été : comment refuser de se soumettre sans déchaîner une vengeance qui pouvait la briser ? Sa seule solution était de le fuir, de gagner du temps. Elle songea à prévenir Albine, mais elle n'en trouva pas la force et, à cette idée, au contraire, se sentit honteuse et misérable.

L'été s'épuisa enfin en orages interminables qui revenaient chaque soir, grondaient jusqu'à la tombée de la nuit mais éclataient rarement. Pourtant la terre était sèche et réclamait son dû. On sentait que les collines, les champs et les bois souffraient : ils craquaient, se fendillaient, semblaient appeler l'eau du ciel à leur secours. Quand les nuages s'ouvraient enfin, ils déversaient en quelques minutes une eau trop rare pour combler les crevasses d'une terre exsangue, ravagée par la canicule.

Heureusement, à la Sainte-Croix, le 14 septembre, le vent d'ouest apporta une pluie océane qui radoucit enfin l'air étouffant qui stagnait sous le couvert des arbres. Mélina, qui rentrait des champs, ce jour-là, leva la tête vers le ciel et profita longuement de la tiédeur de cette pluie qui la délivrait enfin, lui sembla-t-il, de ses soucis de l'été. Elle avait noué des bretelles à son panier et les faisait passer derrière son cou, portant ainsi plus facilement sa fille.

Il devait être six heures du soir quand elle arriva en vue de la métairie. La pluie venait de cesser. On entendait la terre boire et soupirer dans les champs et dans les taillis. Il faisait doux, si doux qu'elle frissonna, tout en apercevant, là-bas, devant sa porte, une silhouette qui lui fit battre le cœur. Elle crut qu'elle rêvait, s'essuya les yeux d'un revers de main, s'arrêta. Là-bas, sur le seuil, la silhouette avait bougé. « Non, se dit-elle, c'est impossible. » Elle se remit en route en fermant les yeux, les ouvrit de nouveau, puis, serrant son panier contre elle, elle se mit à courir.

L'homme l'avait aperçue, s'était élancé lui

aussi. « S'il court, songea Mélina, c'est qu'il est vivant et que je ne rêve pas. » Ils s'arrêtèrent à un mètre l'un de l'autre, et ce fut elle qui demanda d'une voix défaite :

— C'est toi, Pierre ?

— Oui. C'est moi.

Il n'eut pas le temps de la prendre dans ses bras que déjà elle tombait, foudroyée par ces retrouvailles qu'elle avait cessé d'espérer.

Elle revint à elle sur son lit, eut un regard affolé en apercevant le panier sur la table, et son regard à lui, qui l'interrogeait, la contemplait avec un sourire confiant. Elle s'assit sur le lit, murmura :

— C'est toi ? C'est bien toi ?

— Mais oui, dit-il en se penchant sur elle.

— On m'a dit qu'on t'avait vu mort.

— Qui ?

— Les gendarmes d'abord, puis un homme qui est venu ici.

Elle parlait tout bas, sans le quitter des yeux, avec cette humilité qu'il retrouvait tout à coup si émouvante, si précieuse qu'il en tremblait.

— Quel homme ? demanda-t-il.

— Un homme avec un chapeau gris, qui était avec toi dans la grange bombardée. C'est lui qui a envoyé tes papiers aux gendarmes de Salvignac.

À cause de ses yeux noyés, elle ne distinguait plus ses traits. Elle tendit les mains, et il les lui prit, les embrassa.

— Oh, Pierre qu'est-ce qu'il s'est passé ? gémit-elle.

Il la garda un moment serrée contre lui, demanda :

— Comment s'appelait-il, cet homme ?

— Je ne sais pas. Il ne me l'a pas dit. Mais il m'a assuré qu'il t'avait vu mort, écrasé par un mur. Je l'ai cru, moi. Comment aurais-je pu faire autrement ?

— Mais je t'ai écrit, fit-il d'une voix douloureuse. Au moins six lettres.

— Je n'ai rien reçu, dit-elle.

Et, comme il la dévisageait sans comprendre :

— Il faut me croire Pierre : je n'ai rien reçu.

— C'est pas possible ! murmura-t-il.

À cet instant, Jeanne se mit à pleurer et Mélina eut de nouveau un regard affolé vers le panier, puis vers Pierre.

— Elle a faim, dit-elle. C'est son heure.

Il ne répondit rien, ne posa pas de questions. Elle se demanda s'il avait compris ou s'il croyait qu'elle servait de nourrice à un enfant du village. Il s'écarta un peu quand elle descendit du lit, mais, une fois qu'elle fut près du panier, elle n'osa pas prendre sa fille dans ses bras. Elle avait honte, soudain, se sentait méprisable. Les muscles de son dos se contractèrent à l'instant où elle devina qu'il s'approchait lui aussi. Il lui encercla la taille des bras, se pencha vers le panier, demanda :

— C'est une fille ou un garçon ?

— Une fille. Elle s'appelle Jeanne.

— Elle est belle, dit-il.

Elle se retourna doucement et dit tout bas, si bas qu'il entendit à peine :

— C'est la mienne.

Il eut un bref mouvement de recul, chancela, et alors qu'elle s'attendait à des mots durs, à de la colère, à elle ne savait quoi, il murmura :

— Ah ! c'est la tienne.

Puis, comme elle baissait les yeux, dévastée par quelque chose d'immensément doulou-reux :

— Alors, c'est la nôtre, fit-il.

— Non, Pierre, non.

Il lui mit un doigt sur la bouche, répéta :

— Si, Lina, c'est la nôtre.

Elle se laissa aller contre lui, bouleversée par la bonté de cet homme qu'elle retrouvait semblable à celui qui était parti deux ans auparavant, et qui pardonnait sans même savoir ce qui s'était passé, parce qu'il la connaissait et ne doutait pas un instant de sa loyauté. Il devinait qu'elle n'avait pas failli, que quelque chose de plus fort qu'elle, de plus fort qu'eux l'avait meurtrie, blessée, avait rompu sa volonté. Il ne voulait pas savoir quoi. Pas encore. Il venait de la retrouver et il avait telle-ment espéré ce moment qu'il refusait tout ce qui pouvait en altérer le bonheur.

Mélina souleva sa fille, dégrafa son corsage et lui donna le sein. La petite, aussitôt, s'arrêta de pleurer. On n'entendit que la succion de ses lèvres avides et ses gémissements d'aise. Mélina, qui sentait Pierre immobile derrière elle, aurait voulu disparaître sous terre. Elle cherchait à comprendre, se demandait si elle rêvait, avait l'impression de devenir folle.

Cinq minutes suffirent à l'enfant pour se ras-sasier. Mélina la porta dans son petit lit qui se trouvait dans la chambre, à côté du sien. Elle s'aperçut alors que Pierre n'avait posé aucune question sur l'absence de la Miette, mais qu'il examinait maintenant le lit dans lequel dor-maient ses parents.

— Elle est morte en février 41, dit Mélina, comme pour se justifier d'y dormir à son tour.

Et elle ajouta, avec, toujours, en elle, une terrible impression de culpabilité :

— Je l'ai soignée jusqu'au bout, comme j'ai pu. C'était après la visite des gendarmes qui ont rapporté tes papiers. Elle n'a pas supporté de ne pas te voir revenir.

Elle se retourna brusquement vers lui, qui demeurait silencieux. Elle s'aperçut alors que ses yeux brillaient et qu'il tremblait. Elle se laissa aller contre lui, entoura son torse de ses bras. Pleurant tous les deux, ils basculèrent sur le lit et tentèrent d'oublier combien la vie pouvait être cruelle.

Quand ils retournèrent dans la cuisine, la nuit était tombée. Mélina fit réchauffer la soupe et cuire deux quartiers de canard. Ils mangèrent face à face, silencieux, leur regard se croisant de temps en temps, dans un pauvre sourire.

— Ce qui compte, dit Pierre, c'est qu'on soit là tous les deux, et qu'on se soit retrouvés. Tout le reste n'a pas d'importance.

Mélina, songeant qu'ils n'étaient plus deux, mais trois, hocha la tête sans répondre. Trop de questions se bousculaient dans sa tête : où étaient les lettres de Pierre ? Qui était cet homme qui était venu lui annoncer sa mort ? Elle devinait une menace, quelque chose de terrible, et elle avait peur, soudain, de ne plus avoir assez de force pour y faire face.

Quand ils eurent fini de manger, ils sortirent et s'assirent un moment sur le banc, face aux bois qui frissonnaient doucement. La nuit de septembre, épaisse et chaude, sentait la feuille déchue, le moût et la futaille. De grandes ombres semblaient hanter les collines silencieuses.

— Où étais-tu, Pierre, pendant tout ce temps ? demanda Mélina doucement.

— J'étais prisonnier en Allemagne, dans une ferme, pas loin de Munich.

— Munich ? fit-elle, n'ayant jamais entendu ce nom-là.

— C'est une grande ville de là-bas.

— Et tu m'as écrit ?

— Six lettres.

— Promets-moi de ne rien faire qui nous sépare de nouveau, dit-elle en lui prenant les mains. Promets-le-moi, je t'en supplie.

Elle venait de penser à Antoine Carsac. Lui seul avait pu faire disparaître les lettres.

— J'irai à la poste de Salvignac demain, dit-il, et je saurai ce qui s'est passé.

— Non, fit-elle, je t'en supplie.

— Si. Il faut que je sache.

— Et tu te vengeras et je te perdrai de nouveau. Je ne veux pas, Pierre, je ne pourrais pas vivre sans toi. Tout ça a été trop long, trop difficile.

Il l'attira contre lui, murmura :

— Je te promets une chose, c'est que si je dois me venger de quelqu'un, je laisserai passer le temps qu'il faudra, et le jour où je serai décidé, je ne me ferai pas prendre. N'aie pas peur, je ne veux pas te perdre une nouvelle fois.

Elle en fut rassurée, s'apaisa, mais, très vite, en pensant de nouveau à Antoine Carsac, elle se demanda si cet homme n'était pas le mal absolu. Avait-il réellement été capable de faire disparaître les lettres de Pierre pour mieux la tenir à sa merci ? Non, ce n'était pas possible. Personne au monde n'était capable d'agir

ainsi. D'autant qu'il n'y avait pas que les
lettres : il y avait aussi l'homme au chapeau
gris, et celui-là Antoine ne pouvait pas le
connaître ou alors il était vraiment le diable en
personne.

Ils rentrèrent, se couchèrent, et, malgré leur
fatigue, ne purent trouver le sommeil. Au
contraire, ils parlèrent toute la nuit, tentant de
répondre aux questions qu'ils se posaient l'un
et l'autre. Pierre raconta à Mélina comment,
dans les environs de Rethel, deux jours après
l'attaque allemande, il s'était réfugié pour la
nuit dans un village abandonné dont il ne
connaissait pas le nom, tous les panneaux
indicateurs ayant été détruits. Comme il faisait
très chaud, il s'était débarrassé de sa capote de
soldat qui contenait ses papiers, puis il était
sorti pour prendre l'air, au bord d'un ruisseau
bordé de frênes, qui coulait un peu plus loin,
en contrebas. Quand les avions étaient arrivés,
il n'avait pas eu le temps de regagner la grange
et heureusement : en moins d'un quart d'heure
tout avait été réduit à néant. Avec une dizaine
de camarades, ils s'étaient cachés dans la campagne, avaient passé la nuit à la belle étoile et,
le lendemain matin, alors qu'ils s'enfuyaient,
ils avaient été cernés et faits prisonniers.

Mélina lui raconta son désespoir à la visite
des gendarmes, celui de la Miette, aussi, qui
s'était laissée mourir, les manœuvres des Carsac qui avaient voulu la chasser de la métairie,
la venue de l'homme au chapeau gris dont elle
ne put donner d'autres signes distinctifs, sinon
qu'il paraissait très mal à l'aise et lui avait dit
habiter Périgueux. Elle lui expliqua qu'elle
n'avait survécu que dans l'espérance de mettre

au monde un enfant et lui donner ce qui lui
avait tant manqué, à elle, au cours des premières années de sa vie. Persuadée que lui,
Pierre, ne reviendrait jamais, elle avait cédé à
un homme, un soir, à la tombée de la nuit.

— Qui? demanda-t-il doucement. Je le
connais?

Elle fut tentée de lui mentir, d'inventer un
rôdeur, un journalier qu'elle aurait abrité,
mais elle en fut incapable.

— Je ne peux pas te le dire, gémit-elle. Je ne
veux pas te perdre une nouvelle fois.

Elle n'eut pas besoin d'en dire plus : il avait
compris. Plus tard, ils évoquèrent l'homme au
chapeau gris dont il était possible, après tout,
qu'il se fût trouvé dans les environs de Rethel
vers le 12 ou le 13 mai et qu'il ait ramassé les
vêtements de Pierre et son portefeuille, peut-
être pour prendre l'argent qu'il contenait.

— Non, dit Pierre, je gardais mon argent sur
moi, dans la poche arrière de mon pantalon.

— Mais pourquoi cet homme est-il venu me
dire qu'il t'avait vu mort alors que tu ne le
connais pas? demanda Mélina.

— Je ne sais pas, répondit Pierre, mais je le
saurai bientôt.

Épuisés, incapables de trouver des réponses
aux questions qu'ils se posaient, ils finirent par
s'endormir dans les bras l'un de l'autre.


Le lendemain matin, Pierre partit de bonne
heure au château pour informer les Carsac de
son retour. En chemin, bouleversé par l'odeur
des bois qu'il redécouvrait, étonné de pouvoir
marcher de nouveau sur le sentier qui l'avait
conduit tant de fois à Salvignac, il prit son

temps, s'arrêta, même, plusieurs fois, pour faire provision de tous ces parfums, ces murmures, ces couleurs oubliés, s'allongeant sur le dos, face au ciel qu'il apercevait entre les branches et dont il se disait qu'il n'en n'avait jamais vu d'aussi bleu. Il n'y avait en lui aucune colère, aucun ressentiment envers Mélina. Il la connaissait depuis toujours. Il savait que si elle ne l'avait pas cru mort, elle ne l'aurait jamais trahi. Il comprenait ce qu'elle avait fait pour survivre et, même s'il en souffrait, il ne lui en voulait pas. En revanche, il savait qu'il aurait du mal à lutter contre la haine qui était née en lui à l'égard des Carsac. Et c'était parce qu'il se méfiait de lui qu'il n'avait pas pris son fusil, comme il en avait l'habitude, en cette saison. Cependant, il s'était forgé une résolution : il se vengerait un jour, et cette vengeance serait terrible.

Un peu avant d'arriver, il se rendit au cimetière sur la tombe de ses parents, s'y recueillit quelques instants, parla à la Miette, s'imaginant qu'elle était là près de lui, se rappelant qu'elle l'emmenait souvent, lorsqu'il était enfant, sur la tombe de ses propres parents. Il pria durant quelques minutes avec des mots simples, humbles, des mots qu'il avait entendus dans la bouche de sa mère, paisibles et rassurants.

Ensuite, il se rendit au château et arriva dans la cour au moment où Antoine et Grégoire sortaient. Saisis de stupeur, tous deux le regardèrent s'approcher comme s'il s'agissait d'une apparition. Le plus étonné, pourtant, ce fut Antoine qui recula lentement vers la porte de la terrasse et s'appuya au mur, comme s'il

allait tomber. Grégoire, lui, se reprit rapidement. Il attendit que Pierre s'approche et dit :

— Alors, te voilà !

— Oui, fit Pierre. Il ne faut pas croire tout
ce qu'on raconte ici ou là.

— Et les gendarmes, alors ? fit Grégoire.

— C'était bien mon portefeuille, dit Pierre.
Il était resté dans ma capote que j'avais quittée
juste avant le bombardement.

S'étant maintenant ressaisi, Antoine s'approcha à son tour, demanda :

— Et où étais-tu pendant tout ce temps ?

— Tu ne t'en doutes pas ? fit Pierre qui ne
pouvait dissimuler sa fureur.

— Comment veux-tu que je m'en doute ? fit
Antoine, très pâle, sur la défensive.

— J'étais prisonnier en Allemagne, et je ne
m'explique pas pourquoi mes lettres ne sont
jamais arrivées à la Méthivie.

Comme s'il était pris d'un soupçon, Grégoire
se tourna vers son fils, l'interrogeant du
regard.

— Si elles étaient arrivées, dit Antoine, tout
le monde les aurait vues ici.

— Bien sûr, fit Grégoire, apparemment
convaincu, et il ajouta aussitôt :

— L'essentiel est que tu sois revenu. La
métairie avait bien besoin d'un homme.

Puis ils se turent, songeant tous les deux à
l'enfant de Mélina, redoutant que Pierre ne
soit venu leur demander des comptes. Manifestement, ils hésitaient, ne sachant si Mélina
lui avait tout raconté de ce qui s'était passé en
son absence. Ils ne surent quelle attitude adop-
ter, à l'instant où Pierre lança, d'une voix chargée de menace :

— De toute façon, je saurai bien la vérité un jour, et ce jour-là, il ne fera pas bon se trouver sur mon chemin.

Et il planta là les deux hommes qui ruminèrent un long moment leurs sombres pensées, immobiles, avant de repartir à leurs occupations.

Pierre ne retourna pas tout de suite à la métairie. Il se dirigea vers Salvignac et se rendit directement à la poste. Il connaissait le receveur, un homme d'une cinquantaine d'années toujours coiffé d'un béret et qui portait de fines lunettes métalliques devant ses yeux de myope, très clairs. Le receveur ne parut pas étonné de voir Pierre, mais plutôt soulagé.

— Je suis content, dit-il. Ça fait plaisir que les prisonniers reviennent.

— Comment sais-tu que j'étais prisonnier? demanda Pierre.

— À cause des lettres.

— Elles ne sont jamais arrivées à la Méthivie, mes lettres. Il va falloir que tu me dises pourquoi.

L'homme n'eut pas une hésitation :

— Ça, il faut le demander à Antoine Carsac. Il passait tous les jours voir s'il y avait du courrier pour le château et la métairie.

— Et tu le lui donnais?

— Évidemment que je le lui donnais. On a toujours fait comme ça, en accord avec Louis. Et personne n'a demandé à ce que ça change.

— Je croyais que c'était le facteur qui les portait au château.

— Mon pauvre, il est toujours malade à l'âge qu'il a. Et puis avec la guerre, comment veux-tu que je lui trouve un remplaçant?

Le receveur ajouta, fataliste :

— Antoine passait tous les jours : c'était bien simple. Mais pourquoi me demandes-tu ça ?

— Pour rien, dit Pierre. À l'avenir, c'est moi qui viendrai chercher le courrier.

Et il partit, furieux, dévasté par une colère qui le brûlait jusqu'aux os, évitant soigneusement de repasser au château. Car désormais il en était sûr : pour briser Mélina, Antoine Carsac avait fait disparaître les lettres d'Allemagne et c'était aussi lui, probablement, qui lui avait envoyé cet émissaire au chapeau gris qui l'avait plongée dans le désespoir. C'était également à cause de lui que la Miette était morte. C'était enfin à cause de lui que Mélina avait aujourd'hui un enfant dont lui, Pierre, n'était pas le père.

Ce matin-là, assis à l'ombre d'un chêne à l'écart du chemin, Pierre se jura de tuer Antoine Carsac. Il y mettrait le temps qu'il faudrait, il préparerait soigneusement son affaire, mais un jour, il en était certain, il s'en faisait le serment, il le tuerait.

À son retour, il fut conforté dans cette décision en apercevant des larmes dans les yeux de Mélina quand il lui dit que c'était bien Antoine qui avait fait disparaître ses lettres. Il passa la journée à la consoler et à la rassurer. En lui, cependant, dès ce moment ne cessa de grandir le besoin d'une vengeance qui serait d'autant plus terrible qu'elle aurait été longtemps mûrie.

La vie reprit, pourtant, parce qu'il le fallait bien. Et puis il y avait tant de travail en

automne que Pierre prit le parti de s'y épuiser,
de s'y perdre pour ne plus penser. Mélina ne le
quittait pas. Elle avait peur, malgré les promesses de Pierre. Antoine Carsac, lui, ne se
montrait pas. On ne voyait que Grégoire qui
demeurait lui aussi méfiant, car il avait deviné
le machiavélisme de son fils. Les jours passant, et grâce à la présence de Pierre jour et
nuit à ses côtés, Mélina retrouva malgré tout le
sourire. D'autant que Pierre, chaque soir, prenait Jeanne dans ses bras, lui parlait, la berçait
quand elle pleurait. Mélina alors se disait que
si ce n'avait pas été lui, elle n'aurait pu continuer de partager sa vie. Mais Pierre, décidé-
ment, c'était autre chose. Ils étaient liés depuis
l'enfance. Il y avait en eux quelque chose de
plus fort que le destin. L'un et l'autre savaient
cela. Et l'un et l'autre acceptaient ce qui les
avait un moment séparés en se disant que
l'essentiel demeurait vivant entre eux, et pour
toujours.

Après la Saint-Martin, Mélina refusa de
s'occuper des truffières. Grégoire eut beau
implorer, menacer, elle demeura ferme, soute-
nue par Pierre qui lança, un soir, alors que la
discussion s'envenimait :

— Nous sommes métayers, pas journaliers.
Vous ne pouvez pas nous obliger à travailler
vos truffières.

— Je te rappelle que ton bail arrive à
échéance l'an prochain à la Saint-Michel, et
que rien ne m'oblige, à moi, de le renouveler.

— C'est ce que nous verrons.

Cet incident ne fit qu'augmenter le ressentiment de Pierre qui se mit à chercher l'occasion
de se trouver face à face avec Antoine Carsac.

Il la trouva le 10 décembre, un jour de grand gel traversé de très beaux éclairs blancs, à mi-chemin entre les truffières où Antoine surveillait le travail de Manuel, et le château vers lequel il revenait en fin de matinée. Pierre, qui s'était posté derrière une cabane de pierres sèches, sortit brusquement de son abri et n'eut aucun mal à saisir le mors du cheval d'Antoine qui allait au pas. Puis, avant même qu'Antoine ait eu le temps de s'emparer du fusil dont il ne se séparait pas, il le fit basculer en le tirant par le bras, si bien qu'Antoine se retrouva à terre, à moitié assommé, incapable de se défendre. De toute façon, il ne l'aurait pas pu, car Pierre n'avait rien perdu en captivité de sa force de colosse qui était, au contraire, ce matin-là, décuplée par son désir de vengeance.

Assis sur le torse d'Antoine, oubliant les promesses faites à Mélina, il commençait à l'étrangler de ses énormes mains, alors que l'autre parvenait à peine à se débattre. Pierre eut pourtant un éclair de lucidité avant que le pire n'arrive, et il relâcha la pression de ses doigts en menaçant :

— Tu vas me dire qui est cet homme au chapeau gris qui est venu à la métairie, ou alors je t'achève.

— Je ne sais pas, bredouilla Antoine.

— Si ! tu le sais, fit Pierre en recommençant à serrer.

Antoine leva un bras, chercha à reprendre son souffle, mais n'eut pas la force de répondre.

— C'est toi qui l'as envoyé ?

Antoine fit un signe affirmatif de la tête.

— Pourquoi ? cria Pierre qui, cependant, connaissait très bien la réponse.

Et, en pensant au mal qu'il avait fait à
Mélina, ses doigts se refermèrent une nouvelle
fois autour du cou d'Antoine. Quelques
secondes passèrent durant lesquelles le destin
des deux hommes hésita, puis, de nouveau,
Pierre pensa à Mélina qui se retrouverait seule
s'il allait en prison, et ses mains desserrèrent
leur étau. Il se redressa à demi, crispa les
doigts d'une seule main sur le visage d'Antoine
pour le maintenir au sol et lança :

— De toute façon, un jour, je te tuerai. Tu
m'entends bien, Antoine Carsac ? Je mettrai le
temps qu'il faudra, mais un jour, sois-en sûr, je
te tuerai.

Puis il se releva et s'en alla après un dernier
regard vers son adversaire qui haletait, toujours sur le dos, et se trouvait bien incapable
de se servir de son fusil. Pierre prit la précaution, ce matin-là, de ne pas rentrer tout de
suite à la métairie. Il tremblait trop et Mélina
n'aurait pas manqué de s'apercevoir qu'il
s'était passé quelque chose avec ceux du château. D'ailleurs, elle s'en inquiétait auprès de
lui chaque matin, redoutant un mauvais geste
de sa part, un moment de folie auquel il céde-
rait malgré ses recommandations de prudence.

Heureusement, Noël leur apporta l'apaise-
ment qu'ils espéraient. C'était le premier qu'ils
passaient ensemble depuis deux ans, et, même
si la maison était bien vide après la disparition
de Louis et de la Miette, ils décorèrent un
genévrier, placèrent dans la cheminée la
grosse bûche traditionnelle, et se rendirent à
Salvignac pour la messe de minuit comme ils y
allaient jadis, avec la Miette. Au retour, ils

réveillonnèrent tous deux, face à face, oubliant tout ce qui les avait séparés, et, au contraire, retrouvant ce qui les avait poussés l'un vers l'autre depuis leur enfance.

Par moments, Mélina craignait que Pierre ne manifeste quelque amertume, surtout en présence de Jeanne, ce qu'elle aurait compris facilement. Mais non. Il demeurait celui qui l'accompagnait sur le chemin de l'école, la défendait contre les autres, était toujours aussi attentionné vis-à-vis d'elle, et cette bonté naturelle, parfois, l'émouvait au point qu'elle se détournait pour cacher des larmes de bonheur. Un bonheur qu'elle avait cru avoir perdu et qui, doucement, imperceptiblement, revenait en elle comme une rosée sur l'herbe reverdie du printemps.

# 10

À la Saint-Michel 1943, les Carsac, dans l'incapacité de trouver de nouveaux métayers, avaient renouvelé le bail de Pierre et Mélina Sauvénie. Elle avait alors consenti à revenir dans les truffières, non pour y travailler, mais pour donner des indications sur l'éclaircissement des chênes ou la replantation. Un autre Noël avait passé, et les préoccupations de la métairie comme celles du château n'étaient plus tout à fait les mêmes, du moins en apparence.

En effet, si on ne s'était guère soucié des

affaires du pays lors des années précédentes,
aujourd'hui on ne pouvait plus les ignorer. Car
il s'en était passé des événements depuis
l'armistice : il y avait des réfugiés partout,
notamment des Lorrains et des Alsaciens,
mais aussi beaucoup de juifs venus chercher
un refuge loin des grandes villes. Dans tous les
villages, il fallait s'organiser pour loger et
nourrir de nombreuses familles dans le besoin.
On n'avait guère souffert de la politique menée
par Laval et Pétain jusqu'en 1942, mais l'invasion de la zone sud et l'instauration du STO
avaient changé le cours des choses, même si, à
Salvignac, on n'avait pas encore vu le moindre
uniforme allemand.

Aujourd'hui, les bois de la région abritaient
des maquis avec lesquels Pierre Sauvénie et les
Carsac avaient forcément noué des contacts.
La masure de Costenègre servait même d'abri
à un groupe de l'Armée secrète, que ravitaillait
souvent Pierre, et parfois Mélina. Ce n'avait
pas été décidé entre eux : ça s'était fait naturellement puisqu'il n'était pas question de ne pas
aider des hommes et des femmes que l'on
connaissait, et avec qui, avant la guerre, on
avait partagé le travail et souvent les mêmes
préoccupations.

Les Carsac n'avaient accepté cette situation
que contraints et forcés, si bien que les responsables des maquis n'avaient pas grande
confiance en eux. Ils savaient que les châte-
lains collaboraient en sous-main avec les autorités officielles de Périgueux afin de se prému-
nir d'un côté comme de l'autre face à un avenir
incertain. Ils n'étaient pas les seuls, à cette
époque où le sort de la guerre hésitait encore

entre le pouvoir fidèle aux Allemands et les forces sans cesse plus importantes de la Résistance.

Pierre Sauvénie, au contraire, ne mesurait ni son temps ni ses efforts en faveur des combattants de l'ombre, ce qui inquiétait beaucoup Mélina :

— J'ai peur que les Carsac te dénoncent, disait-elle. N'en fais pas trop, sois prudent.

Quand il s'en allait, elle retrouvait ses frayeurs du temps où elle avait vécu seule et gardait le fusil près d'elle, attentive au moindre bruit, au moindre soupir du vent. Une nuit, Pierre rentra juste avant l'aube, épuisé, mais il ne lui dit rien de ce qui s'était passé :

— Il vaut mieux que tu en saches le moins possible, lui avait-il expliqué quelques jours auparavant.

Elle apprit le lendemain que la voie ferrée de la ligne Périgueux-Limoges avait été sabotée à Négrondes, ce qui lui fit repenser à sa visite effectuée, il y avait bien longtemps, à la sœur de sa mère dans une ferme au fond des bois.

Au printemps — un printemps pétillant de milliers d'étincelles déjà gorgées de soleil —, il y eut un parachutage d'armes dans les environs de Costenègre. Pierre faisait partie de ceux qui étaient chargés de réceptionner les armes, cette nuit-là, et de les transporter vers une destination qu'il ne reconnut avec étonnement qu'au dernier moment. Persuadé que les Allemands les chercheraient partout ailleurs sauf en ces lieux, le chef de groupe, un ancien commandant de l'armée passé dans la clandestinité, avait réquisitionné la grange des Carsac, à l'intérieur même de la cour du château. Son nom de code était Albéric. Il menait ses maquisards avec l'autorité naturelle de son grade, mais aussi avec beaucoup de malice et d'intelligence : pour lui, compte tenu des relations qu'entretenaient les Carsac avec le pouvoir en place, leur domaine était bien le seul endroit que les Allemands ne soupçonneraient pas d'abriter des armes. C'était aussi un moyen de compromettre les Carsac, de manière à les empêcher de trahir au dernier moment, c'est-à-dire lors du débarquement dont on attendait chaque jour l'annonce codée à la radio de Londres.

Pourtant, quarante-huit heures plus tard, en plein après-midi, une demi-douzaine de véhicules à croix gammée pénétra dans la cour du château. Grégoire n'était pas là. Il se trouvait dans les truffières avec Manuel, l'ouvrier agricole. Mais il y avait là Antoine, Albine et Fantille qui durent attendre, debout contre le mur du château, les résultats de la fouille en règle entreprise par les soldats allemands. Ceux-ci commencèrent par le château, puis ils investirent les bâtiments annexes, dont la grange, où les armes étaient dissimulées sous de la paille. Ils n'eurent aucun mal à les trouver, ce qui provoqua la fureur de l'officier qui fut sur le point de faire fusiller sur place les trois occupants de la maison. Il réfléchit, toutefois, et, songeant sans doute qu'il pouvait en obtenir des renseignements importants sur le maquis des environs, il choisit de les emmener à Périgueux pour interrogatoire.

Le soir même, quand Pierre et Mélina rentrèrent à la métairie, ils trouvèrent Grégoire

Carsac, hagard, défiguré par la peur, qui leur raconta ce qui s'était passé. Pierre et Mélina étaient déjà au courant, ayant été prévenus par un agent de liaison des maquis qui leur avait recommandé de demeurer sur leurs gardes. Ce soir-là, Grégoire Carsac les supplia de le cacher dans le grenier où, au début de leur mariage, ils avaient leur chambre. Il était pitoyable, le vieux Carsac, et Pierre et Mélina passèrent une partie de la nuit à le réconforter.

Quand ils redescendirent du grenier, Pierre confia à Mélina qu'il n'avait aucune confiance dans Antoine Carsac, et qu'il était persuadé que si ce dernier se voyait perdu, sous la torture, il parlerait. Et la première personne qu'il dénoncerait, ce serait lui, Pierre Sauvénie, pour les mêmes raisons qu'il avait détruit ses lettres ou simplement parce que ce serait le premier nom qui lui viendrait à l'esprit. Il devait donc se cacher, disparaître quelque temps, mais il promit à Mélina de revenir chaque nuit, car il ne comptait pas aller très loin.

— Et Grégoire ? dit-elle.

— Il faut le garder ici. Ça ne risque rien. Il y a une trappe qui communique avec les combles.

Il ajouta, comme elle semblait inquiète :

— De toute façon, c'est chez lui. Comment faire autrement ?

Il s'en alla avant le jour, et Mélina, de nouveau seule, comme elle l'avait été trop souvent, se demanda si elle retrouverait un jour la paix et la tranquillité auxquelles elle aspirait.

Le surlendemain, Fantille réapparut, pas trop marquée par sa détention, mais ni

Antoine, ni Albine Carsac. Quand Mélina l'apprit à Grégoire, il murmura, anéanti :

— Qui a pu faire une chose comme ça ? Tu le sais, toi, petite ? Qui pouvait nous en vouloir à ce point ?

Il insista, et, à deux ou trois allusions plus précises, elle comprit qu'il soupçonnait Pierre.

— Vous n'y pensez pas ? s'insurgea-t-elle. Vous devriez avoir honte de penser une chose pareille.

Fantille resta à la métairie pour la nuit, mais elle partit le lendemain au château sur la demande de Grégoire qui craignait fort de le laisser inoccupé. Durant la matinée, les soupçons qu'il avait exprimés au sujet de Pierre revinrent à l'esprit de Mélina. C'était absurde : jamais Pierre n'aurait été capable d'une telle vengeance. Elle-même, malgré tout ce qu'elle avait enduré, n'avait pas songé un seul instant à se venger de la sorte.

Quand il revint, pourtant, la nuit suivante, Mélina lui fit part des soupçons de Grégoire Carsac, et sa réaction ne fut pas tout à fait celle qu'elle escomptait. Au lieu de s'en défendre, il lui avoua que même si c'était le cas, il ne plaindrait pas une seconde Antoine qui, de toute façon, reviendrait bien assez tôt pour leur nuire. Elle en fut surprise, comme si elle découvrait un autre Pierre qu'elle ne connaissait pas, et, quand il la quitta un peu avant l'aube, elle s'en inquiéta une nouvelle fois :

— Allons, dit-il, qui cache le vieux, là-haut ? Ce n'est pas nous, peut-être ?

Elle en fut un peu rassurée, mais elle garda en elle un soupçon dont sa propre clarté demeura assombrie.

Pendant les jours qui suivirent, Pierre
s'efforça de combler la distance qu'il devinait
creusée entre lui et Mélina et dont, comme
elle, il souffrait. Un matin en partant, il lui
recommanda la plus grande prudence car les
Allemands s'aventuraient de plus en plus hors
des villes pour combattre ceux qu'ils appelaient « les terroristes ». On était au début du
mois de mai : tous les chênes avaient retrouvé
leur verdure et l'air charriait dès le matin une
suavité où l'on ne sentait plus la moindre dent
aiguisée de l'hiver : au contraire, dans le parfum des lilas et des chèvrefeuilles sauvages,
dont Mélina agrémentait sa maison, passaient
toutes les promesses d'un été précoce.

Un matin, vers onze heures, elle entendit le
bruit d'un moteur inconnu sur le chemin de la
métairie et elle eut juste le temps de monter au
grenier pour refermer la trappe derrière Grégoire Carsac terrifié. Elle redescendit du grenier le plus vite possible et arriva dans la cuisine au moment où la porte s'ouvrait, poussée
par deux soldats en armes. Deux autres sur-
girent presque aussitôt derrière eux, mena-
çants.

— Seule ? demanda l'un d'entre eux, qui
portait des galons sur l'épaule.

Et, comme elle ne répondait pas :

— Mari, terroriste.

— Non, dit-elle, Allemagne.

— *So*, dit l'officier, STO ?

— Oui, souffla Mélina.

Il s'approcha d'elle à la toucher, planta son
regard d'acier dans le sien, demanda encore :

— Son nom ?

— Pierre, dit-elle.

— Pierre, Pierre, c'est un petit nom, ça.

— Sauvénie.

Il sortit un carnet de sa poche et nota :

— *Ja*, Sauvénie.

Il eut un geste brusque du bras et ses soldats commencèrent à fouiller la maison. L'un d'entre eux prit l'escalier — plus semblable à une échelle meunière qu'à un véritable escalier — pour monter au grenier où Mélina l'entendit déplacer le lit, et elle se sentit perdue. Pour échapper alors au regard de l'officier, elle se dirigea vers le panier de sa fille et la prit dans ses bras. Une fois qu'ils eurent fouillé toutes les pièces, les quatre hommes demeurèrent un moment immobiles à la regarder : elle était belle, elle était seule, ils pouvaient faire d'elle ce qu'ils voulaient, mais il y avait cette enfant entre eux, et quelque chose d'infranchissable, soudain, à tel point que l'officier fit un signe de tête et que les soldats sortirent. Mélina les entendit inspecter la grange et la remise. L'officier, lui, resta encore un peu, la dévisageant de ses yeux très clairs, étonné, semblait-il, et peut-être ému par ces yeux de femme qui ne cillaient pas, comme si elle n'avait pas peur alors qu'elle tremblait intérieurement et mobilisait ses forces pour ne pas défaillir.

— Moi aussi, dit-il, petite fille dans ma maison.

Il tendit la main, et Mélina recula brusquement. Puis, l'instant de peur passé, elle s'approcha de nouveau et le laissa caresser la joue de la petite.

— Et comment s'appelle cette enfant ?

— Jeanne.

— Et vous, madame?

— Mélina.

— *Ach, so*, Mélina.

Il sembla réfléchir un instant, puis il claqua ses talons et dit :

— Eh bien, au revoir Mélina. Et attention : pas cacher terroristes, sinon je peux rien pour vous.

Elle entendit démarrer la voiture, s'assit sur son lit, les jambes fauchées. Il lui fallut un long moment avant de retrouver des forces et vérifier que les Allemands étaient bien partis. Alors seulement, elle remonta au grenier et délivra Grégoire Carsac.

— Merci, lui dit-il. J'ai toujours eu confiance en toi, petite. Heureusement que tu étais là.

L'homme sûr de lui, au faciès d'oiseau de proie, d'ordinaire si froid, si autoritaire, était soudain méconnaissable.

— Que cherchaient-ils? demanda-t-il d'une voix humble, et qui tremblait un peu.

— Des terroristes. C'est comme ça qu'ils appellent les maquisards.

— Ils ne t'ont pas fait de mal, au moins?

— Non, dit-elle.

Il en parut sincèrement rassuré, et cette sincérité la toucha. Elle se dit que, peut-être, Grégoire Carsac tenait autant à elle qu'à un membre de sa famille, et, quand il s'inquiéta du sort d'Antoine et d'Albine, elle fit tout ce qu'elle put pour le réconforter.

— Pierre nous donnera des nouvelles aujourd'hui, dit-elle. Ils ont un homme qui les renseigne à la préfecture de Périgueux.

Grégoire Carsac ne revint pas sur ses soup-

çons vis-à-vis de Pierre. Il se contenta de soupirer :

— Je me demande bien qui nous en veut à
ce point. Ce ne peut être que des gens des
maquis, puisque eux seuls savaient où se trouvaient les armes.

— Oui, dit Mélina, sans doute.

— On finira bien par savoir, dit encore Grégoire, mais j'espère qu'il ne sera pas trop tard.

Mélina redescendit et s'occupa de sa fille.
C'étaient en fait les seuls moments où elle
oubliait les risques et les dangers. L'enfant lui
apportait tout ce qu'elle avait espéré. Elle
s'efforçait d'être la mère qu'elle aurait voulu
avoir quand la solitude de Costenègre lui
pesait trop, que s'ouvrait devant ses yeux le
gouffre au fond duquel elle redoutait d'être
précipitée. C'était le soir, surtout, qu'elle pouvait le mieux s'occuper de Jeanne : elle la prenait dans son lit, près d'elle, pour lui offrir ce
contact de la peau dont l'absence l'avait tant
fait souffrir. Alors, elle se disait qu'elle avait
réalisé l'essentielle mission de sa vie, et quelque chose de chaud et de précieux circulait
dans ses veines. Elle devinait que rien ni personne ne la rendrait plus heureuse que ces
minutes durant lesquelles demeurait blottie
contre son corps l'enfant qu'elle avait tant souhaitée.

Le soir de la visite des Allemands, Pierre
revint porteur de nouvelles au sujet d'Antoine
et d'Albine Carsac. Ils avaient été interrogés à
Périgueux et ils devaient être transférés à Paris
— plus précisément à Drancy — dans les jours
à venir. Grégoire Carsac, très abattu par la

nouvelle, supplia Pierre de lui faire rencontrer son chef de groupe dans le but de monter une opération pour les délivrer avant le transfert

— C'est inutile, répondit Pierre. On ne se lancera jamais dans une pareille folie. L'objectif, aujourd'hui, c'est de préparer le débarquement qui approche.

Grégoire insista, en pure perte. Il sembla même à Mélina que Pierre n'était pas insensible au fait de voir le vieux Carsac le supplier, l'implorer, lui proposer de l'argent, des terres, des truffières.

— Pourquoi ne veux-tu pas essayer? demanda Mélina une fois qu'ils furent redescendus tous les deux dans la cuisine.

— D'abord parce que ça ne servirait à rien, ensuite parce que je n'ai pas le droit d'emmener un étranger dans mon unité.

— Et si je te demandais, moi, de l'aider?

— Pourquoi? se récria-t-il. Tu trouves qu'ils ne t'ont pas assez fait de mal?

— Si, dit-elle, mais ce n'est pas comme ça que je soigne mes blessures.

Il la regarda d'un air douloureux, comme s'il ne la reconnaissait pas.

— Et moi? dit-il d'une voix dure.

Elle leva sur lui des yeux bouleversés, ne dit rien.

— Et moi? reprit-il, est-ce que tu t'es demandé si je n'en souffrais pas, de voir chaque jour dans ma maison une enfant qui n'est pas de moi?

Il ajouta, baissant la voix pour ne pas être entendu du grenier:

— Est-ce que tu as songé à ce que ça me fait de penser qu'Antoine Carsac t'a tenue dans ses bras?

Elle détourna brusquement son visage comme s'il l'avait frappée.

— Et ces lettres qu'il a fait disparaître? Et cet homme qu'il a payé pour venir t'apporter le malheur, pour mieux te briser? Est-ce que tu peux l'oublier, ça?

— Non, dit-elle doucement au bout d'un instant. Je ne l'oublie pas.

Et elle ajouta, d'une voix très douce qui le transperça :

— Je n'oublie rien, mais je ne sais pas faire le mal. Non pas parce que je suis meilleure que d'autres. Simplement, le mal me fait mal. Si mal que je ne pourrais pas vivre avec quelqu'un qui aurait volontairement envoyé un homme ou une femme à la mort.

Il n'avait jamais compris, comme ce soir-là, à quel point elle avait hérité de sa mère cette sorte d'innocence des simples, cette bonté des êtres trop fragiles pour résister aux forces hostiles du monde. Ceux qui ne peuvent survivre qu'à l'écart, protégés, sous peine de se briser comme du verre. Et pourtant il la connaissait depuis longtemps. Jamais, cependant, comme ce soir, il n'avait aperçu si nettement la pureté du cristal dont elle était faite. Il comprit que si un jour elle apprenait que c'était lui qui avait dénoncé les Carsac, il la perdrait à tout jamais.

— Je verrai demain ce que je peux faire, dit-il.

Elle ne répondit pas mais, une fois couchée près de lui, elle s'endormit, confiante, dans ses bras.

La nuit suivante, Pierre revint en disant qu'il avait parlé du sort d'Antoine et d'Albine Carsac à Albéric et que celui-ci avait répondu qu'il

n'interviendrait pas : il ne voulait pas mettre
en péril la vie de ses hommes alors qu'il en
aurait besoin, bientôt, pour des tâches beaucoup plus importantes. Grégoire Carsac, cette
nuit-là, fut d'abord pitoyable, puis la colère et
le désespoir le rendirent fou de douleur :

— C'est toi qui nous as vendus aux Allemands ! lança-t-il à Pierre. Je suis certain que
c'est toi : tu étais l'un des seuls à savoir où se
trouvaient les armes et l'un des seuls à nous en
vouloir à ce point.

— Vous dites n'importe quoi.

— Quand Antoine reviendra, tu nous le
payeras. On te chassera d'ici et tu n'auras plus
qu'à te faire journalier, si toutefois quelqu'un
veut encore de toi.

C'en fut trop pour Pierre qui saisit le vieux
Carsac au col de sa chemise et le serra en
criant :

— Cela fait des années et des années que
vous nous exploitez, que vous nous pourrissez
la vie et vous voudriez encore nous donner des
leçons !

Mélina tenta de les séparer, mais Pierre la
repoussa et continua, criant de plus en plus
fort :

— Votre fils, Antoine, s'est conduit comme
le dernier des hommes et vous le savez bien :
non content d'avoir fait disparaître mes lettres,
il a payé quelqu'un pour faire croire à Mélina
que j'étais mort. J'espère bien qu'il ne reviendra jamais, sans quoi je serai obligé de le tuer
de mes propres mains.

Pierre lâcha brusquement Grégoire qui,
manifestement, n'était pas au courant de la
visite de l'homme au chapeau gris, puis son

regard croisa celui de Mélina, et il devina
qu'elle avait compris. D'ailleurs, il était certain, maintenant, qu'elle savait depuis le jour
de l'arrestation d'Antoine et d'Albine qu'il
n'avait pu s'empêcher de se venger.

Il sortit brusquement du grenier, descendit.
Mélina l'entendit s'habiller en bas, puis il partit sans qu'elle ait le temps d'esquisser le
moindre geste pour le retenir. Elle demeura
face à Grégoire qui peinait à reprendre son
souffle, et qui, enfin, s'asseyant sur le lit,
demanda :

— C'est vrai, ça ? Antoine a payé un homme
pour qu'il vienne te dire que ton mari était
mort.

— Oui.

Grégoire Carsac hocha la tête, accablé, soupira :

— Je ne l'aurais jamais cru capable de ça.

— Il l'a pourtant fait, dit Mélina.

— Alors, ta fille est bien la sienne ?

— Oui.

Grégoire se leva tant bien que mal, voulut
s'approcher de Mélina qui recula.

— Et je suis son grand-père.

— Non, dit-elle farouchement. Vous ne le
serez jamais.

Il s'assit de nouveau sur le lit, murmura :

— Demain, je rentrerai au château.

— Il vaudrait mieux, en effet.

Un lourd silence s'installa, au terme duquel
Grégoire demanda :

— Et pourtant tu m'as caché, tu m'as aidé.

— C'est chez vous, ici, dit Mélina d'une voix
froide. Et puis vous n'êtes pas responsable de
ce qu'a fait votre fils.

Il releva la tête, souffla :

— Merci, petite, merci.

— Il n'y a pas de quoi. J'aurais fait la même chose pour n'importe qui.

Elle quitta le grenier, referma soigneusement la porte derrière elle et redescendit. Malgré la chaleur du mois de mai qui avait pénétré dans sa chambre, elle avait très froid. Elle se coucha, avec en elle les mêmes sensations qui avaient accompagné le départ de Pierre, le jour où il était parti à la guerre.

Le mois de juin apporta avec lui ses grandes et longues journées couleur de miel. Pierre n'était pas revenu. Mélina avait simplement trouvé un mot sous sa porte, un soir, au retour des champs : il lui écrivait que le débarquement était proche et que sa présence était indispensable au maquis. Il lui promettait qu'il reviendrait dès que tout serait terminé et assurait qu'il n'y en avait pas pour longtemps.

Effectivement, Mélina apprit le 6 juin 1944 dans l'après-midi, à Salvignac où elle était allée faire des courses, la nouvelle du débarquement en Normandie. Elle n'en fut pas surprise, mais très inquiète pour Pierre qui, de nouveau, lui paraissait très lointain, comme lorsqu'il se trouvait en Allemagne. En outre, depuis qu'elle ne doutait plus de sa responsabilité dans l'arrestation d'Antoine et d'Albine Carsac, quelque chose s'était brisé en elle qui lui donnait l'impression de se trouver au centre d'un engrenage fatal. Elle s'en défendait, cependant, et de toutes ses forces, en travaillant le plus possible pour oublier, en se persuadant qu'il fallait préparer l'avenir, mais, parfois, tandis qu'elle était courbée vers la terre des champs, elle se relevait brusquement et demeurait immobile, accablée par ces forces obscures qu'elle devinait liguées contre elle et contre Pierre. Elle n'avait plus de courage, soudain, et seule sa fille qui réclamait son lait, là-bas, à l'ombre, dans son panier, parvenait à la remettre en mouvement.

Le matin du 9, laissant Jeanne dormir, elle partit sans trop s'éloigner de la maison afin de ramasser de l'oseille sauvage. C'était un jour extraordinairement clair, baigné d'une rosée que les premiers rayons de soleil faisaient resplendir comme du givre. Même le ciel était blanc, d'un blanc de mare gelée comme on en voit les jours de grand froid. Pourtant on était en juin, et il faisait doux à cette heure matinale, si doux que Mélina oublia son angoisse de la nuit.

Elle marcha un long moment dans la clarté superbe de cette aube vernie, ramassant l'oseille en bordure des champs et des chemins. Alors qu'elle avait rempli son panier, elle revenait vers la métairie quand, brusquement, tout s'obscurcit autour d'elle. De grandes ombres noires l'enveloppèrent, lui cachant le soleil, la rosée, éteignant l'éclat magique du jour. Elle chancela, s'appuya contre un arbre, murmura :

— Pierre, Pierre...

Cela dura peut-être trente secondes, une minute, pas plus. Assez, cependant, pour lui donner la conviction qu'un malheur était arrivé, que l'aile de la mort avait frôlé ses épaules. Puis, peu à peu, en quelques secondes, l'ombre se dissipa et la lumière du jour redevint la même. Elle eut peur, alors, pour sa fille qui était seule dans la maison et elle se mit à courir vers elle. Mais non : quand elle arriva, la petite dormait. Un peu rassurée, Mélina se mit à s'occuper du ménage et de son repas de midi tout en écoutant battre son cœur qui ne se calmait pas.

Ce matin-là, elle ne partit pas travailler dans les champs. Elle attendit. À midi, elle mangea des tomates, un morceau de poulet et quelques feuilles cuites de l'oseille qu'elle avait ramassée. Ensuite, elle se reposa quelques minutes, mais elle était trop inquiète pour dormir. Alors, malgré la chaleur, elle partit vers Salvignac en portant sa fille dans ses bras. Là, ni Fantille ni Grégoire Carsac n'avaient appris la moindre nouvelle.

Mélina se rendit au village, acheta du pain à la boulangerie, se renseigna, mais la boulangère ne savait rien non plus.

— Vous devriez rentrer vous mettre à l'ombre, lui dit-elle seulement. Vous allez attraper une insolation avec cette chaleur.

Mélina rentra lentement sous le couvert des chênes dont l'ombre lui fit du bien, et, une fois à la métairie, elle recommença à attendre tout en jouant avec sa fille. Elle devinait que quelqu'un allait venir. Elle en était persuadée. Nul n'arriva, pourtant, avant la nuit, qui tomba lentement, à regret, comme ces nuits de juin qui semblent effacer la vie en même temps qu'elles éteignent le jour.

Mélina ne se résignait pas à se coucher. Elle s'assit sur le banc, devant sa porte, écoutant respirer les chênes, les soupirs de la terre endormie. À un moment, elle entendit un bruit

étrange pas très loin de la maison, dans une
coupe que Pierre avait ouverte en vue de rentrer du bois pour l'hiver. Comme tout était
calme dans la maison, elle marcha vers le bois,
s'arrêta pour écouter. Elle entendit alors
comme une plainte d'enfant, une sorte de
gémissement léger, fragile, qui lui donna des
frissons. Elle s'approcha et devina sous la lune
des petits chênes au sol, prêts à être débités.
Au milieu, il y avait un arbre plus gros sur
lequel Mélina s'assit pour écouter. Tout à
coup, la plainte se leva de l'arbre même sur
lequel elle était assise, la faisant bondir de ter-
reur. Alors elle se souvint de ce que lui avait dit
son père, un jour, il y avait bien longtemps :
« Parfois les arbres pleurent, surtout en été,
quand la sécheresse achève de les vider de leur
sève, de leur dernière humidité, de leur sang
en quelque sorte. » Et celui-là pleurait effectivement, en gémissant à l'heure de mourir
vraiment, de devenir autre chose qu'un arbre
vivant par la faute des hommes. Ce n'étaient
pas des gémissements continus, mais c'était
une plainte intermittente, si faible et si
vivante, pourtant, qu'elle en était insuppor-
table, terrifiante, car on l'attendait, on la guettait, on l'espérait et on la redoutait. Mélina
s'enfuit en courant vers la maison, oppressée,
le cœur fou, et s'assit de nouveau sur le banc,
incapable d'aller dormir. La plainte se fit
entendre encore à plusieurs reprises, puis
s'éteignit. Mélina, alors, put laisser aller sa tête
contre le mur et s'assoupit.

Plus tard, beaucoup plus tard, elle entendit
au loin le bruit d'un moteur qui enfla dès que
la voiture quitta la route pour prendre le che-

min de la métairie. Mélina, alors, se leva, fit
quelques pas dans la cour, s'arrêta. La voiture
mit plus de cinq minutes à arriver. Puis la
lueur jaune des phares éclaira les arbres et
l'aveugla. Elle recula pour la laisser se garer,
vit deux hommes descendre, dont l'un d'eux,
grand et fort, s'approcha et demanda :

— Vous êtes Mélina Sauvénie ?

— Oui, dit-elle.

— On m'appelle Albéric. J'ai une mauvaise
nouvelle à vous annoncer : votre mari est mort
ce matin, sur la route nationale, dans l'attaque
d'un convoi allemand.

— Je sais, dit-elle.

L'homme parut surpris, mais ne releva pas :
on le sentait inquiet et très pressé.

— On a tout fait pour récupérer son corps...
il est là, dans la voiture.

Il attendit un instant, immobile. Comme elle
ne disait rien, il rejoignit son compagnon,
moins grand que lui, qui ne s'était pas appro-
ché, et ils ouvrirent la portière arrière droite
du véhicule. Puis ils firent glisser le corps de
Pierre à l'extérieur, et, précédés par Mélina, ils
le portèrent dans la maison, sur le lit. Après
quoi, ils repassèrent dans la cuisine et lui
demandèrent si elle désirait qu'ils préviennent
quelqu'un.

— Non, dit-elle.

— Nous sommes obligés de partir, dit Albéric. C'est de plus en plus dangereux.

Il ajouta, à voix basse :

— Enterrez-le sans que ça se remarque,
sinon vous risquez d'être arrêtée.

— Oui, dit-elle.

Ils partirent. Elle regarda un moment cli-

gnoter puis s'éteindre la lueur des phares.
Après quoi, elle rentra, tremblant de tous ses
membres, à présent, et elle s'allongea près de
celui qui partageait sa vie depuis toujours,
avec l'espoir qu'il allait lui parler dans l'ombre,
une dernière fois.

## 11

Ce mois de juin 1944 s'était achevé dans la
désolation : rendus furieux par les attaques
incessantes des maquisards, les Allemands
avaient fusillé des otages à Brantôme, Niver-
sac, Roufillac, Mussidan, et tout près de Salvignac : à Tourtoirac, sur la route du Limousin. Le pire, cependant, s'était produit à
Oradour-sur-Glane où ils avaient enfermé la
population dans l'église avant d'y mettre le feu.
Cette sauvagerie, au milieu de ces terres paisibles, avait surpris la population ou, plutôt,
l'avait accablée. On ne comprenait pas comment des hommes pouvaient de sang-froid
tuer d'autres hommes, innocents, ceux-là, et
même des fillettes, comme les SS l'avaient fait
à Roufillac. La surprise et la stupeur enferment encore plus les gens de chez nous dans
leur silence. Ils souffrent, courbent le dos, ras-
semblent ce qui leur faut d'énergie pour continuer de vivre. Mais ils ne parlent pas. Ils
cherchent à comprendre, et, comme ils ne
comprennent pas, ils se murent dans leur
désapprobation et trouvent dans le travail un

oubli qui, en quelque sorte, les remet en selle.
On sait pourquoi on travaille : pour faire vivre
ceux que l'on aime.

C'est ce que fit Mélina, durant cet été-là,
après avoir enterré Pierre près de ses parents,
dans le petit cimetière de Salvignac. Elle était
au-delà de la souffrance, mais elle ne se plaignait pas. À qui, d'ailleurs, se fût-elle plainte
de son sort ? À Fantille, peut-être ? Celle-ci
déclinait tellement vite depuis l'arrestation de
ses maîtres qu'elle ne se souciait même plus de
sa propre personne. Grégoire Carsac, lui, ne
songeait qu'à son fils et à sa belle-fille dont il
n'avait aucune nouvelle, s'épuisait en multiples démarches aussi vaines les unes que les
autres.

La guerre n'était pas terminée, mais comme
elle s'était éloignée, laissant son contingent
d'horreurs derrière elle, on l'oublia. Périgueux
avait été libéré en août : c'était là l'essentiel.
Du moment qu'au chef-lieu de la Dordogne les
choses étaient rentrées dans l'ordre, cela signifiait que la vie avait repris un cours normal.
Pourtant, on avait du mal à remettre les
affaires en marche, car on manquait encore de
tout. On devinait cependant que le pire était
sans doute passé, et l'on s'efforçait de regarder
devant soi, puisque la vie était là, ou ce qu'il en
restait.

La vie, pour Mélina, c'était avant tout
Jeanne, sa fille, qui, à deux ans passés, trottinait dans la maison et la suivait partout. Elle
commençait à parler, adoucissait ainsi la douleur de Mélina qui s'arrêtait, souvent, pour
l'écouter et la regarder. Oui, c'était bien sa
fille, avec des cheveux bruns, ronde, déjà, les

yeux verts, et une manière de se perdre dans
les rêves qui, plus tard, songeait Mélina avec
satisfaction, lui épargnerait, peut-être, les
grandes douleurs de la vie. Mélina avait acheté
un lit au village dès que le panier était devenu
trop petit. Elle l'avait placé en face du sien,
dans sa chambre, de manière à garder Jeanne
constamment à portée de regard, même la
nuit.

Toutes ses pensées convergeaient vers elle.
Son seul regret était qu'elle ne fût pas la fille
de Pierre. Car elle avait oublié la vengeance de
Pierre comme elle oubliait tout ce qui obs-
curcissait sa vie. Pierre, désormais, était celui
qui l'avait accompagnée sur le chemin de
l'école, à l'église et à la mairie de Salvignac,
ensuite à la Méthivie. Quand elle le revoyait,
c'était l'homme qui était assis près d'elle sur la
charrette, dans son costume de velours, le jour
de leur mariage. Elle n'avait pas voulu lui
mettre ce costume le jour de son enterrement.
Elle l'avait gardé précieusement, et parfois, le
soir, au moment de se coucher, elle le sortait
de la grande armoire, le posait à côté d'elle sur
le lit, s'allongeait près de lui pour mieux le respirer. Cette odeur, qu'elle avait follement
aimée, la dévastait, mais, en même temps, lui
faisait franchir, parfois, fugacement, les frontières du pays où, lui semblait-il, il s'était réfugié. Du moins sentait-elle sa présence proche.
Alors, elle lui parlait et, quand elle parvenait à
s'isoler du monde des vivants, il lui répondait
avec des mots à lui, ceux-là mêmes qu'il trouvait pour elle sur le chemin de l'école.

Mélina survivait, en somme, et rien ne pouvait faire penser qu'elle souffrait. Au contraire,

elle souriait, car elle savait que sa fille avait besoin de ces sourires qui lui avaient tant manqué, à elle, quand elle était enfant, dans son immense solitude de Costenègre et des bois alentour.

Les cultures en jachère, les truffières à l'abandon lui donnaient du souci. Elle était bien la seule à s'en soucier, au reste, car Grégoire Carsac était occupé ailleurs. Elle était toujours aidée par Gabriel, le journalier, mais celui-ci songeait à repartir chez lui dès que la guerre serait terminée. Manuel, lui, avait disparu. On disait qu'il était entré dans les maquis et qu'il avait suivi les troupes françaises en route vers l'Allemagne.

L'automne fut bref et parsemé de violents orages. Mélina fut surprise par l'un d'entre eux, au moment où elle rentrait, un soir, vers la Méthivie. Traînant Jeanne par la main, elle eut juste le temps de se réfugier dans une cabane à moitié écroulée, à l'angle d'un champ de maïs. Tout le temps que s'acharnèrent la pluie et les éclairs, elle protégea de son corps sa fille que le tonnerre effrayait. Quand le soleil revint, elle demeura ainsi encore un long moment à l'abri, immobile, son enfant dans ses bras, ayant trouvé refuge dans le passé et ne pouvant en repartir. Sa fille, c'était elle, il y avait vingt ans, et jamais elle n'avait comme ce jour-là comblé son désir des bras d'une mère.

Quand ce fut fini, elle sortit de l'abri, éblouie par la luminosité de l'air, mais aussi par cette sensation de pouvoir enfin oublier le gouffre dont elle avait si longtemps eu peur. Il lui sembla, dès lors, qu'elle pouvait se remettre à vivre et à espérer pour elle, pour Jeanne, des jours à venir qui auraient cet éclat de l'embellie, d'un monde neuf après l'orage.

L'hiver arriva sans crier gare un matin du début décembre : alors que la veille il avait plu, le gel, ce matin-là, gaufra les dernières feuilles des chênes que les bourrasques de novembre n'avaient pu arracher. Il y eut de grands éclairs de faucille dans le ciel débarrassé de ses nuages : le froid s'installait pour de bon, fauchant les ultimes douceurs de l'air comme des épis trop mûrs.

Grégoire Carsac, qui se désespérait de ne recevoir aucune nouvelle d'Antoine et d'Albine, tomba malade et fit appeler Mélina. Les médicaments traditionnels ne faisant aucun effet, il s'en remettait à elle, dont il connaissait les pouvoirs. Mélina se rendit au château et le soigna avec des bains de pieds à base de fleurs d'aubépine, de violettes et de chélidoine. Il retrouva un peu de force et d'appétit, la supplia de venir s'installer au château avec sa fille :

— Tu serais bien, ici, lui dit-il, plutôt que seule à la Méthivie. Ta petite aussi, elle serait bien. Avec Fantille, on se tiendrait compagnie.

Mélina refusa, mais elle revint aussi souvent que ce fut nécessaire, durant cet hiver qui fut très rigoureux. En janvier et en février, elle ramassa quelques truffes avec Gabriel, mais la récolte fut très moyenne, compte tenu du mauvais état des truffières quasiment à l'abandon. Chaque fois qu'elle se rendait au château, elle ne manquait pas de s'informer auprès de Grégoire de l'évolution de la guerre. En mars, il lui apprit qu'elle allait sans doute bientôt se terminer, puisque les troupes alliées étaient

entrées en Allemagne. Il fallut encore attendre
un peu plus d'un mois avant d'entendre les
cloches sonner au clocher du village. Ce
jour-là, le 8 mai 1945, Mélina était en route
vers le château. Elle ne s'y arrêta pas et, au
contraire, elle se mit à courir vers la place de
Salvignac où les gens se congratulaient,
s'embrassaient en esquissant des pas de danse.
Elle s'y attarda un moment, puis elle pensa à
Pierre et à tous ceux qui n'étaient pas revenus.
Toute joie, alors, se retira d'elle.

Elle revint lentement vers le château où Grégoire et Fantille se trouvaient sur la terrasse
pour écouter les cris et les chants qui venaient
du village.

— Enfin! soupira Grégoire, tous nos prisonniers vont bientôt revenir.

Les nouvelles autorités installées depuis
août 44 à la préfecture lui avaient fait part de
leur certitude que son fils et sa belle-fille
étaient en Allemagne. À partir de Drancy, ils
avaient certainement été déportés de l'autre
côté de la frontière dans l'un de ces innom-
brables convois qui y conduisaient. Il n'y avait
pas de raison pour qu'ils ne rentrent pas bientôt. Grégoire en parlait avec tellement de
conviction que Mélina finit par s'en persuader
elle aussi. Elle le souhaitait vraiment pour
Albine qui avait été si bonne avec elle. Quant à
Antoine, si elle ne souhaitait pas le voir revenir, elle ne souhaitait pas davantage sa mort.
Elle en était incapable. Ce genre de pensées lui
étaient étrangères.

Le 10 mai, Grégoire, malgré sa fatigue, partit pour Paris. Il en revint très inquiet une
semaine plus tard, car les nouvelles d'Alle-

magne n'étaient pas bonnes. Ce que les soldats avaient découvert là-bas, lui avait-on dit, n'augurait rien de bon. Il y avait, paraît-il, des camps où les prisonniers étaient morts par milliers, dans d'atroces souffrances. On lui avait demandé de rentrer chez lui en lui promettant de le tenir au courant.

— Ils vont revenir, hein, petite ? répétait-il à Mélina qui ne savait que répondre.

Puis il retombait dans une torpeur qui le vieillissait davantage, lui qui, par ailleurs, ne supportait pas la chaleur. Car l'été était là, déjà, et il aurait fallu penser à autre chose : aux foins, par exemple, que l'on devrait encore couper à la faux, cette année, et rentrer comme on le pourrait. La vie, au domaine, demeurait suspendue dans une attente que rien ne venait plus troubler, pas même les bruits lointains de cette guerre qui s'était envolée, mais dont on n'avait pas encore mesuré toutes les conséquences.

Elle dura jusqu'au début du mois de juillet, cette attente, le matin du 7 exactement, où une lettre du ministère arriva au château. Grégoire Carsac s'en fut la lire dans son bureau, et de sa cuisine Fantille l'entendit tomber comme une masse sur le plancher. Il venait d'apprendre que son fils Antoine était mort à Dachau et Albine à Birkenau, ces camps où les nazis enfermaient les déportés.

Fantille sortit chercher du secours au village, car Gabriel était absent. Deux hommes, venus l'aider, portèrent Grégoire dans son lit et attendirent l'arrivée du médecin. Celui-ci ne se montra pas optimiste car le vieux Carsac avait perdu connaissance. Mélina, alertée elle aussi,

vint au château au début de l'après-midi et y
demeura jusqu'au soir. Le malade allait un peu
mieux : il avait ouvert les yeux et il put prononcer quelques mots.

En apprenant la mort d'Antoine et d'Albine,
Mélina eut un choc elle aussi, car elle avait
vraiment cru qu'ils reviendraient comme était
revenu Pierre après une longue absence. Il fallut pourtant se résoudre à admettre que le château ne compterait plus que deux habitants :
Fantille, qui allait sur ses soixante-quinze ans,
et Grégoire, dont l'état de santé s'améliora un
peu au fil des jours. Il parvint à se lever, et,
quoique diminué, à « mettre en ordre ses
affaires », comme il le dit à Mélina, un soir de
la fin juillet, où il avait demandé à lui parler.

Il lui apprit alors qu'il avait retrouvé un tes-
tament dans lequel Antoine reconnaissait être
le père de Jeanne et lui donnait tous ses droits
sur le château et la propriété.

— Moi aussi, je vais tout lui donner, dit Grégoire. Je n'en ai plus pour longtemps. Tu vois
bien qu'il faut venir t'installer ici avec ta petite.

Et, comme Mélina ne répondait pas :

— Philippe ne reviendra jamais. Je vais
m'arranger avec le notaire pour que tout ce
que je possède revienne à ta fille.

— Ça ne se peut pas, dit Mélina.

— Et pourquoi, donc ?

— Parce que c'est trop.

Grégoire réfléchit un moment, répondit :

— Pour toi, peut-être, mais pour ta fille ? Tu
veux qu'elle souffre comme toi ? Tu veux
qu'elle passe sa vie à travailler pour les autres ?
Je suis sûr que si elle était en âge de
comprendre, elle ne refuserait pas.

Mélina ne voulut pas prendre une décision
ce soir-là. Elle hésita pendant une semaine,
songeant à ce qui avait été sa vie à elle, à Costenègre, pendant son enfance, à ses peurs, à
ses chagrins. Quelque chose l'arrêtait qu'elle
définissait mal. Elle avait souhaité cette enfant
de toutes ses forces, mais elle n'avait pas souhaité qu'elle fût la fille d'un châtelain. Antoine
Carsac avait été le seul homme à fréquenter la
Méthivie à ce moment-là. Elle ne l'avait pas
choisi. Elle se refusait à ce que l'on pût un jour
la soupçonner de calcul alors qu'elle avait été
poussée par une nécessité de survie. Accepter
un héritage assombrirait le bonheur qui l'avait
sauvée.

Elle était sur le point de renoncer quand, un
soir, en rentrant des truffières, un orage sec —
les plus dangereux — la surprit avec sa fille sur
le chemin du retour. Elle se revit alors ce
matin où, tenant son père par la main, ils
étaient partis pour Sorges après avoir quitté
Costenègre. Elle se souvint de leur dénuement,
ce jour-là, et de la peur terrible qui l'avait
envahie à l'idée de voir la nuit arriver sans
qu'ils aient trouvé un abri. Jamais, alors, elle
ne s'était sentie si nue, si démunie, si
pitoyable. Et ce soir-là, non plus, elle n'avait
pas d'abri alors que la foudre les menaçait, elle
et sa fille, comme la nuit l'avait menacée à
l'époque, et le froid, et le pauvre sourire de
Jean Fontanel, assis, les mains sur ses genoux,
sur la murette du village, confiant dans des
hommes qui, passant devant lui, ne le regardaient même pas.

À deux reprises, la foudre s'abattit sur les
chênes, à une centaine de mètres de Mélina et

de sa fille. Quand l'orage eut cessé et qu'elles atteignirent la métairie, Mélina avait pris sa décision : elle allait accepter l'héritage pour Jeanne et habiter le château. Le lendemain, elle en informa Grégoire dont les yeux s'embuèrent :

— À la bonne heure, petite ! dit-il. Tu viens d'éclairer les derniers jours de ma vie.

— Ce n'est pas pour moi, dit Mélina. C'est pour ma fille.

— Je le sais bien. Tu n'as pas besoin de me le dire.

Au retour, sur le chemin de la métairie, elle s'arrêta brusquement, s'accroupit, prit Jeanne par les épaules, la regarda bien dans les yeux et lui dit :

— Aujourd'hui, tu as plus que je n'en aurai jamais. Je ne sais pas si tu seras plus heureuse pour autant, mais j'ai cru bien faire. J'espère que tu n'auras pas à me le reprocher.

Jeanne, qui ne comprenait pas cette gravité soudaine, s'abattit contre elle et entoura son cou de ses bras menus.

Quinze jours plus tard, Mélina emménagea dans deux pièces à l'étage, à l'opposé du bureau de Grégoire, au-dessus de la chambre de Fantille. Ça n'avait pas été facile de quitter la Méthivie où elle sentait encore parfois la présence des disparus. Elle avait passé là des jours heureux malgré la guerre, en tout cas elle y avait trouvé une vraie famille. C'était également la maison des Noëls de son enfance, de la force de Louis, des bras de la Miette, de la main de Pierre, de la naissance de Jeanne. Aussi les premiers jours au château lui parurent-ils déserts, étranges, comme s'il manquait quelque chose d'essentiel à sa vie.

Pourtant, Grégoire faisait tout ce qui était en son pouvoir pour qu'elle se sente à l'aise. Il en était même pitoyable, parfois, quand, oubliant sa peine, il venait la rejoindre dans le grand salon du rez-de-chaussée et lui disait :

— Commande ! Dis ce que tu veux. C'est toi la maîtresse, ici, maintenant.

Mélina ne s'y habituait pas. Elle usait toujours des mêmes gestes, secondait Fantille à la cuisine, mais aussi Augusta, la chambrière qui venait du village chaque matin et se tuait à la tâche sans jamais relever la tête — ce que ne pouvait supporter Mélina. Aussi, malgré les reproches de Grégoire, l'aidait-elle au moins à s'occuper du linge, puisqu'elle ne savait pas rester sans rien faire et que sa nouvelle situation, parfois, l'emplissait de honte. C'était un peu comme si elle avait trahi les siens, son père, surtout, qui avait toujours servi les Carsac.

Elle aidait également Gabriel, que, sur sa recommandation, Grégoire avait installé avec sa famille à la Méthivie. Satisfait de son nouveau statut de métayer, Gabriel avait renoncé à repartir dans le Nord. Ainsi les choses s'étaient-elles réglées d'elles-mêmes, d'autant qu'en septembre, Manuel était revenu au château et avait demandé à reprendre sa place. Grégoire avait accepté. Mélina, elle, avait insisté pour qu'il dorme dans une chambre du rez-de-chaussée et non plus dans l'étable. Il n'avait rien à lui. Il était nu, l'homme qui avait tant intrigué Mélina, et dont la présence, aujourd'hui, lui était secourable.

Il était revenu changé, encore plus marqué qu'avant la guerre. Ses yeux étaient devenus fiévreux, avec, semblait-il à Mélina, des éclairs de folie. Au-dessus de son front haut strié de rides profondes, les cheveux noirs étaient rejetés vers l'arrière en souples ondulations. Mais ses joues étaient creuses et son visage émacié. Personne ne savait rien de lui, sinon qu'il était entré dans la Résistance dès le début et qu'il avait suivi les troupes françaises en Allemagne.

Mélina fut très surprise, un matin, quand une voiture amena pour lui deux grandes malles qui contenaient quelques vêtements mais surtout des livres. Cet homme avait un passé, un mystère. Si elle n'osa pas l'interroger, elle se surprit à l'épier, à chercher à deviner son secret. Ce n'était pas dans ses habitudes, mais il y avait chez lui quelque chose de grand, d'inconnu, qui, malgré ses efforts pour s'en désintéresser, au contraire, attirait Mélina.

Il parlait peu, très peu. On comprenait à son regard qu'il souffrait, et Mélina se demandait de quoi. Il lui fallut du temps pour savoir : jusqu'en novembre, exactement. Un de ces derniers jours de soleil qui font croire que l'été n'est pas mort, que le froid et les brumes de l'hiver n'arriveront jamais. Ils se trouvaient dans les truffières pour tenter de sauver de la récolte à venir ce qui pouvait encore l'être. Ce ne serait pas facile car elles étaient à l'abandon depuis trop longtemps, et il faudrait au moins deux années avant de pouvoir les remettre en état.

Mélina, ce jour-là, avait emporté un panier pour manger dans les bois à midi. Elle avait

laissé Jeanne à la garde de Fantille qui s'en
réjouissait. Elle se trouvait donc seule avec
Manuel, assise face à lui, sur une souche, toujours aussi bouleversée par la proximité de cet
homme qui ne ressemblait à aucun de ceux
qu'elle avait connus. Bien que le devinant très
différent, elle n'en avait pas peur. Elle savait
aussi qu'il avait confiance en elle. Si elle ne lui
posait pas de questions, elle ne doutait pas
qu'un jour il se confierait à elle. Il en avait
besoin, elle en était certaine. Il suffisait
d'attendre.

Ce matin-là, dans les derniers feux de
l'automne qui embrasaient l'or des feuilles de
chêne, elle comprit que ce moment était venu
quand, prenant le pain qu'elle lui tendait,
Manuel retint un instant sa main, et, de sa voix
lente et grave, lui dit :

— Vous êtes le seul être au monde qui m'ait
donné du pain. C'est un geste très naturel pour
vous, je le vois bien, mais si chargé de signification pour moi.

— Vous pouvez vous servir vous-même si
vous voulez, répondit-elle en se méprenant. Je
ne voulais pas vous offenser.

— Vous ne m'offensez pas, Mélina, au
contraire : vous me faites du bien.

Et il ajouta, sans la regarder :

— Il y a longtemps que j'ai compris quelle
femme vous étiez : un peu comme la mienne.
Douceur et bonté.

— Vous êtes marié ? demanda-t-elle.

Il soupira, répondit :

— Je l'ai été.

— Vous ne l'êtes plus ?

— Non. Je ne crois pas.

— Vous ne savez pas ?

Il attendit quelques secondes, puis :

— Je m'appelle Manuel Montalban, dit-il, et je suis espagnol. Je vous dois cette vérité aujourd'hui puisque tout danger est écarté, du moins je l'espère.

— Excusez-moi, dit Mélina, mais je ne sais pas de quoi vous parlez.

Il hocha la tête, sourit.

— Avant la guerre, j'étais professeur de philosophie à Madrid. Nous habitions près de la Plaza Mayor, et nous étions heureux, tous les trois, avec ma fille et ma femme.

— Ah ! fit-elle, les livres, c'est ça.

— Oui, c'est ça. Et puis nous avons perdu la guerre et j'ai dû m'enfuir.

Il hésita, reprit :

— Je suis passé en France par les montagnes, mais je n'aurais pas dû. J'aurais dû mourir moi aussi, comme ma femme et ma fille, puisque je n'ai pas su les défendre.

Il soupira :

— Je me suis battu, pourtant, jusqu'à Teruel, au début de l'année 1938. C'est là que tout s'est joué. À partir de là, Franco a réussi à couper l'Espagne républicaine en deux et conquis la Catalogne. J'ai essayé de traverser les lignes franquistes, mais je n'y suis pas parvenu. J'aurais dû insister et mourir plutôt que de remonter vers la frontière. Je savais ce qui attendait les miens, que les gens de Franco, comme les nôtres, d'ailleurs, étaient des bêtes sauvages.

Manuel s'arrêta de nouveau, hocha la tête, murmura :

— À quoi bon?

— Si, dit Mélina, je vous en prie, continuez.

— Nous avons essayé de résister sur l'Èbre, mais c'était trop tard. Tout était perdu, déjà, depuis le printemps. Alors nous sommes partis vers les montagnes puisque les Français avaient ouvert la frontière, et j'ai trahi les miens. À la chute de Madrid, au printemps 1939, je me trouvais au camp d'Argelès. Je sais que là-bas il n'y a pas eu de quartier. Elles sont mortes toutes les deux, et moi je suis vivant.

Manuel se mit à manger en silence, le regard fixé sur les arbres de la clairière, ne trouvant pas la force de continuer. Mélina, elle, ne savait que dire. Elle avait envie de raconter aussi ce qui était arrivé à Pierre, la visite de l'homme au chapeau gris, tout ce qu'elle avait souffert. Quelque chose, pourtant, l'en empêcha. De longues minutes passèrent. Le vent faisait bruire les feuilles craquantes des arbres d'où fusaient par moments les rayons dorés du soleil. Il faisait presque chaud. Mélina se demandait ce qu'elle devait faire quand Manuel reprit, d'une voix lasse, maintenant, mais qui ne tremblait pas :

— Je me suis évadé du camp, où la vie était terrible, et j'ai marché jusqu'ici, comme un mendiant. Je n'ai jamais dit à personne qui j'étais : c'était trop dangereux. J'étais persuadé que si les Allemands m'avaient mis la main dessus, ils m'auraient fusillé sur place ou m'auraient renvoyé chez Franco.

Mélina hocha la tête, demanda :

— Pourquoi ici, précisément, et au château?

— J'avais entendu parler de compagnies de travailleurs étrangers en Dordogne. Et puis je me suis dit que, pour un professeur, il valait mieux se cacher sous l'aspect d'un journalier agricole. Les Carsac ont bien voulu m'engager, voilà tout. J'ai appris très vite à travailler, en faisant attention de ne pas me trahir. Ça n'a pas été très difficile parce que je parlais bien le français. Ensuite je suis entré dans la Résistance.

Il hésita, poursuivit d'une voix plus basse :

— J'étais avec votre mari.

— Ah ! fit Mélina. Je ne le savais pas.

— Vous comprenez, on avait pour consigne de parler le moins possible.

— Oui, dit-elle, je comprends.

— À la Libération, je me suis engagé dans les troupes françaises pour pouvoir aller jusqu'en Allemagne. Pour moi, me battre contre Hitler, c'était un peu continuer à me battre contre Franco. Eh bien, même là-bas, la mort n'a pas voulu de moi. Ce n'était pourtant pas faute d'aller au-devant d'elle.

— Il ne faut pas parler comme ça, dit Mélina. Il faut toujours espérer.

Il y eut un instant de silence durant lequel le regard de Manuel demeura attaché à celui de Mélina.

— Je n'espère plus rien, murmura-t-il. Je ne connais plus que la douleur.

Et il ajouta très vite, d'une voix presque inaudible :

— Sauf aujourd'hui, là, près de vous. Il me semble que vous pourrez m'apporter un peu de paix, sans doute parce que vous avez souffert aussi.

Elle hocha la tête sans répondre. D'ailleurs, ils ne prononcèrent plus un mot cet après-midi-là. L'or des feuilles de chêne embrasa les collines dont les sommets s'éclaircissaient. Aux premières rafales de vent, elles allaient perdre leur dernier éclat et sombrer dans l'hiver.

Le froid s'installa début décembre et ne desserra plus son étreinte. Mélina, pourtant, s'obstina à nettoyer les allées pour pouvoir récolter quelques truffes. Le matin du 8, comme elle n'apercevait pas Grégoire Carsac, elle demanda à Fantille d'aller voir dans sa chambre si tout allait bien. Fantille le trouva inanimé et appela à l'aide. Le médecin, alerté, conclut à une congestion cérébrale. Selon lui, la situation était grave, et il doutait qu'elle évolue favorablement.

Mélina s'assit près du lit de Grégoire qui lui donnait l'impression de vouloir parler. Il clignait des yeux comme s'il l'appelait, remuait les lèvres, mais sa bouche refusait de laisser sortir les mots qu'il désirait prononcer. Elle lui prit la main et il lui sembla que les doigts du malade serraient les siens.

— Ne vous agitez pas, lui dit-elle, ça va passer.

Toute la journée, elle et Fantille se relayèrent pour veiller sur lui. Le médecin revint le soir et proposa de le faire transporter à l'hôpital le lendemain matin si son état ne s'améliorait pas. Mais Grégoire Carsac mourut dans la nuit alors que Fantille se trouvait près de lui.

Deux jours plus tard, au retour des obsèques, le notaire de Salvignac demanda à parler à Mélina et l'appela « madame » avec une déférence qui la surprit. Elle se rendit dans son cabinet le soir même et apprit que Grégoire avait tenu ses promesses : Jeanne Sauvénie héritait du domaine et pouvait désormais s'appeler Carsac. Il faudrait faire modifier son état civil.

— Non, dit Mélina, je ne veux pas. Ma fille continuera de s'appeler Sauvénie.

— C'est une volonté expresse du défunt, madame, et, en tant qu'exécuteur testamentaire, je me dois de la faire respecter. Aussi bien, la reconnaissance de paternité d'Antoine Carsac me permettra de m'en acquitter.

Il ajouta, alors que Mélina, froissée, l'écoutait à peine :

— En attendant la majorité légale de votre fille, c'est vous qui êtes chargée d'administrer le domaine — dans l'intérêt de l'enfant, évidemment.

Quand il se leva pour lui signifier que l'entretien était terminé, elle ne put le remercier. Une grande douleur s'était éveillée en elle : elle avait la sensation qu'on lui avait volé son enfant, cette fille qu'elle avait tellement désirée. De retour au château, elle en fit part à Fantille qui lui répondit :

— Qu'est-ce que ça peut faire ? Ni Antoine ni Grégoire ne te la prendront, ta fille : ils sont morts.

Cette pensée l'aida à dépasser l'impression d'avoir été trompée, flouée, et elle se réfugia dans les truffières où il était temps de commencer la récolte. Ce ne fut pas chose aisée, cette année-là, car elle n'avait plus de chien, le

sien étant mort un mois auparavant, et elle
n'avait pas eu le temps d'en dresser un autre.
Elle chercha donc les truffes à la mouche : un
insecte de couleur verdâtre, un peu plus gros
qu'une mouche ordinaire, qui se pose au-dessus des truffes et ne ment jamais.

À la manière des sourciers, Mélina avait
fabriqué une baguette qu'elle tenait à deux
mains et dont l'extrémité, parallèle au sol, permettait, maniée à ras de terre, de mieux appré-
cier l'endroit d'où s'envolait la mouche. On ne
pouvait se mettre en quête de la Noire, dans
ces conditions, qu'au milieu de la journée, à
l'heure où la température était la moins froide,
et où, parfois, quelques rayons de soleil
réchauffaient les truffières.

Cet hiver-là, elle put mesurer à quel point la
mouche ne ment jamais : que ce soit à un,
deux, ou cinq centimètres de profondeur, la
truffe se trouvait toujours à l'endroit où
l'insecte s'était posé. La récolte, pourtant, ne
fut pas aussi bonne qu'avec un chien, car les
mouches n'étaient pas toujours de sortie, les
chênes s'étaient asphyxiés par manque de
lumière, et les brûlés n'étaient pas très appa-
rents. Mélina, cependant, gardait en mémoire
les endroits les plus propices, ceux-là mêmes
que lui avait fait découvrir son père dès son
plus jeune âge.

Ce fut en allant vendre elle-même, et pour la
première fois, les truffes à la foire de Sorges,
en janvier, qu'elle comprit combien sa situation avait changé. Elle les pesa sur la balance
Roberval dont s'étaient auparavant servis les
Carsac et put enfouir les billets dans la poche
de son tablier.

Elle ne s'était pas installée au hasard. Elle était partie de très bonne heure, ce matin-là, pour pouvoir monter sa table et sa balance à l'endroit exact où Jean Fontanel s'était assis un jour, quand elle était enfant, pour chercher de l'ouvrage. Alors, dès qu'elle eut vendu ses truffes, elle murmura, bouleversée, en fermant les yeux :

— Regarde, père, ce que nous sommes devenus.

## 12

Il lui en fallut, du courage et du temps pour remettre les truffières en état ! Cinq longues années, au cours desquelles Mélina usa de tout son savoir, de toute sa patience. Partant du fait que les deux conditions essentielles à la prolifération de la truffe sont l'ensoleillement et l'aération, elle n'hésita pas à couper les arbres devenus trop grands, comme le lui avait enseigné son père, et à nettoyer le sol des arbustes — genévriers, cerisiers Sainte-Lucie, prunelliers —, en l'ameublissant sans descendre en profondeur pour ne pas endommager les mycorhizes.

Dans les truffières épuisées, elle n'hésita pas à replanter de petits arbres issus des fameux glands qu'elle choisissait elle-même. Toutefois, elle ne les planta plus à cinq ou six mètres de distance comme auparavant, mais à trois et en tous sens : elle pensait que le sol, ainsi, serait plus vite colonisé par les mycorhizes truffières tout en évitant la prolifération des mycorhizes concurrentes. À son idée, cela permettrait une production plus précoce que dans les anciennes truffières.

Afin de favoriser l'équilibre d'humidité nécessaire, Mélina inventa le paillage, c'est-à-dire la répartition de bottes de paille de blé préalablement désagrégées, répandues au début du printemps et déplacées seulement au moment de la récolte. Cela devait permettre, à son avis, une humidité suffisante, favoriser la remontée des radicelles et limiter les méfaits du gel en hiver.

Toutes ces innovations furent le fruit de son sens de l'observation, de son contact privilégié avec le monde vivant. En quelques années, ses truffières devinrent les plus belles et les plus prolifiques de tout le Périgord. Elle ne se trompait jamais, même si le fait de couper les chênes plutôt que de les tailler lui valait bien des sarcasmes, car nul ne consent facilement, dans les campagnes, à modifier sa façon de travailler.

Ainsi, lors des marchés de Sorges, d'Excideuil ou de Périgueux, dès le début des années cinquante, c'était elle qui vendait le plus de truffes, ce qui intriguait beaucoup ses voisins. On la jalousa. Elle n'éleva jamais la voix pour se défendre. Au contraire, elle accepta de faire visiter ses truffières et de dévoiler sa manière de les travailler. Ce ne fut pas suffisant, car on ne pardonne pas à ceux qui sont nés faibles de réussir mieux que les autres.

Un jour, elle trouva empoisonné le chien qu'elle venait de dresser. Jeanne avait neuf

ans, alors, et elle en eut un chagrin inconso-
lable. Mélina, refusant d'aller porter plainte, se
hâta d'en acheter deux autres et de les dresser
comme elle savait le faire. Car elle savait tout
faire, en réalité, ayant appris de très bonne
heure à affronter les difficultés de la vie quoti-
dienne.

Elle n'avait pas remplacé Fantille qui était
morte en 1948 et qu'elle avait soignée jusqu'au
bout, refusant de la mettre à l'hospice. Elle
s'occupait elle-même de la cuisine, continuant
seulement à employer Augusta pour entretenir
les pièces trop nombreuses du château. Ils
n'étaient donc plus que trois, le soir, quand
Jeanne revenait de l'école : Mélina, sa fille et
Manuel qui prenait ses repas avec elles, ce qui
faisait jaser, au village.

Mélina ne s'en souciait pas. Elle ne se souciait que de sa fille qui se plaisait à l'école et
dont elle était très fière. Jeanne s'y rendait
avec les enfants de Gabriel, le métayer, et y
mangeait à midi. Elle faisait ses devoirs avec
application dès son retour et Mélina s'émer-
veillait de la facilité avec laquelle sa fille apprenait. Tout ce qu'elle vivait, en fait, l'éblouis-
sait : elle habitait un château, sa fille ne lui
donnait que des satisfactions, elle exerçait
chaque jour sa passion des truffes et son
amour du monde, et, surtout, elle vivait près
d'un homme qui la réconciliait avec la vie.

Ils vivaient ensemble depuis l'année qui
avait suivi le retour de Manuel. Comment
aurait-il pu en être autrement, puisqu'ils travaillaient l'un près de l'autre pendant la journée ? Tous deux avaient beaucoup souffert. Ils
connaissaient le poids du malheur et la néces-

sité de ne pas laisser s'envoler les rares
moments de bonheur. Ils étaient tellement dif-
férents, cependant, que Manuel avait dû apprivoiser Mélina avec patience. Elle n'avait
consenti au refuge de ses bras que trois ans
après la mort de Pierre. Dès lors, elle n'avait
pu s'en passer.

Manuel, dans le même temps, lui avait fait
redécouvrir l'univers merveilleux des livres
qu'elle avait abandonné depuis l'âge de douze
ans. Elle s'y était plongée avec passion, surtout
le soir, pendant les longues soirées d'hiver,
tandis que lui-même, assis près d'elle, travaillait à un ouvrage sur la guerre d'Espagne.
Mélina lisait tout ce qui lui tombait sous la
main, y compris des livres de philosophie.
Quand elle ne comprenait pas, Manuel lui
expliquait. Ainsi était née entre eux une
complicité que la connaissance n'avait fait
qu'embellir.

Ce fut lui, qui, un soir de 1948, au retour de
Salvignac où il était allé acheter des outils, lui
proposa de se marier. Mélina y avait déjà
songé, car elle entendait parfois au village des
réflexions désagréables à leur sujet. Ainsi, une
fois qu'ils se furent mariés à la mairie de Salvignac, Mélina ne s'appela plus Sauvénie mais
Montalban. Si elle trouva cela tout à fait naturel, elle ne tarda pas à comprendre qu'un
mariage avec un Espagnol n'était pas bien
accepté par une population volontiers fermée
sur elle-même. Elle fit front, comme elle l'avait
toujours fait : calmement, avec douceur.
Manuel, parfois, dans les foires où les hommes
avinés parlaient haut et fort, se sentait consi-
déré comme un étranger et en souffrait. Sur-

tout pour Mélina qui entendait, comme lui, les propos désobligeants des uns et des autres. Il se résolut à demander la nationalité française qu'il obtint facilement grâce à sa participation à la Résistance. Cela suffit à le rendre tout à fait respectable. Tout rentra dans l'ordre, mais Manuel en garda une blessure qui ne se referma jamais.

L'argent que gagnait Mélina ne lui permettait pas d'acheter du matériel pour travailler les truffières, mais seulement pour entretenir le château, dont la toiture et les dépendances étaient en très mauvais état. Ils vivaient du peu d'argent qui lui restait après avoir réglé ces dépenses et surtout grâce aux produits du métayage : volailles et légumes, que Gabriel leur livrait scrupuleusement. Pourtant, Mélina n'aurait jamais songé à se plaindre de son sort. Son seul souci, pour l'avenir, était Jeanne, qu'elle voulait « tenir » à l'école, et toute son énergie tendait vers ce but, même si elle pensait parfois qu'en agissant ainsi elle la perdrait. Elle souhaitait pour sa fille tout ce qu'elle n'avait pu obtenir, elle, et rien n'était assez beau pour cette enfant qu'elle avait tellement désirée.

Sans doute ne désira-t-elle pas autant celui qui s'annonça au printemps de 1950. Manuel, lui, s'en montra très heureux ; c'était un moyen d'affirmer la prédominance de la vie sur la mort des siens devenue aujourd'hui certitude. Un voyage au consulat d'Espagne, l'année précédente, ne lui avait laissé plus aucun doute à ce sujet. Il en était revenu désespéré, alors qu'il savait depuis longtemps en lui-même que sa

femme et sa fille ne pouvaient pas avoir
échappé à la mort. Ce fut lors de ce retour qu'il
parla à Mélina de faire un enfant. Elle ne
l'avait pas envisagé. Elle avait seulement souhaité une fille, et Jeanne la comblait. Au fil des
jours, pourtant, en voyant souffrir Manuel, elle
renonça à éviter une grossesse par les moyens
naturels dont elle avait appris l'essentiel de la
Miette.

Aussi fut-elle à peine étonnée, ce printemps-là, de sentir la vie palpiter au fond
d'elle, une vie, qui, elle le savait très bien, à
l'image des saisons, ne s'éteint jamais vraiment : elle s'endort pour passer les hivers,
mais resurgit toujours lors des printemps sui-
vants. Cette constatation lui fit renouer le lien
avec le monde que la disparition de ceux
qu'elle aimait lui avait fait oublier. Elle partit
dans les bois pour déchiffrer cette vie qui naissait sur le sol, les branches, les taillis, les buis-
sons. On était en avril. C'était la période où il y
avait le plus de travail dans les truffières. Elle
y passait ses journées avec Manuel, heureuse
bien que distante vis-à-vis de son mari, qui
l'aurait souhaitée plus proche. Elle éprouvait
en elle, viscéralement, la force qui fait surgir
l'herbe et les hommes du néant, se sentait
habitée par elle, car c'était la même, elle n'en
doutait pas. Elle ne faisait que s'inscrire dans
le grand fleuve de la vie, y participait à sa
manière, et cette sensation la rendait au moins
aussi heureuse que la présence de Manuel.

Ce fut un beau printemps, arrosé juste ce
qu'il le fallait pour aider les bourgeons à
éclore. Les bois crépitaient dans la montée des
sèves et les éclats d'une lumière déjà chaude. Il

y avait dans l'air des promesses de retrouvailles. Avec qui ? Avec quoi ? Mélina crut bon
de se rendre au cimetière à deux ou trois
reprises pour faire partager aux siens ce qui
devenait trop grand pour elle. Cependant elle
n'y trouva pas ce qu'elle était venue y chercher,
et elle comprit que Pierre s'était éloigné d'elle.
Si elle en voulut un peu à Manuel, il y avait
trop de vie en elle pour qu'elle s'appesantisse
sur des remords. D'ailleurs, cet été-là, il n'y eut
presque pas d'orages. Ils rôdaient au loin mais
ne parvenaient pas jusqu'à Salvignac. Elle eut
l'impression d'être protégée et ne redouta pas
la délivrance qui était prévue pour le mois de
novembre.

Elle donna le jour à un garçon qu'ils appe-
lèrent Sylvain. C'est elle qui l'avait voulu ainsi :
elle trouvait ce prénom joli, mais également
évocateur des bois qui avaient toujours été son
refuge. Dès les premiers jours, pourtant, elle
ne se sentit pas aussi liée à lui qu'elle l'avait été
à Jeanne. C'était autre chose. L'enfant ressemblait à Manuel : un visage étroit, un front haut,
des yeux dont on ne savait pas quelle couleur
ils prendraient vraiment. Elle n'en montra
rien, évidemment, et lui donna toute l'affection qu'il convenait. Ainsi, le château quasiment vide résonna-t-il des pleurs et de la voix
de cet enfant qui fut, tout de suite, la passion
de Jeanne.

Deux années passèrent sans le moindre
nuage. À l'été de 1954, pourtant, un terrible été
qui grilla jusqu'aux feuilles des chênes, Mélina
comprit que le moment qu'elle redoutait tellement allait arriver : à la rentrée scolaire,

Jeanne partirait comme pensionnaire au lycée de Périgueux. Elle repoussa longtemps le moment de se consacrer au trousseau de sa fille, tenta d'oublier cette séparation dont elle allait souffrir, elle en était certaine.

Lors de la fête foraine de Salvignac, elle dansa pour la première fois avec Manuel au cours du bal, en fin d'après-midi. Ensuite, ils s'assirent à une table posée sur tréteaux pour boire de la limonade, tandis que Jeanne montait sur les manèges. De ce soir-là, Mélina garda l'impression de quelques heures privilégiées qu'elle ne pourrait pas oublier. Ce n'était pas grand-chose, pourtant, mais la musique, la joie des enfants et des adultes lui donnèrent l'illusion que sa vie se trouvait à l'abri du malheur.

Elle vécut avec cette sensation tout le mois de septembre, jusqu'à la dernière semaine avant le départ de Jeanne. Les jours passèrent très vite, alors, car elle fut très occupée par les préparatifs, et il fallut bien se résigner à laisser s'en aller celle qui avait ensoleillé sa vie pendant douze ans.

Ils partirent sur la charrette car ils n'avaient pas d'automobile, le dimanche après-midi, veille de la rentrée scolaire. Mélina reconnut la route qu'elle avait prise plusieurs fois, toujours dans des circonstances graves, et qui la menait vers la grande ville. C'est Manuel qui tenait les rênes, tandis que Mélina, assise sur la banquette, serrait sa fille contre elle, une main passée par-dessus ses épaules. Nul ne parlait. Il faisait aussi chaud que les jours précédents et la fournaise du ciel entretenait sur la route, où l'ombre était rare, des foyers torrides. Le plus souvent, le cheval, exténué, allait au pas.

Il leur fallut plus de deux heures pour atteindre le centre-ville où se trouvait le lycée : un immense bâtiment aux murs gris dont Mélina franchit les portes avec un serrement de cœur. Jeanne, elle, s'efforçait de se montrer courageuse. Tandis que Manuel s'occupait des formalités, Mélina emmena sa fille dans le dortoir où elle l'aida à faire son lit et à ranger ses affaires dans un placard, puis elles redescendirent. Ensuite, tous trois restèrent ensemble un moment dans la cour, refusant en eux-mêmes ce qui allait se passer. Manuel tenta de trouver les mots pour rendre la séparation moins cruelle. À l'instant où Mélina lâcha sa fille, elle eut une sorte de vertige et Manuel dut la prendre par le bras pour la conduire vers la sortie.

Le moment le plus difficile, pourtant, fut celui où, depuis la rue, Mélina aperçut Jeanne toute seule dans un coin de la cour. Elle fit signe à Manuel d'arrêter la charrette, et elle fut vraiment sur le point de renoncer.

— Non, dit Manuel. Il le faut.

Ils partirent. Dès ce moment, Mélina garda en elle la conviction d'une trahison envers son enfant, trahison dont elle aurait à souffrir toute sa vie. Elle se mit à compter les jours qui la séparaient du retour de Jeanne qui devait revenir toutes les deux semaines. Le feu de l'été déclina enfin, mais, pour Mélina, sans Jeanne, la lumière du jour n'était plus la même.

Elle ne fut rassurée qu'au bout de deux mois en constatant que sa fille supportait la pension sans difficulté et obtenait des notes aussi brillantes qu'à l'école primaire de Salvignac. Il lui sembla alors qu'un fossé se creusait entre elle et Jeanne, et bientôt ce fut cette souffrance-là qui prit le pas sur l'autre : elle ne comprenait pas pourquoi cette enfant qu'elle avait tant souhaitée, tant aimée, repartait sans la moindre émotion le lundi matin. Elle reporta l'affection qui ne trouvait plus à s'exercer sur Jeanne vers Sylvain qui s'accrochait sans cesse à ses jupes et ne pouvait se passer d'elle un seul instant.

Lors du terrible hiver de 1956, le froid s'installa en une nuit, alors qu'on ne l'attendait pas. Cette nuit-là, Mélina, qui ne trouvait pas le sommeil, entendit le tronc des chênes éclater au fond des bois. Le sol étant gelé en profondeur, elle n'avait pas pu assurer sa récolte de truffes en janvier, et elle s'inquiétait beaucoup pour l'avenir. À la mi-février, elle fut obligée de dégager la neige pour chercher les truffes avant qu'elles ne pourrissent. Et quand la neige fondit, il était bien tard : février s'achevait, et le dégel brusquement emplissait les bois de murmures, d'odeurs de mousse, et de longs frissons couraient dans les branches nues. Elle put quand même sauver l'essentiel et le vendre à Périgueux où elle en profita pour aller voir Jeanne entre midi et deux heures.

Ce fut au printemps de cette année-là que Manuel reçut une lettre de la préfecture l'informant qu'une jeune femme appelée Montalban recherchait son père à Perpignan. Cette nouvelle emplit Manuel d'un fol espoir qui fit de la peine à Mélina : il lui sembla tout à coup qu'elle-même et Sylvain ne formaient pas sa vraie famille, que l'essentiel de sa vie ne se

trouvait pas au château, près d'elle, mais qu'il
était resté quelque part, très loin, et lui échap-
perait toujours. Elle s'efforça, toutefois, de
partager son espoir et de l'aider dans ses préparatifs de voyage. Il partit à la fin du mois de
mars en lui promettant de lui donner des nouvelles dès qu'il le pourrait.

Elle demeura seule avec Sylvain et retrouva
des gestes, des habitudes du temps où elle
vivait seule à la Méthivie avec Jeanne. À quatre
ans, son fils trottinait dans les truffières tandis
qu'elle travaillait à griffer la terre sur une
faible profondeur et à couper les chênes en
surnombre. Un après-midi, elle se redressa
brusquement, surprise par le silence. Elle
appela Sylvain, mais il ne répondit pas. Affolée, elle le chercha, toujours en appelant. Il
demeura introuvable. Alors, au lieu de courir à
droite et à gauche, elle s'efforça de couvrir des
cercles de plus en plus grands autour de la
truffière. Elle sentit à cette occasion combien,
dans sa solitude, cet enfant lui était devenu
précieux, autant que Jeanne au même âge.

Il lui fallut plus d'une heure pour le retrouver, pas très loin du chemin de la métairie, au
pied de deux chênes nains. Il s'était perdu et
s'était endormi, confiant, sans doute, puisque
son visage n'exprimait aucune peur. Elle le
gronda pour la forme, mais de l'avoir retrouvé
si paisible dans l'univers des bois lui fit
comprendre que, peut-être plus que Jeanne, il
se sentait ici chez lui, et en sécurité. Dès lors,
elle se mit à lui parler de ce qu'elle connaissait
des plantes, des arbres, des forces cachées du
monde, et il l'écoutait, ravi, souriant, comme
s'il comprenait mieux ces mots-là que ceux du

langage courant — malgré son âge, il avait
encore beaucoup de mal à s'exprimer.

Le lendemain, Manuel revint, méconnaissable, le visage défait, anéanti. Il avait espéré
en vain : la jeune fille qu'il avait rencontrée
n'était pas sa fille. Elle avait été perdue par sa
mère, à neuf ans, lors de la chute de Madrid, et
son nom de Montalban lui venait de son père
originaire de Séville. Il n'y avait aucun lien de
parenté entre les deux familles. Il raconta à
Mélina son voyage d'une voix monocorde, brisée, et elle comprit qu'il lui faudrait toujours
compter avec cette part de la vie de Manuel
qu'il ne pouvait pas oublier.

Elle l'aida, et de toutes ses forces, mais une
angoisse s'installa en elle, dont elle essaya vainement de se débarrasser. Avec ses herbes,
d'abord, dont elle se faisait des tisanes aux
dosages savants, ensuite en se réfugiant dans
les bois et en cherchant sur la mousse, contre
la terre même, les signes annonciateurs de ce
qu'elle redoutait. Elle s'inquiéta pour Jeanne,
mais celle-ci se montra heureuse et enjouée
aux vacances de Pâques. Son bulletin scolaire
ne contenait que des éloges. Le danger ne pouvait pas venir de là.

Elle s'inquiéta pour Sylvain, sans plus de
raison : l'enfant était en parfaite santé. Elle sut
alors que c'était pour Manuel qu'elle devait
s'inquiéter, et elle l'entoura de soins, de pré-
ventions, de remèdes de sa composition dont il
riait et qu'il refusait de la main. Il se fermait,
lui échappait. Même les livres qui avaient été
longtemps entre eux un lien précieux ne parvenaient plus à le rapprocher d'elle, le soir, tandis qu'ils veillaient côte à côte, devant la che-

minée. Il était miné par le remords et par la
douleur, blessé jusqu'au plus profond de lui-
même. Elle ne parvenait pas à trouver les mots
qui auraient pu l'apaiser et s'en voulait.
Manuel était trop loin. À peine si, parfois, elle
osait une phrase à laquelle elle avait longuement songé :

— Tu te fais du mal, et je crois que ce n'est
pas ce qu'elles souhaitent, où qu'elles soient.

Il tressaillait, hochait la tête, lui souriait.

— Tu as raison. Je sais bien que tu as raison, mais je n'y peux rien.

Et, comme il la sentait malheureuse, il ajoutait :

— Ça passera. Laisse-moi le temps, s'il te
plaît.

Elle songeait qu'il s'en était passé du temps,
depuis la guerre, mais elle ne se rebellait pas :
elle n'avait jamais su le faire. Elle travaillait à
repousser ce qu'elle devinait tapi dans l'ombre,
et qui allait surgir, un jour prochain, elle en
était certaine.

Il y eut, cette année-là, de grosses chaleurs
au début de l'été. En quinze jours, tout fut sec,
pétillant sous un soleil de feu. Il faisait si
chaud que Mélina et Manuel travaillaient de
l'aube jusqu'à onze heures du matin, et ne res-
sortaient que vers cinq heures. Un après-midi
de la mi-août, il y eut brusquement des bruits
anormaux dans la forêt. On ne pouvait pas les
entendre du château. Pourtant Mélina eut
l'impression, en regardant par la fenêtre, que
la lumière du soleil n'était soudain plus la
même. Elle voulut le signaler à Manuel,
quand, portant son regard davantage vers
l'ouest, elle aperçut la fumée. Le feu ! Il y avait

le feu dans les bois! Elle eut à peine la force
d'appeler, tant cette découverte éveillait en elle
de douleur. Le souvenir de sa mère, surtout, en
même temps que le chagrin de son père, son
enfance et les années sombres de Costenègre
la submergèrent et la firent vaciller. Elle
demeura un moment immobile, fascinée par la
fumée et, lui sembla-t-il, par l'éclat fauve de
quelques flammes qui, là-bas, trouaient la verdure.

Enfin elle parvint à se détacher de la fenêtre
et à prévenir Manuel qui lisait dans le salon,
derrière les volets mi-clos. Tout en lui recom-
mandant de ne pas bouger, il partit au village
pour prévenir les pompiers. À peine s'était-il
éloigné que Mélina, oubliant son fils qui faisait
la sieste, comme attirée par un maléfice, sortit
et prit le chemin des truffières. Elle entendit la
sirène hurler alors qu'elle avait déjà parcouru
un kilomètre, tantôt courant, tantôt marchant,
poussée par une force qui lui donnait l'impression que sa mère était en danger.

Dans les bois, l'air ne circulait pas. On aurait
cru entrer dans un four et Mélina avait bien du
mal à respirer. Elle avançait quand même,
aimantée par l'odeur du bois brûlé et les crépitements secs perceptibles à plus de deux
kilomètres du foyer. Elle s'arrêta brusquement, s'orienta : il n'y avait pas de doute,
c'était bien l'une de ses truffières qui brûlait.
Elle se remit à courir, une main plaquée sur sa
poitrine, trébuchant sur la terre du chemin
durcie par la sécheresse, et, tout à coup, au
détour du sentier, elle vit le feu : de grandes
flammes qui escaladaient la cime des chênes
en se tordant comme des serpents, projetant

çà et là des étincelles d'or et des flammèches qui s'envolaient, malgré l'absence de vent, vers les arbres voisins.

Mélina s'avança, voulut appeler, mais aucun son ne sortit de sa gorge. Elle demeura un moment immobile, puis, songeant à sa mère qui s'était battue contre le feu, elle ramassa une branche feuillue et tenta d'éteindre les flammes qui couraient au ras du sol, entre les arbres. Elle savait qu'elle se trouvait en lisière du feu, mais elle ne pouvait pas se rendre compte que des flammèches passaient par-dessus sa tête, très haut, car elle se tenait cour-bée. Le plus impressionnant, ce n'étaient pas les flammes, c'était le bruit : les craquements sinistres des arbres vaincus, des coups de fouet, des crépitements fous, et, par-dessus tout, un ronflement de chaudière portée au rouge, énorme et effrayant.

Elle avait peur, Mélina, mais elle avait la conviction de défendre sa mère, et c'était la seule chose qui comptait. Elle se battait, frap-pait le sol de toutes ses forces, tout entière absorbée dans cette tâche vitale, sans relever la tête. Elle allait être encerclée quand les pre-miers pompiers volontaires apparurent, suivis par Manuel qui ne l'avait pas trouvée en ren-trant et avait deviné où elle était allée. Ils eurent juste le temps de la tirer à l'écart tandis qu'elle se débattait, rouge, couverte de sueur, le souffle court.

Manuel la fit asseoir, lui parla, et c'est à peine si elle l'entendit. Les pompiers, qui ne disposaient pas d'eau si loin dans les bois, ten-tèrent d'allumer un contre-feu. Manuel entraîna Mélina à l'écart de la chaleur étouf-

fante des flammes. Elle se retournait sans
cesse, cherchant à revenir vers le sinistre, incapable de prononcer le moindre mot, comme
un animal effrayé. Ils croisaient d'autres
camions de pompiers qui arrivaient des villages voisins. Mélina ne voulait pas rentrer au
château, résistait toujours à Manuel qui cherchait à l'entraîner dans cette direction.

Enfin, au bout de dix minutes, son regard,
brusquement, s'éclaira de nouveau, et elle
parut prendre conscience de l'endroit où elle se
trouvait. Ce fut comme si elle reprenait pied
dans la réalité. Elle frissonna malgré la canicule et, lentement, très lentement, elle s'affaissa
sur le chemin.

Elle revint à elle beaucoup plus tard, dans sa
chambre. Prenant conscience de la réalité, elle
demanda à Manuel ce qu'elle faisait là. À peine
eut-il prononcé quelques mots qu'elle se souvint et voulut se lever.

— C'est presque fini, dit Manuel, deux
contre-feux et un camion-citerne ont suffi. Et
puis, l'orage approche. Il achèvera de noyer
tout ça.

Effectivement, on entendait tonner au loin,
dans la direction du sud-ouest, vers Périgueux.

— Repose-toi, ce n'est pas la peine de te
lever : on ne voit plus rien.

Elle referma les yeux, murmura :

— Qu'est-ce qui s'est passé ?

— Tu as eu un malaise. Je t'ai portée
jusqu'ici. Tu t'es réveillée quelques minutes,
puis tu t'es endormie.

— Est-ce que j'ai parlé ?

— Oui, de ta mère.

Elle se souvenait à présent de la peur atroce

dans laquelle l'avait projetée le spectacle des flammes, et elle se remit à trembler.

— J'ai fait appeler le médecin, précisa Manuel, mais il n'était pas là.

— Ce n'est plus la peine, dit Mélina. C'est fini.

Ils se turent. On entendait l'orage se rapprocher très vite, et bientôt de grosses gouttes de pluie s'écrasèrent sur le toit.

— Ça y est, dit Manuel, il pleut.

Le bruit de la pluie finit par apaiser définitivement Mélina. Épuisée, elle se rendormit, veillée par Manuel qui épongeait de temps en temps son front fiévreux. Il avait vraiment compris, cet après-midi-là, qu'elle ressentait les choses beaucoup plus intensément, beaucoup plus douloureusement que les autres êtres vivants, et cette révélation assombrit l'idée qu'il se faisait de leur avenir.

Le lendemain matin, Mélina allait mieux. Elle voulut se rendre compte par elle-même des dégâts de l'incendie, et elle s'aperçut, à son grand soulagement, que seule une petite partie de ses truffières avait été détruite. Les flammes avaient léché la lisière de ses grands bois, à l'endroit même où elle s'était battue, mais le centre du foyer se situait plus au nord. Le spectacle des chênes noirs, même si ce n'étaient pas les siens, pourtant, lui souleva le cœur, et elle ne put rester très longtemps devant ce monde calciné, qui, de nouveau, lui fit penser à sa mère.

Elle se réfugia au château où des gendarmes vinrent lui rendre visite un peu avant midi. L'incendie paraissait accidentel. Ils lui demandèrent si elle avait aperçu quelqu'un ou quelque chose qui pût les aider dans leur enquête, mais elle n'avait rien vu en arrivant sur les lieux. De cela, au moins, elle se souvenait. Manuel leur fit la même réponse, et ils repartirent en remerciant.

— Crois-tu que quelqu'un aurait mis le feu ? demanda-t-elle à Manuel dès qu'ils se retrouvèrent seuls.

Il voulut la rassurer, répondit :

— Non. Je suis sûr que non.

Elle ne le croyait pas elle-même. Elle devinait plutôt dans ces flammes les prémices d'un mal avancé qui surgirait bientôt au grand jour. Son instinct ne la trompait pas. À peine l'été s'était-il épuisé en journées caniculaires sans le moindre souffle de vent, que Manuel, un matin, ne put se lever. Il respirait mal et ne pouvait remuer ni ses jambes ni ses bras. Mélina envoya Augusta prévenir le médecin qui ne vint pas avant dix heures et qui, dès son arrivée, se montra très inquiet. Sans vouloir hasarder un diagnostic définitif, il se chargea lui-même d'emmener le malade à l'hôpital de Périgueux. À Mélina, qui prétendait le suivre, il expliqua qu'il ne valait mieux pas, que Manuel était peut-être atteint d'un mal contagieux. Elle pensa alors à Sylvain, lessiva toutes les pièces et fit en sorte de le tenir à l'écart de leur chambre et de la salle à manger.

Elle attendit toute la journée, très angoissée, persuadée que la maladie de Manuel était grave, mais elle ne se doutait pas à quel point. Ce fut à cinq heures du soir qu'elle entendit prononcer le mot dont elle avait si peur et qui courait dans les campagnes depuis quelques années : poliomyélite. On avait transporté

Manuel à l'hôpital Pellegrin de Bordeaux pour le placer dans un « poumon d'acier ». Ces trois mots ne cessèrent de tourner dans la tête de Mélina toute la nuit : poliomyélite, poumon d'acier. Le médecin lui avait recommandé de faire bouillir l'eau du robinet avant de la boire, et sa hantise, dès ce jour-là, fut que Sylvain boive n'importe quelle eau, dans la cour ou ailleurs. Elle lui fit maintes et maintes recommandations, ne le quitta pas des yeux, guetta avec hantise sur son visage les stigmates de la maladie. L'enfant, heureusement, demeura plein de santé, et elle finit par se rassurer.

Le premier dimanche où Jeanne vint au château, Mélina lui confia Sylvain et elle partit pour Bordeaux, cette grande ville inconnue dont le nom était désormais associé en elle à un « poumon d'acier ». Gabriel la conduisit à Périgueux. Là, elle prit le train pour la capitale de l'Aquitaine où elle arriva, gare Saint-Jean, un peu avant midi. Elle mangea dans le hall quelques victuailles sorties de son panier, puis elle se renseigna pour savoir où se trouvait l'hôpital : c'était loin, très loin. Une femme affable, vêtue d'un ensemble gris perle et coiffée d'un grand chapeau vert, lui expliqua comment prendre le bus qui la conduirait à destination. Mélina y arriva vers deux heures. Son train de retour était à seize heures trente. Elle se dépêcha, donc, de trouver la chambre de Manuel, et ce qu'elle découvrit la bouleversa. Manuel était enfermé dans une sorte de grande boîte en métal d'où dépassaient seulement la tête et les jambes. Il parvint à lui dire quelques mots, esquissa un sourire, mais elle comprit qu'il souffrait. Elle s'efforça de lui cacher sa peur, lui prit les mains, lui parla des truffières, de Salvignac, de Sylvain, de tout ce qu'ils entreprendraient quand il serait de retour. Cependant, les deux larmes qui coulèrent des yeux de Manuel firent comprendre à Mélina qu'il n'en croyait rien. Le médecin à qui elle parla se montra très réservé. Quand elle repartit, elle était encore plus pessimiste qu'au matin, mais elle le cacha soigneusement à Manuel. En outre, à chacune de ses visites à Bordeaux, elle s'efforça d'apparaître souriante et confiante dans l'avenir.

Son chemin de croix dura presque deux ans. Tous les dimanches, elle se rendait à Bordeaux, emmenant parfois Jeanne et Sylvain. L'état de Manuel s'améliora un peu, puis, de nouveau, se détériora. Durant tout ce temps, Mélina se réfugia dans le travail, aidée en cela par Gabriel, et aussi par Marion, sa femme, une matrone du Nord qui élevait cinq enfants blonds comme les blés, dont l'aîné, déjà, secondait son père.

Jeanne et Sylvain grandissaient. La première se montrait toujours aussi passionnée par l'école et toujours aussi distante vis-à-vis du village et du château. Elle ne rêvait que de voyages et voulait devenir archéologue, ce qui désespérait Mélina qui avait tant besoin d'elle. Sylvain, lui, posait beaucoup de questions au sujet de son père. Il ne manquait pourtant pas une occasion de partir avec sa mère dans les truffières et de s'intéresser à la Noire, comme Mélina le faisait à son âge.

On entendait beaucoup parler de poliomyélite, à l'époque, et de la gravité de cette maladie, mais certains malades guérissaient. Il y avait maintenant un vaccin dont les enfants de Mélina avaient bénéficié. Si elle était un peu moins inquiète pour eux, elle l'était toujours autant au sujet de Manuel. Elle ne se trompait pas. Il mourut au mois d'avril 1960, un dimanche soir, alors que Mélina avait passé l'après-midi près de lui. Elle avait lu dans ses yeux sa douleur de devoir la quitter, mais elle avait surtout compris, en écoutant ses derniers mots, qu'il mourait de chagrin. La guerre avait infligé à son corps et à son esprit trop de souffrances. Quelque chose d'essentiel s'était brisé en lui, laissant place à la maladie.

Manuel fut porté en terre à Salvignac, dans le caveau de la famille Fontanel. Mélina se retrouva seule avec ses deux enfants, ce qui était beaucoup, pour elle, car leur existence suffisait à justifier la sienne. Pour échapper à la pensée d'avoir perdu les deux hommes qui l'avaient aimée, elle puisa une nouvelle fois au fond d'elle-même la force de croire qu'elle était maintenant, depuis là-haut, grâce à eux, doublement protégée. Elle se remit donc au travail en songeant que chacun de ses coups de pioche, chacun de ses pas, chacun de ses efforts était maintenant destiné à ses enfants.

# 13

Au début de l'été, Jeanne obtint le baccalauréat scientifique avec la mention « bien ». Pour pouvoir payer les études de sa fille à Bordeaux,

Mélina fit une demande de bourse qui fut refusée, au motif que la demanderesse était propriétaire d'un château. Par l'intermédiaire du
médecin de Salvignac, Mélina trouva à sa fille
une petite chambre dans la rue Descartes, tout
près de l'hôpital Pellegrin. Jeanne n'avait pas
changé dans son désir de devenir archéologue,
au contraire : c'était pour elle une véritable
passion. Ce fut donc avec une grande joie
qu'elle entra en octobre à la faculté des
sciences de Bordeaux, même si, autant que sa
mère, elle était consciente des sacrifices que
cela impliquait pour elles deux. Ne faudrait-il
pas vendre une partie des terres ou la métairie ?

— On verra bien, dit Mélina. Pour le
moment, on va faire avec l'argent que j'utilisais
pour ta pension.

Elle quitta sa fille, ce jour-là, avec la même
impression d'abandon qu'elle avait ressentie à
Périgueux, quand Jeanne était entrée au lycée.
Dès le lendemain, cependant, elle se mit au
travail dès l'aube pour compenser l'absence de
Manuel, et elle prit l'habitude de repartir dans
les truffières dès qu'elle avait terminé son
repas de midi en compagnie de Sylvain.
Celui-ci, au contraire de Jeanne, n'aimait pas
l'école. Il préférait, le jeudi, suivre sa mère et
l'aider de son mieux. À huit ans, il était vigou-
reux et travaillait près d'elle avec application.

Mélina se demandait souvent ce qu'elle
serait devenue sans sa présence, Jeanne étant
loin, désormais. Quand elle se trouvait seule
dans les truffières, la solitude, parfois, lui
pesait. Alors elle se réfugiait dans le travail,
toujours aussi pénible à cause du manque de

matériel. Il lui avait fallu, surtout, replanter la lisière gauche de la truffière qui avait brûlé. C'était un travail d'homme que de scier les troncs le plus ras possible, même s'ils n'étaient pas très épais, puis de tirer les souches à l'écart, nettoyer, et enfin replanter. La récolte de l'hiver qui approchait ne serait pas aussi bonne que celle de l'année passée. Elle ne pourrait donc pas compter sur une rentrée d'argent supplémentaire, au contraire.

Le château, lui, nécessitait toujours autant de travaux, et surtout la toiture de l'aile opposée à celle qu'occupait Mélina. Elle s'interrogeait souvent sur la nécessité d'habiter une si grande demeure, rêvait parfois de la vendre et d'aller se réfugier à Costenègre ou à la Méthivie. Puis elle songeait que tout appartenait à sa fille, qu'elle ne pouvait donc rien décider seule, et elle se résignait à travailler encore plus, à développer les truffières, même si elle devait y laisser toutes ses forces. C'est ce qu'elle fit, durant l'année qui suivit le départ de Jeanne pour Bordeaux, en ne mesurant jamais ni son temps ni sa peine.

Afin d'améliorer la production, elle se mit à l'étude scientifique des truffes et dévora tous les livres qui lui tombèrent sous la main. Elle comprit mieux, dès lors, le processus de naissance de la Noire dont elle n'avait eu jusqu'alors qu'une connaissance pragmatique. Elle comprit qu'il valait mieux travailler le sol en mars qu'en avril, car c'est en mars que les spores germent, alors qu'en avril, souvent, le mycélium commence à coloniser le sol. Elle apprit qu'en mai la sexualité du champignon a lieu, que les truffettes naissent en juin et gros-

sissent jusqu'en septembre. En octobre et
novembre, elles mûrissent. On peut récolter
dès le mois de décembre jusqu'à la fin janvier,
mais le moins possible en février, car à ce
moment-là les spores commencent à ensemencer le milieu.

Au cours de ses études, elle pensa souvent à
son père et aux dictons qu'il lui avait ensei-
gnés. Tous se révélaient exacts du point de vue
scientifique. À la Saint-Roch, la truffe était
bien sur le roc, comme il aimait à le dire, un
index sentencieux dressé vers le ciel, la dévisageant de ses yeux fiévreux, mais plein de fierté.

Elle expérimenta également une couverture
du sol non plus avec de la paille, mais avec des
branches de genévrier, qui maintenaient
mieux l'humidité et, remarqua-t-elle, donnaient des truffes précoces — ce que son père
appelait des truffes-fleurs et qu'il marquait
avec une graine de blé ou d'avoine pour revenir les ramasser une fois qu'elles seraient
mûres. Elle essaya aussi, outre les branches de
genévrier, du marc de raisin, des feuilles de
maïs, s'interrogea sur le fait de savoir si l'élé-
ment essentiel à la croissance de la Noire était
le potassium, le sodium ou le chlore. À son
avis, les sels de potasse ne servaient qu'à
accroître l'humidité ; le potassium et le
sodium, eux, étaient surtout nécessaires aux
jeunes plants. Pour les autres, elle mit au point
une sorte de fumure phosphatée dont elle était
certaine qu'elle favorisait la mycorhization. Ce
fut, dès lors, avec sa connaissance des glands
les plus propices à la production, son
deuxième secret. On put apercevoir la nuit,
parfois, des lampes s'allumer dans les truffières de Mélina, à la recherche de

cette fameuse fumure qu'elle fabriquait elle-
même avec les déchets que lui portait Gabriel.

Elle redevint enviée, jalousée, courtisée,
aussi, car la quarantaine l'avait à peine flétrie,
et elle demeurait belle, de cette beauté
farouche et grave qui attire les hommes parce
qu'elle dissimule des secrets. Son voisin n'y
était pas insensible. C'était un homme de cinquante ans, célibataire, qui rêvait d'unifier les
deux propriétés et de devenir ainsi le plus
grand trufficulteur du Périgord. Il avait longtemps été à l'origine des rumeurs déplaisantes
propagées sur le compte de Manuel — un
« rouge » de la pire espèce qui avait du sang
sur les mains —, espérant lui faire quitter la
région. Depuis sa mort, il avait repris espoir et
il était venu plusieurs fois faire sa cour à
Mélina qui l'avait éconduit fermement : elle
n'aimait pas du tout cet homme fruste, violent,
dont elle savait de quoi il était capable. Lors
d'une ultime tentative qu'il fit cette année-là,
elle refusa de lui ouvrir sa porte. Il devint fou
furieux et, dès le lendemain, il se mit en devoir
de couper tous les chênes qui délimitaient
leurs deux propriétés. Mélina savait que ces
chênes étaient responsables de la mycorhization dans sa truffière, leurs racines pouvant
courir sous la surface du sol jusqu'à sept ou
huit mètres. Redoutant des complications supplémentaires, elle se refusa à couper les siens
en représailles, ne voulant pas donner prise à
un conflit qui pouvait la conduire devant les
tribunaux.

C'était là sa hantise. Elle lui venait de son
père, Jean Fontanel, pour qui monter les
marches d'un tribunal, même si l'on était dans

son droit, était une source d'infamie. Car les
disputes, les conflits n'étaient pas rares dans
ce pays où la terre était sacrée. Les procès
pour quelques mètres carrés faisaient naître
des haines qui mettaient plusieurs générations
à s'estomper, si toutefois elles disparaissaient
jamais. Ce que l'on redoutait le plus — outre
d'être condamné —, c'était la ruine, car plaider
coûtait cher, surtout quand les procès duraient
plusieurs années. On trouvait encore, incrus-
tées dans la pierre, sur les portes d'entrée des
notaires périgourdins, les fameuses lettres
P, P, P, P, qui signifiaient : « Prenez patience
pauvres plaideurs », et devant lesquelles
avaient médité des dizaines de pauvres gens.

Mélina savait qu'elle n'avait pas la moindre
possibilité de se défendre. Le peu d'argent
qu'elle gagnait lui servait à vivre et à payer les
études de Jeanne. Elle s'efforça de replanter à
l'automne, dans une autre parcelle, autant
d'arbres que ceux qui risquaient de ne plus
produire. Même s'il fallait attendre plus de dix
ans — peut-être quinze — avant d'en récolter
les fruits, son devoir, vis-à-vis de ses enfants,
était de préserver les revenus du domaine,
quoi qu'il arrive. Ensuite, elle fit en sorte
d'oublier son voisin, prenant grand soin de
l'éviter dans les foires, à Salvignac, ou sur les
chemins où il surgissait parfois brusquement,
comme s'il la guettait.

Elle ne put éviter celui qui fit son apparition
le printemps suivant et qu'elle reconnut tout
de suite bien qu'elle ne l'ait jamais vu : Philippe Carsac, étrangement ressemblant au portrait qui se trouvait autrefois dans le bureau de

son père et que Mélina avait remisé dans le grenier du château, espérant bien ne plus jamais poser les yeux sur lui. Il ressemblait à Antoine, mais en moins brun, un peu plus rond, un peu plus grand, à peine voûté par l'âge, que Mélina, tout de suite, par un rapide coup d'œil, évalua à la soixantaine. Il était vêtu, ce jour-là, d'un costume de drap beige, d'une chemise blanche, de chaussures en crocodile, et quand il prétendit entrer sans même demander la permission, elle n'eut ni la force ni le réflexe de s'y opposer.

Ne paraissant pas surpris de la trouver là, pas plus d'ailleurs que par l'absence de son frère ou de ses parents, il s'installa dans un des fauteuils du salon et déclara :

— Alors, c'est vous Mélina Fontanel !

— Oui, dit-elle, intimidée par cette présence. C'est moi.

— Eh bien, asseyez-vous ! reprit-il, très à l'aise, en lui désignant un fauteuil. Ne restez pas debout, puisqu'il paraît que vous êtes chez vous.

Elle était trop impressionnée pour répondre. Elle s'assit, donc, et attendit, comme au temps où elle était convoquée par Grégoire et Antoine Carsac, se sentant coupable, sans savoir de quoi. Philippe, au contraire, semblait avoir évalué d'un coup d'œil la situation. Elle comprit d'ailleurs qu'il la connaissait parfaitement quand il déclara d'une voix moqueuse :

— On m'a bien dit la vérité : la fille du bordier est devenue propriétaire. J'ai eu du mal à le croire, eh bien, j'ai eu tort.

Mélina, immobile, glacée, s'attendait au pire. Elle était sur le point de dire qu'elle n'avait jamais souhaité devenir propriétaire, quand Philippe reprit :

— Ce qu'elle ne peut pas savoir, la fille du bordier, c'est qu'un père ne peut pas déshériter un de ses enfants.

— Je n'ai rien demandé, dit Mélina. C'est votre père et le notaire, maître Simbélie, qui ont tout décidé.

Elle ajouta, comme si elle était consciente d'avoir volé quelque chose :

— Le domaine n'est pas à moi. C'est à ma fille, qui est aussi celle de votre frère Antoine.

— Oui, dit Philippe, je sais, je sais. Je ne contesterai pas cela puisqu'il y a eu une reconnaissance de paternité. Ce que je conteste, c'est d'avoir été spolié de la moitié du domaine. Et, d'une manière ou d'une autre, il faudra bien me la rendre.

Elle ne sut quoi répondre. Elle avait peur, très peur de se retrouver sans abri, comme ce jour où ils étaient partis pour Sorges avec son père, dans le froid de l'hiver. Et puis, subitement, elle pensa à sa mère qui était morte à cause de l'homme qui se trouvait devant elle, et la révolte la fit se rebeller. Elle se dressa en disant :

— Tout le monde sait que c'est vous qui avez mis le feu à la truffière dans laquelle ma mère est morte.

— Vous pouvez vous asseoir : une calomnie de plus ou de moins ne m'étonne pas des gens d'ici. Personne ne pourra rien prouver dans cette affaire, et vous le savez bien.

— Ce que je sais, dit Mélina, c'est que ma mère est morte à cause de vous.

— C'est ce que l'on vous a fait croire.

— Tout le monde me l'a dit, même votre père.

— Eh bien, tout le monde vous a menti, et surtout mon père, qui ne songeait qu'à une chose : me déshériter et me chasser.

— Ce n'est pas vrai, gémit Mélina, désemparée.

— Il n'a pas voulu partager le domaine à la mort de ma mère, reprit Philippe Carsac, impassible. Voilà pourquoi je suis parti en Amérique. Bien m'en a pris, d'ailleurs, car j'ai bâti là-bas une fortune que j'aurais été bien incapable de bâtir ici, dans ces terres de misère, cette petitesse, ces arbres rabougris, ces chemins qui ne mènent nulle part.

— Et ma mère ? fit Mélina d'une voix brisée.

— Si elle n'était pas morte ce jour-là, je l'aurais emmenée avec moi.

— Vous mentez.

— Non, je ne mens pas. J'allais la retrouver le jour où le feu a pris. Nous devions nous enfuir dans la nuit. Moi aussi, j'ai essayé de l'éteindre, mais il était trop tard.

— Je ne vous crois pas, dit Mélina.

— Vous ne me croyez pas parce que vous avez entendu le même son de cloche pendant trente ans et que je n'étais pas là pour rétablir la vérité.

Elle ne trouva rien à dire : elle ne savait plus soudain où était la vérité, ni ce qu'elle devait faire. Cet homme paraissait sincère, mais il y avait dans son regard quelque chose que Mélina n'aimait pas. Son instinct l'avertissait de se méfier, de ne pas s'approcher de ce foyer-là, et pourtant tout ce qu'il affirmait semblait possible.

— Vous ne ferez pas l'injure de ne pas me proposer une chambre pour la nuit, reprit Philippe Carsac. Celle de mon père me conviendra parfaitement. Par contre, je ne vous imposerai pas ma présence aux repas. Les bons restaurants ne manquent pas dans la région.

Il se leva et, comme elle le suivait dans le couloir, il se retourna pour lui dire :

— Ce n'est pas la peine, je connais le chemin. Si vous pouvez me faire porter des draps par votre Augusta, ça ira très bien.

Mélina s'arrêta, demeura immobile un long moment, ne sachant plus ce qu'elle devait faire. Un seul homme pouvait l'aider, la renseigner : le notaire. Elle donna des instructions à Augusta, puis elle partit aussitôt vers Salvignac, sans apercevoir la main, qui, à l'étage, écartait les rideaux, ni le visage dont les minces lèvres souriaient.

Il ne lui fallut que dix minutes pour se rendre à l'étude du notaire qui était occupé et qui la fit patienter, donc, dans la petite salle d'attente qu'elle connaissait pour l'avoir fréquentée avec Grégoire Carsac. Le temps lui parut long tandis qu'elle réfléchissait, seule, angoissée par cette réapparition qui réveillait en elle de si douloureux souvenirs. Elle avait vécu pendant des années dans l'idée que Philippe, coupable de la mort de sa mère, ne pouvait réapparaître, et voilà qu'aujourd'hui il surgissait, différent de ce qu'elle avait imaginé, certes, mais encore plus menaçant pour elle, et surtout pour ses enfants. Tout, dans cet homme, était inquiétant : son assurance, sa force, sa façon de parler, ses vêtements même qui montraient sa richesse, son pouvoir, quelque chose que Mélina ne définissait pas exactement, mais qui la terrifiait.

Ce fut avec soulagement qu'elle vit la porte s'ouvrir, poussée par le notaire : un homme blond, à moustaches, qui portait de fines lunettes et qui était âgé d'une quarantaine d'années. Ce n'était pas celui qui avait réglé les affaires du domaine, mais son fils : Georges Simbélie. Il était parfaitement au courant du dossier et de l'arrivée de Philippe Carsac :

— Il est venu me voir, dit-il à Mélina. Cela fait plus d'un an que j'ai reçu une lettre d'un de ses avocats. Je ne vous en ai pas parlé pour ne pas vous inquiéter.

— Parce que c'est inquiétant ? demanda Mélina.

— Un peu, oui. Disons que les liens qui unissaient mon père et Grégoire Carsac les ont poussés à régler la succession d'une manière non pas frauduleuse, mais tendancieuse. Vous comprenez, quoi qu'il ait fait, au regard de la loi, Philippe Carsac ne pouvait pas être déshérité : il aurait fallu qu'il soit indemnisé. Certes, cela a été prévu, du moins en théorie, grâce à la vente de la propriété de Mme Carsac, dans la vallée de la Vézère, mais Philippe Carsac prétend n'avoir jamais touché le moindre argent sur cette vente.

Le notaire s'arrêta un instant, soupira, puis reprit :

— Et s'il n'a pas touché le moindre argent, c'est qu'elle était totalement hypothéquée. Il considère donc qu'il a été spolié et qu'aujourd'hui vous lui devez — ou plutôt votre fille — six cent mille francs.

— Six cent mille francs? murmura Mélina,
affolée.

— Oui, soixante millions de centimes, si
vous préférez.

— Qu'est-ce que je peux faire? demanda
Mélina.

— Vous ne les avez pas, bien sûr?

— Je n'ai pas d'argent. Ma fille est étudiante
et...

— Oui, je sais.

— Qu'est-ce qui va se passer si je refuse?

— Il est probable qu'il faudra plaider.

— Devant un tribunal?

— Évidemment.

— Je ne pourrai pas payer l'avocat, fit
Mélina, anéantie.

Le notaire hocha la tête, proposa :

— Si vous voulez, on peut essayer de négocier.

— Négocier quoi?

— Un partage des biens.

— Il faut que j'en parle à ma fille, dit
Mélina. Je vais lui écrire de venir dimanche.
En attendant, que dois-je faire? Il veut dormir
au château.

— Il n'en a pas le droit pour le moment,
vous pouvez le jeter dehors. Pourtant, si vous
voulez mon avis, il ne vaudrait mieux pas.
Ménagez-le, si vous le pouvez.

Le notaire ajouta, s'efforçant de se montrer
rassurant :

— Ne vous inquiétez pas trop. Il ne s'instal-
lera pas ici définitivement. Ses affaires, à
New York, sont trop importantes.

— Ah bon, fit Mélina, quelque peu rasséré-
née.

Elle repartit, écrivit à Jeanne de venir le plus vite possible, et, en attendant sa venue, perdit le sommeil. Peut-être plus que la menace de Philippe Carsac sur le domaine, c'était ce qu'il lui avait dit au sujet de sa mère qui l'avait ébranlée. Si elle ne l'avait pas deviné machiavélique, elle aurait eu envie de le croire : elle imaginait alors sa mère non pas trahie mais heureuse de partir en Amérique, et la truffière n'aurait pas brûlé, et le malheur ne l'aurait pas frappée. Puis elle pensait à la souffrance de son père, et tout l'édifice qu'elle s'efforçait de construire s'écroulait. Alors, Philippe Carsac redevenait celui qu'elle avait toujours imaginé, et, pour ne pas le croiser, elle partait dans les bois de bonne heure, y cherchant refuge comme elle l'avait toujours fait.

On était à la fin du mois de mai. Partout l'herbe neuve et les feuilles nouvelles verdissaient, de ce vert tendre et clair que leur donnent les premières pluies tièdes. Sur les chemins, dans les combes, Mélina ramassait ses herbes, celles-là mêmes que les truffes brûlaient sur leur territoire : la centaurée, l'euphorbe réveille-matin, le plantain, la bardane, la fléole, le millepertuis, la véronique petit-chien, et le vulpin des prés. Sa cueillette la rassurait, elle y puisait une force dont elle savait que nul ne pouvait la priver. Car elle était la seule à connaître les pouvoirs secrets de la terre, et Philippe Carsac était bien incapable de les lui voler.

Après l'avoir défiée brutalement le premier jour, maintenant, il l'évitait. Elle se demandait pourquoi, ne pouvait pas savoir qu'il jouait avec elle comme un chat avec une souris. Il

essaya aussi de jouer avec Jeanne, de la
prendre dans ses filets quand elle vint au château, le samedi suivant. Jeanne, heureusement, était de taille à se défendre. La seule
chose qui l'intéressait, en fait, c'était de pouvoir poursuivre ses études. Elle n'aimait ni les
truffières, ni Salvignac, ni le château. Elle s'en
remettait à Mélina pour trouver une solution
avec le notaire. Pour elle, il ne fallait surtout
pas plaider devant un tribunal où elle risquait
de perdre tout ce qu'elle possédait. Mélina la
persuada de voir le notaire avec elle. Celui-ci,
ce soir-là, leur révéla que ce qui intéressait
Philippe Carsac, ce n'étaient pas les terres,
mais le château. Il voulait pouvoir y traiter ses
affaires, y inviter ses clients chaque fois qu'il
viendrait en France. Par ailleurs, pour lui, ce
château ne valait pas plus cher que les terres, y
compris les truffières.

— Je crois ajouta le notaire, que si vous
cédiez sur ce point, il vous verserait une petite
somme qui vous permettrait de faire aménager
au mieux la Méthivie ou même peut-être Costenègre, si vous tenez à garder vos métayers.

— Nous avons besoin des produits du métayage pour vivre, dit Mélina. Le seul argent
que je gagne provient de la vente des truffes. On
ne pourrait donc que s'installer à Costenègre.

— En attendant que votre fils Sylvain soit
en âge de prendre la métairie s'il le souhaite.

— Oui, par exemple, dit Mélina. Ce serait
peut-être une solution.

Jeanne était d'accord. Il lui suffisait de
savoir sa mère et son frère à l'abri pour céder
sur tout. Rien, en ces lieux, ne l'intéressait.
Cette évidence fit beaucoup de mal à Mélina
qui en souffrit comme d'une intime blessure.

— Je ne te reconnais plus, ma fille, lui dit-elle le matin où elle repartit pour Bordeaux.

— Et pourtant je pense très souvent à toi, répondit Jeanne. Il me semble même que je t'entends tous les jours me faire ces recommandations dont tu es coutumière.

Mélina l'embrassa, la laissa partir avec en elle la sensation précise et douloureuse de n'avoir pas su, ou pas pu, lui faire partager l'essentiel de sa vie : ce lien secret qu'elle entretenait avec le monde, les plantes, la terre et les arbres, tout ce qui lui permettait de vivre en paix avec elle-même.

Dans la semaine qui suivit, Jeanne lui envoya une lettre qui la rasséréna : elle lui expliquait qu'elle la comprenait, mais que le monde était grand et qu'elle voulait en connaître tous ses mystères, y compris à l'autre extrémité. Ainsi, Mélina songea que c'était peut-être un autre lien que Jeanne voulait nouer avec le monde, avec la terre, en devenant archéologue. Il lui sembla que le besoin de creuser, c'était elle qui l'avait inculqué à sa fille. Elle se jura de ne plus rien, jamais, lui reprocher, même si elle devait souffrir de son absence.

À l'idée de devoir quitter le château, Mélina éprouvait presque un soulagement. Elle se sentait trop petite, dans ces murs : ils n'étaient pas à sa dimension. Aussi n'hésita-t-elle pas longtemps : elle habiterait Costenègre en attendant que Sylvain, s'il le désirait, puisse reprendre la métairie. Elle n'aurait plus aucune charge d'entretien pour ces toits, ces murs immenses, ces dépendances qui mobilisaient tout l'argent qu'elle gagnait. Jeanne pourrait poursuivre ses

études, et elle-même retrouverait les traces de
son père, et, peut-être aujourd'hui, plus facilement, de sa mère.

D'ailleurs, elle ne s'était jamais vraiment
sentie chez elle au château. C'était comme si
elle avait obtenu une chose à laquelle, de par
sa naissance, elle n'avait pas droit. Parfois, elle
en avait été honteuse, dans les foires ou ailleurs, quand elle sentait peser sur elle des
regards dans lesquels elle devinait du mépris.
Elle n'hésita donc pas longtemps avant de donner son accord au notaire pour une telle solution.

Philippe Carsac, qui s'était attendu à un
combat difficile et avait déjà mobilisé deux
avocats, ne voulut pas croire le notaire quand
il lui annonça une si facile victoire. Il souhaita
l'entendre de la propre voix de Mélina, en resta
silencieux quelques secondes, quand elle lui
eut confirmé de sa voix calme et douce :

— Si c'est vraiment le château que vous
voulez, vous pouvez le prendre. Il est beaucoup trop grand pour moi.

Il y eut alors chez Philippe Carsac un instant
de flottement, comme si, habitué aux affronte-
ments les plus féroces du monde des affaires,
il craignait une ruse :

— Et vous accepteriez de me signer un
papier tout de suite ?

— Si vous voulez.

Ils se trouvaient de nouveau dans le grand
salon du château. Il sortit un dossier d'une
sacoche de cuir, écrivit quelques lignes sur une
feuille, la tendit à Mélina qui lut rapidement et
signa sans une hésitation.

Quand elle lui rendit la feuille de papier, il la

dévisagea comme s'il cherchait à comprendre, hésitant encore à croire que l'on pouvait renoncer facilement à la possession d'un tel bien.

— Vous pouvez m'expliquer? demanda-t-il.

— Expliquer quoi?

Pour la première fois depuis qu'elle l'avait rencontré, Mélina aperçut une lueur d'humilité dans ses yeux.

— Non, dit-elle, ce n'est pas la peine : vous ne comprendriez pas.

Ce fut là sa victoire. Philippe Carsac cilla, toute son arrogance s'évanouit, il détourna la tête et s'en alla. Elle ne le revit pas. Il quitta le château le lendemain matin, et elle apprit du notaire qu'il avait consenti à dédommager Jeanne de cinquante mille francs pour effectuer les travaux nécessaires à Costenègre. Mélina en fut soulagée. Elle se hâta de trouver des entrepreneurs au village pour commencer les réparations. Il lui était venu une envie : passer Noël à Costenègre et, de là, comme elle le faisait avec son père, récolter les truffes dans la lumière étincelante de janvier.

Elle put déménager au début du mois de novembre de cette année 1966. Elle avait quarante-cinq ans. Le travail l'avait un peu courbée, mais elle demeurait belle, même si des rides naissantes creusaient sa peau mate, brunie par le soleil. À quatorze ans, Sylvain fréquentait le cours complémentaire de Salvignac. Il n'avait pas voulu quitter sa mère ni les bois de chênes où, assurait-il, il voulait passer sa vie. Elle se retrouvait en lui beaucoup plus que dans Jeanne et elle s'en étonnait toujours.

Comment un fils pouvait-il se sentir plus proche d'elle qu'une fille ? Elle ne se l'expliquait pas, se contentait d'en être heureuse.

À Costenègre, même si elle avait gardé la cheminée au grand manteau noir, il faisait moins sombre qu'avant grâce à l'électricité et à la couleur des murs qu'elle avait fait blanchir à la chaux. En outre, elle avait fait ouvrir une fenêtre dans le réduit qui, jadis, servait de chambre à son père, et monter des cloisons à l'autre extrémité de la grande pièce pour sa propre chambre. Les meubles étaient ceux qui lui venaient de Pierre et que, de la Méthivie, elle avait entreposés dans un grenier du château. Il n'avait pas été question d'emporter ne fût-ce qu'une commode qui avait appartenu aux Carsac. Le notaire l'avait signifié à Mélina qui en fut blessée, car elle n'en avait jamais eu l'intention.

Sur la toiture, un couvreur avait changé les tuiles et rebâti la faîtière. Les volets étaient peints en bleu. Seule, la journée, Mélina travaillait dans les truffières dans la compagnie de ses deux chiens auxquels elle était très attachée. Elle entretenait avec eux des relations qui n'avaient pas besoin de mots pour s'exprimer, mais seulement de regards. C'étaient un setter et un épagneul qui n'étaient pas de pure race et qu'elle avait dressés comme elle savait si bien le faire. Ils lui étaient précieux dans sa nouvelle solitude, loin du village, loin de la Méthivie, dans le dur travail qui la condamnait à demeurer penchée sur la terre gelée de l'hiver.

Cette année-là, Jeanne vint passer Noël à Costenègre. Elle ne resta que trois jours, mais

ils suffirent à Mélina pour se sentir moins
seule, près de sa fille et de son fils, et elle fut
heureuse de se rendre à la messe de minuit de
Salvignac en leur compagnie. Ils réveillonnèrent, aussi, comme elle le faisait jadis avec
son père, dans cette même pièce éclairée par la
cheminée qui faisait danser de grandes
ombres au plafond. Il lui arriva cette nuit-là,
en fermant les yeux, de sentir peser sur elle le
même regard qui, quarante ans plus tôt, la
réchauffait si bien après le froid de la nuit, au
retour de l'église.

Le lendemain dans l'après-midi, elle s'en fut
caver les truffes avec Jeanne et Sylvain. Un
faible soleil avait percé les brumes vers midi.
L'air avait cette légèreté et cette transparence
que lui forge le gel des matins. C'était une
bonne année : il avait plu suffisamment à la fin
de l'été. Les chiens marquaient les truffes sans
la moindre hésitation. Jeanne en déterra une
de plus de cinq cents grammes. Elle prit plaisir
à creuser avec le « picalou », cette petite
pioche au manche court qui permet de mettre
au jour la belle Noire, granuleuse à souhait,
veinée de blanc, dont le parfum est chaque fois
une récompense.

Jeanne repartie, Mélina, qui avait commencé
la récolte en décembre, la poursuivit jusqu'aux
derniers jours de janvier. Cet hiver-là, elle put
vendre cent kilos de truffes, ce qui lui assurait
largement les revenus de l'année à venir,
d'autant plus qu'elle n'avait plus à charge
l'entretien du château et que les produits de la
métairie les aidaient à vivre. Gabriel, pourtant,
songeait à partir : sa famille était trop grande
et la métairie trop petite. Mélina, dès lors,

vécut avec cette crainte de ne pouvoir trouver de nouveaux métayers avant que Sylvain, un jour, ne s'établisse, et elle se remit au travail d'arrache-pied, sans pouvoir acheter ce matériel, tracteur, herse, qui lui aurait épargné tant de peine.

Les années qui suivirent furent très dures. Sylvain l'aidait de son mieux, mais elle s'épuisait à travailler dans les truffières de l'aube jusqu'à la nuit. Pour Jeanne, certes, qui réussissait toujours aussi bien, mais aussi pour Sylvain et pour la mémoire de ceux qui y avaient travaillé avant elle. Plus que celle de son père, c'était souvent celle de sa mère qui venait la hanter. Elle pensait à ce qui s'était passé entre elle et Philippe Carsac, espérait follement que sa mère n'avait pas pensé un seul instant que cet homme se jouait d'elle, qu'il avait au contraire sincèrement voulu la conduire au bout de ses rêves. Mais le machiavélisme de Philippe Carsac revenait à l'esprit de Mélina, elle revoyait ses yeux où passait, par éclairs, toute la cruauté des hommes, et elle se sentait désespérée. Alors, elle s'acharnait au travail, évitant la truffière maudite où, lorsqu'elle était obligée d'y entrer, elle besognait plus vite, pressée d'en finir, et, dans le même temps, incapable de l'abandonner aux ronces, comme si quelque chose ou quelqu'un, encore, vivait là.

## 14

Au cours des années suivantes, une nouvelle occupation vint enrichir sa vie. Elle tenta de réaliser le rêve qu'elle poursuivait depuis longtemps : trouver le secret du lien qui unit la terre et les arbres et provoque la naissance de la truffe. Quelle était cette symbiose qui permettait ce miracle ? C'était une tâche difficile, insurmontable, mais à laquelle Mélina consacra tout le temps dont elle disposait. Elle fit à cet effet de nombreuses expériences auxquelles elle associa Sylvain. Elle fut surprise de constater à quel point il était heureux de participer à ses recherches. Pour parvenir à ses fins, elle transplanta des mycorhizes dans un terrain proche de la maison où elle avait récemment coupé des chênes épuisés. Ce n'était plus qu'un espace nu qui lui servait de jardin d'expérimentation.

Elle constata très vite que sans arbres, les mycorhizes dépérissaient rapidement. Elle en conclut que l'oxygène était nécessaire à leur développement, fit des semis à l'air libre, qui dépérirent également. Sylvain, alors, lui suggéra l'idée de broyer des racines et des feuilles de chêne et d'ensemencer le milieu des mycorhizes prélevées sur des truffières en activité. Ce fut un nouvel échec. Dès lors, cette recherche devint une obsession, aussi bien pour elle que pour lui. Finalement, après plusieurs mois d'efforts, elle comprit qu'elle ne parviendrait jamais à découvrir l'alliance secrète entre la terre et les arbres, mais elle constata que l'on pouvait très bien transplan-

ter des petits chênes contaminés et les planter
en lieu et place des glands. D'après ses conclu-
sions, ce système pouvait faire gagner deux ou
trois années sur la première production.

Ainsi, à force de patience et de curiosité, elle
découvrit le procédé des chênes mycorhizés
que l'on allait trouver bientôt dans le commerce. Elle n'eut donc pas besoin d'en acheter
puisqu'elle les produisait elle-même. Ces
longues expériences l'avaient rapprochée
davantage de Sylvain. Grâce à elles, Mélina
avait réussi à établir une vraie complicité avec
son fils. Sylvain n'envisageait maintenant rien
d'autre que de reprendre la métairie. Aussi
quitta-t-il l'école à seize ans, après avoir passé
le brevet avec succès. Pour lui, c'était bien suffisant. Il refusa d'aller étudier pendant deux
ans dans un lycée agricole, voulut aider sa
mère tout de suite. Il ressemblait beaucoup à
son père, Manuel, et il ne se passait pas un
seul jour sans que Mélina ne se félicite d'avoir
gardé près d'elle un tel fils, d'autant que
Jeanne, elle, maintenant, était loin : en Égypte,
exactement, à Louksor, où elle creusait une
autre terre, et elle ne revenait plus guère.

Gabriel et sa famille quittèrent finalement la
Méthivie pour s'installer dans une grande
ferme des environs de Trélissac, près de Périgueux. Cette séparation fut douloureuse à
Mélina qui avait tenté en vain de les retenir.
Elle avait toujours eu beaucoup d'affection
pour Gabriel et sa femme, et ce ne fut pas sans
chagrin qu'elle les laissa partir, eux et leurs
enfants, sur lesquels elle avait veillé pendant
des années.

Comme à la Méthivie la maison était plus

grande, Mélina demanda à Jeanne l'autorisation de procéder à quelques travaux de remise
en état et de s'y installer avec Sylvain. Jeanne
répondit par lettre à sa mère qu'elle la laissait
plus que jamais libre de faire ce qu'elle voulait
du domaine. Mélina crut alors nécessaire de
devoir promettre à Sylvain :

— Quand tu te marieras, je reviendrai habiter à Costenègre.

— Je ne marierai pas, répondit-il. Je n'en ai
nulle envie.

Elle ne le crut pas, mais fut heureuse, au
plus profond d'elle-même, de cette réponse.

Son seul souci était de conserver assez de
forces jusqu'à ce que Sylvain fût en âge de
prendre le relais. Ces années-là furent difficiles
et douloureuses, car le travail épuisait Mélina.
Heureusement, à dix-huit ans, Sylvain fut
exempté de service militaire comme soutien de
famille. Son front haut, ses cheveux bouclés,
ses yeux noirs évoquaient chaque jour à
Mélina celui qui, peut-être, lui avait donné ce
fils parce qu'il devinait qu'il allait mourir. Elle
se mit à vivre avec cette pensée rassurante et
peu à peu, dans son esprit, Sylvain devint
Manuel, un Manuel jeune qu'elle n'avait
jamais connu, mais qu'elle découvrait maintenant aussi beau, aussi fort qu'elle l'avait jadis
imaginé.

Mélina avait été très heureuse de regagner la
Méthivie où elle sentait des présences nombreuses autour d'elle : c'était Pierre qui lui prenait la main, la Miette qui la faisait se réchauffer près du feu, ou Louis qui lui parlait de sa
voix paisible. Dès le début, Sylvain avait trouvé

la possibilité d'acheter ce matériel qui avait
tant fait défaut à sa mère et dont la privation
l'avait épuisée. Il avait pu emprunter à un taux
préférentiel auprès du Crédit agricole et béné-
ficier de primes pour son installation, ce
qu'elle n'avait jamais osé demander.

Au lieu de poursuivre les cultures traditionnelles sur les terres de la Méthivie, Sylvain
décida de planter chaque année des chênes sur
une nouvelle parcelle. Mélina n'eut pas besoin
d'aller chercher les fameux glands dont elle
connaissait les pouvoirs : ils cultivaient eux-
mêmes des plants de chênes contaminés par le
champignon. Sur les truffières existantes, le
tracteur effectuait en quelques journées le
labour léger et le hersage que le bigot de
Mélina mettait des semaines à réaliser.

En quelques années, de nouvelles truffières
jaillirent, dont les arbres, le tronc dégagé sur
une hauteur d'un mètre, présentaient des
branches très aérées qui pouvaient être traver-
sées par les rayons du soleil et les pluies les
plus faibles. Ainsi Mélina et Sylvain renon-
cèrent-ils peu à peu à la culture des céréales et
se consacrèrent-ils, en une passion commune,
aux truffes dont ils devinrent les producteurs
les plus réputés.

Ce ne fut pas un choix sans danger. Tous
leurs revenus, très vite, dépendirent des truffières. Un soir de juin, alors que la journée
avait été belle et qu'ils étaient allés attendre la
nuit au milieu de leurs chênes, ils entendirent
comme une petite pluie sur les feuilles. Ils
levèrent la tête vers les étoiles qui s'allumaient
une à une entre les branches des arbres, sans
pouvoir distinguer ce qui se passait. Ce soir-là,

ils se couchèrent en proie à une terrible appréhension, et ils ne parvinrent que très difficilement à trouver le sommeil.

Le lendemain, ils furent debout dès l'aube et
constatèrent que la plus belle et la plus proli-
fique des truffières était envahie par les chenilles. Mélina pensa alors à l'épisode de la
brume qu'elle avait combattue avec son père,
et, pas plus que Jean Fontanel, elle ne se résigna : ils luttèrent pendant une semaine avec
les insecticides qu'ils avaient à leur disposition, les yeux rougis, accablés par la chaleur et
les effluves corrosifs, ne se contentant pas de
traiter la truffière la plus atteinte, mais également ses voisines, qui, sans cela, allaient être
aussi envahies. Ils finirent par les sauver, mais
on était presque en juillet, et les insecticides
allaient avoir des effets néfastes sur la croissance des truffes déjà nées. Ce ne serait donc
pas une bonne année.

Malgré ces dangers, malgré les risques de
mauvaise récolte, ils ne renoncèrent jamais.
Pas plus que les chenilles, la tordeuse verte du
chêne ou le léodès, un petit coléoptère brun
qui, lui, s'attaque directement aux truffes, ne
les firent douter de ce qu'ils avaient entrepris
ensemble. Ils en vinrent à bout comme de tout
ce qui faisait obstacle à leur passion. Si celle
de Mélina, parfois, s'estompait un peu avec la
fatigue, celle de Sylvain grandissait. Ainsi
l'ancien domaine des Carsac se couvrait-il,
année après année, de chênes truffiers magnifiques, taillés comme il le fallait, dont les
feuilles dansaient continuellement dans la
lumière du jour.

Une année, au printemps, le vieux curé de
Salvignac demanda à parler à Mélina. Il ne
vivait plus dans le village depuis longtemps,
mais à Périgueux, dans un hospice où l'Église
recueille ceux qui lui ont voué leur existence.
Mélina accepta de le rencontrer, intriguée, surprise qu'il ne fût pas encore mort, alors qu'il
avait quitté Salvignac depuis dix ans. Sylvain
la conduisit à Périgueux dans la petite Peugeot
qu'il avait achetée d'occasion, et ce fut pour
Mélina un nouveau voyage vers cette ville
qu'elle avait toujours fréquentée lors des
grands événements de sa vie.

L'hospice se trouvait dans une vieille rue de
la ville haute, pas très loin de Saint-Front, là
où elle était passée, jadis, avec Albine, lors de
l'un de ses premiers voyages. Quand elle eut
décliné son identité derrière le guichet de bois
de la porte d'entrée, une sœur la conduisit vers
une chambre austère, seulement meublée d'un
lit, d'une table basse, d'une chaise et d'un cru-
cifix. C'est à peine si elle reconnut le curé
qu'elle n'avait pas revu depuis l'époque où il
officiait à Salvignac. Au seuil de la mort, il
avait un secret à lui confier. C'est ce qu'il lui
déclara tout de suite, d'une voix déjà très
faible, en lui demandant de se pencher vers
lui.

Sans préambule, sachant ses forces limitées,
il lui révéla qu'il avait entendu Grégoire Carsac
en confession quelques jours avant sa mort, et
que celui-ci avait libéré sa conscience d'un
grand poids : quand son fils Philippe avait
exigé sa part sur le domaine, après la mort de
sa mère, Élise Carsac, Grégoire n'y avait pas
consenti. Il ne voulait pas que ses terres soient

morcelées. Comme Philippe refusait de s'incliner, Grégoire avait prévenu Jean Fontanel de la liaison de sa femme Ida avec Philippe. Il lui avait même désigné le lieu où ils se retrouvaient, espérant que son bordier tuerait Philippe ou l'obligerait à s'enfuir. Fou de douleur, Jean Fontanel était allé mettre le feu à la truffière dans laquelle avaient l'habitude de se cacher Ida et Philippe. Celui-ci était en retard, ce jour-là, ayant été retenu à Salvignac. Quand il avait allumé le feu, Jean ne savait pas que son épouse attendait déjà dans le bois. Elle s'était battue de toutes ses forces pour défendre une truffière qui n'était pas la sienne, et elle en était morte. Grégoire, lui, avait accusé son fils, y compris devant les gendarmes, d'avoir allumé le feu, et celui-ci avait été obligé de s'enfuir, les mains vides, pour éviter la prison.

— Grégoire Carsac a souffert toute sa vie de sa mauvaise action, souffla le curé. C'est pour cette raison qu'il a tout fait par la suite pour que votre fille hérite du domaine. Pour se racheter, en somme. Mais il était trop tard.

Le curé soupira, ajouta d'une voix très faible, devenue presque inaudible :

— Il m'a demandé de lever le secret de la confession le plus tard possible, en vous disant bien que le vrai coupable n'est ni Philippe ni votre père, mais lui... Voilà, mon enfant, je vous ai tout dit. Il vous faut pardonner, comme le Bon Dieu pardonne à tout ceux qui l'ont offensé...

Mélina, dévastée, attendit un instant, incapable de se lever. Il fallut que la sœur qui l'avait accompagnée vienne la prendre par le

bras pour la reconduire vers la porte. Une fois
dans la voiture, ayant rejoint Sylvain, elle ne
prononça pas un mot. Ensuite, elle resta huit
jours sans parler. Elle ne cessait de penser que
c'était à cause de son père que sa mère était
morte. Elle comprenait pourquoi, plus tard, il
était devenu comme fou, avait failli plusieurs
fois mettre fin à ses jours. Elle se souvenait de
son regard brûlant, des coups de fusil qu'il
tirait au fond des bois, avant de mourir, trop
jeune, de chagrin et de douleur.

Peu à peu, heureusement, d'autres pensées
vinrent adoucir les premières : Mélina se dit
que si son père avait renoncé à se tuer, c'était
pour ne pas la laisser seule, elle, car il l'aimait
sans doute autant qu'il aimait sa femme. S'il
avait mis le feu à la truffière, il ne pouvait pas
savoir qu'Ida s'y trouvait seule ce jour-là, et
qu'elle combattrait l'incendie au lieu de
s'enfuir. Philippe, lui, n'avait sans doute pas
menti. Il aurait été capable d'emmener Ida en
Amérique, de lui faire vivre ses rêves jusqu'au
bout. Ces pensées rassérénèrent Mélina.
Savoir que sa mère n'avait pas été trompée
dans cette innocence rêveuse qui était la
sienne, songer que son père avait seulement
voulu défendre son amour pour elle, mit du
baume sur ses blessures. Tout doucement, elle
commença à revivre. Sylvain, qui avait eu très
peur, l'entoura de soins et d'affection, et le
temps, de nouveau, se remit à couler sur eux.

## 15

À l'occasion des cinquante ans de Mélina,
Jeanne revint passer quelques jours à la Méthivie, mais elle n'était pas seule. Un homme
l'accompagnait, très blond, les yeux bleus, qui
parlait français avec un drôle d'accent : un
Anglais. Autant Jeanne était brune, la peau
mate, autant ce jeune homme avait les cheveux et la peau clairs, si pâles que Mélina se
demanda comment il parvenait à se protéger,
là-bas, du soleil. Mélina pensa alors à l'Américain qui avait tellement ébloui sa mère, et qui
s'appelait Peter Loveridge. Elle demanda au
jeune homme aux yeux bleus quel était son
nom :

— Duckham, répondit-il. David Duckham.

Elle en fut vaguement déçue, sans comprendre pourquoi : peut-être avait-elle espéré
un nom à la sonorité voisine de Loveridge, et
alors, sans doute, la boucle aurait-elle été bou-
clée. Mais non : il s'appelait Duckham, était
anglais et non pas américain. Jeanne vivait sa
vie, sa propre vie, tout simplement. Elle était
revenue pour l'anniversaire de sa mère, mais
aussi pour se procurer des papiers d'état civil à
la mairie car elle songeait à se marier. Mélina
n'osa même pas lui demander si elle se marie-
rait à Salvignac, parce qu'elle pressentait la
réponse. Jeanne raconta ses fouilles, ses
découvertes, refusa le moindre argent, et
repartit le lendemain de son arrivée, avec son
fiancé anglais, aussi légère, aussi vive, aussi
énergique qu'elle avait toujours été.

Sylvain et Mélina demeurèrent quelques

jours désorientés, comme si une bourrasque
avait traversé la maison, puis la vie reprit son
cours, et le travail, donc, dans les bois où les
feuilles des chênes perdaient de leur éclat, brû-
lées qu'elles étaient par le soleil de l'été.
Mélina, maintenant, s'acharnait moins au travail : c'était Sylvain qui en accomplissait
l'essentiel. Elle s'était assigné une autre tâche,
au moins aussi difficile : convaincre son fils de
se marier, et, s'il le fallait, lui trouver elle-
même une femme digne de sa simplicité et de
son honnêteté. Elle se mit, dès lors, à fréquenter davantage les foires et les marchés, même
si ce n'était pas l'époque de la vente des truffes.

Les filles, alors, ne souhaitaient pas rester à
la campagne : elles ne rêvaient que de la ville,
de travail, de liberté, d'appartement avec tout
ce confort dont elles découvraient les charmes
dans les magazines. Elles ne voulaient surtout
pas mener la vie qu'avait menée leur mère, une
vie faite de dévouement à un homme, à une
terre, à un travail inlassable qui ne leur avait
même pas laissé le temps de se redresser pour
vivre vraiment. Quand elles avaient pu enfin le
faire, leur vie était derrière elles. Finie. Passée.
Même s'il y avait une succession possible dans
la propriété où elles étaient nées, les filles
d'aujourd'hui n'avaient qu'une idée en tête :
s'enfuir, partir, vite, vite, et se marier avec un
homme de la ville qui saurait leur donner tout
ce à quoi elles aspiraient.

Mélina n'ignorait rien de cela, mais elle ne
renonçait pas à ce qui était devenu sa première
préoccupation. Il fallait la voir, les jours de
marché, à Sorges ou à Excideuil, toute de noir
vêtue, y compris ce chapeau rond, très ancien,

qui avait appartenu à la Miette, très droite, respectée de tous, désormais, devant sa balance Roberval, assaillie dès le signal du garde champêtre par les plus grands courtiers qui se disputaient sa récolte. Elle avait tôt fait de vendre ses truffes et, ensuite, elle parcourait les rues lentement, souriante et grave à la fois, cherchant du regard celle qui était destinée à Sylvain. Elle crut l'avoir trouvée à deux ou trois reprises, mais quand elle emmena la belle à la Méthivie sous prétexte de lui faire visiter ses truffières, si loin au fond des bois, elle ne réussit pas à la retenir.

Mélina alors se tourna vers les marchés de Périgueux où il y avait davantage de demoiselles en âge de se marier. Elle comprit très vite que son dessein avait encore moins de chances d'aboutir dans cette ville où la lumière des boutiques, des cinémas, des appartements luxueux attirait les jeunes filles comme une lampe les phalènes.

Mélina, désespérée, ne cessait de s'en désoler auprès de Sylvain qui ne comprenait pas.

— Enfin, lui disait-il, j'ai le temps. On n'est pas bien, ici, tous les deux ?

— Je ne serai pas là éternellement, répondait-elle.

— Pour le moment, tu es là, répliquait-il en souriant, mettant ainsi un terme à ces discussions à ses yeux inutiles.

Le temps passa, pourtant, et Mélina fit une ultime tentative auprès d'une agence spécialisée de Périgueux qui lui prit beaucoup d'argent avant de présenter une jeune fille qui acceptait une rencontre avec un éventuel fiancé. Sylvain, pour ne pas peiner Mélina, alla

au rendez-vous, mais il en revint très malheureux. Il avait compris qu'il ne ressemblait
en rien à ce qu'espéraient celles qui s'inscri-
vaient dans ce genre d'agence. Il n'avait avec
elles aucun point commun : il n'aimait que ce
qu'elles détestaient, n'usait pas des mêmes
mots, se sentait trop différent d'elles pour
nouer une relation durable.

Mélina, la mort dans l'âme, s'inclina quand
elle comprit que Sylvain nourrissait un autre
projet plus urgent : celui d'aller marcher sur
les traces de son père, en Espagne, au mois de
septembre, quand le plus gros du travail serait
terminé dans les truffières. Sans grand espoir,
il tenta de la convaincre de le suivre.

— Je comprends que tu veuilles savoir, lui
répondit-elle, mais je ne peux pas venir. Si je
quittais cette terre plus de trois jours, je mour-
rais comme ces fleurs privées d'eau qui flé-
trissent en quelques heures.

Il insista cependant, et finit par la persuader. Après réflexion, Mélina s'était dit qu'elle
découvrirait peut-être cette part de Manuel qui
lui avait toujours échappé et dont le manque
l'avait fait souffrir. Ils préparèrent ce voyage
comme un périple qui les emmènerait au bout
du monde et partirent au début du mois de
septembre, après avoir obtenu, non sans difficultés, les papiers nécessaires. Sylvain avait
insisté pour passer par le Perthus, Barcelone,
Saragosse, avant de gagner Madrid. Mélina,
qui n'avait jamais quitté son village, dut puiser
au fond d'elle-même la force de s'arracher à
son domaine. Elle avait compris que ce voyage
était nécessaire à son fils et elle partit donc
avec lui, en train, comme elle le lui avait pro-

mis, par Limoges, Toulouse, Perpignan et la
Catalogne.

Assise contre la fenêtre du compartiment,
les mains sagement posées sur ses genoux, elle
regarda défiler des champs, des prés, des pay-
sages qu'elle n'avait jamais vus, et dont, pourtant, elle se sentait familière. Elle s'en étonna,
mais en fut rassurée. Ils firent halte le premier
soir à Barcelone et prirent le temps de flâner
dans les rues, de visiter le quartier gothique,
derrière la cathédrale, poussèrent jusqu'à la
place de la Paix où se trouve la statue de Chris-
tophe Colomb. Mélina regardait de tous ses
yeux, consciente d'avoir entrepris l'unique
voyage de sa vie, accueillait les parfums et les
bruits en se demandant si Manuel avait connu
les mêmes quand il avait vécu ici, pendant la
guerre. Ce qui l'étonnait, c'était le spectacle
des rues pleines de monde, même à la nuit
tombée, des rues où l'on croisait de nombreux
gardes civils, fiers et nonchalants, leur bicorne
de cuir noir sur la tête. Les Espagnols lui
paraissaient méfiants, hostiles, et la chaleur
qui pesait sur la ville l'oppressait.

Le lendemain, vers midi, ils reprirent le
train en direction de Saragosse, où ils fran-
chirent l'Èbre, dont avait tant parlé Manuel,
puis vers Madrid, où ils arrivèrent en fin
d'après-midi. Sylvain avait loué deux cham-
bres dans un petit hôtel situé à proximité de la
Plaza Mayor, où avait vécu Manuel. À partir de
là, pendant deux jours, ils visitèrent cette ville
étrange, blanche et verte, où se mêlaient les
vieux quartiers et les immeubles de verre de la
Gran Via. De la Puerta del Sol jusqu'au Retiro
— un parc très vert que Mélina préférait de

beaucoup au centre de la cité —, ils errèrent
dans cette ville où ils se sentaient plus à l'aise
dans les quartiers populaires où se tenaient les
marchés, les marchands ambulants, les cireurs
de chaussures, sans jamais pourtant établir un
vrai contact avec la population. Même dans les
ruelles derrière la Plaza Mayor, où ils tentèrent
de se renseigner pour savoir s'il n'existait pas
des Montalban, ils ne rencontrèrent que
silence et hostilité. Il leur fallut du temps pour
comprendre que les gens se méfiaient et
avaient peur. La chape de plomb qui avait
recouvert le pays après la guerre civile pesait
toujours sur la population, et il leur sembla
que les blessures n'étaient pas encore totalement cicatrisées. Le deuxième soir, ils s'aperçurent avec stupeur qu'ils étaient suivis par
deux gardes civils.

Mélina demanda alors à Sylvain de repartir.

— Je ne peux pas rester plus longtemps, dit-
elle. Rentrons, s'il te plaît.

Sylvain ne s'y opposa pas, au contraire. Ils
reprirent le train le lendemain matin et rega-
gnèrent leur domaine en deux étapes, après
une nouvelle halte à Barcelone.

Une fois chez elle, Mélina se sentit comme
délivrée. Elle proposa pourtant à Sylvain le
soir même :

— Tu pourras repartir sans moi plus longtemps, si tu veux.

— Non, répondit-il, ce n'est pas la peine. Je
préfère penser que son pays, mon pays, c'est
ici.

Elle en fut heureuse car elle songea que cette
terre avait accueilli Manuel dans son malheur,
l'avait protégé, aidé à vivre. Elle effaça de sa

mémoire les images des grandes villes de l'Espagne, garda seulement le souvenir de la majesté des Pyrénées, des plages blanches de la Catalogne, des collines vertes de l'Aragon, de la noble austérité des hauts plateaux de la Castille. Elle fut soulagée de constater que Sylvain ne songeait plus à repartir à la recherche d'un passé enfoui, définitivement disparu, et dont elle avait toujours eu un peu peur.

Dès leur retour, à l'automne, une fois la grosse chaleur et les orages envolés, Mélina renoua le lien subtil qui l'attachait à ses bois, leur silence et leurs mystères. Ils lui firent souvenir de la loi sacrée des forces qui gouvernent le monde. Faire confiance. Se dire que dans le grand puzzle de l'univers, les pièces ne s'assemblent qu'au jour de notre mort. Cette pensée lui était venue pour la première fois après avec l'arrivée de Manuel dans ce petit coin perdu de Dordogne et elle s'imposait de nouveau aujourd'hui : comment et pourquoi un homme né si loin d'elle était-il venu vers elle à l'issue d'événements imprévisibles et monstrueux ? Qui l'avait voulu ? Était-ce pour cette raison que Pierre était mort ? Pour laisser une place à Manuel ? Ainsi s'égrenaient ses pensées au gré des jours qui passaient, tandis qu'elle se consacrait à chercher le sens caché des choses, comme elle l'avait toujours fait, certes, mais désormais avec une vision plus grande, grâce à ses lectures, grâce aussi à son voyage en Espagne, grâce à Manuel venu de nulle part pour lui faire découvrir la force de l'esprit.

C'est d'ailleurs en rangeant ses livres qu'elle

découvrit un ouvrage d'astronomie qui devint dès lors sa nouvelle passion. En quelques semaines, elle connut par cœur les étoiles et les constellations. Elle en parlait à Sylvain comme d'un monde qui lui était devenu familier, les citait avec une gravité étrange dans la voix : Sirius dans la constellation du Grand Chien, Achernar dans Éridan, Aldébaran dans celle du Taureau, Antarès dans le Scorpion, et celle qu'elle préférait : Bételgeuse dans Orion.

Elle se mit à vivre la nuit autant que le jour. Sylvain, inquiet, tenta de lui faire comprendre qu'elle devait se reposer, sans quoi elle tomberait malade.

— Je dors, lui dit-elle.

— Où ?

— Dans les bois.

Il la suivit, une fois ou deux, et elle lui expliqua ce qu'ils voyaient là-haut, dans le ciel. Elle lui montra Orion, le Centaure, Cassiopée, Aldébaran, Rigel, et, une nuit de juin, la constellation du Dauphin que l'on apercevait pour la première fois très bas, sur l'horizon.

— Et il y a tant d'étoiles que l'on ne connaît pas, lui dit-elle, qui n'ont même pas de nom.

Il s'étonna qu'après s'être tant passionnée pour la terre et ses secrets, elle se tourne maintenant vers la voûte céleste.

— J'ai vécu courbée toute ma vie, lui dit-elle. Aujourd'hui, je me redresse.

Et elle ajouta, tout bas :

— J'ai l'impression de grandir.

Il tenta de s'intéresser aussi aux étoiles, mais il était trop épuisé par le travail des journées pour sortir la nuit, comme elle, même à la belle saison. Mélina continua donc de rêver seule, et il sembla à Sylvain qu'elle devenait plus distante, plus lointaine.

Un jour, comme il lui annonçait qu'il allait devoir couper des chênes épuisés dans une truffière, elle répondit :

— Il ne faut pas.

— Pourquoi ?

— Quand on coupe des arbres, des étoiles s'éteignent.

Il demeura un instant silencieux, demanda :

— Tu ne crois pas qu'elles s'éteignent toutes seules quand elles ont fini de brûler leur énergie ?

— Non, répondit-elle, rien de ce qui se passe ici-bas ne leur est étranger.

Il eut peur quelque temps, crut qu'elle perdait la tête, mais non : elle demeurait calme, sereine, toujours aussi passionnée par ce qu'elle découvrait comme elle avait été passionnée toute sa vie par les mystères du monde.

Quelques mois plus tard, ce qu'elle avait longtemps espéré se réalisa enfin, lui faisant oublier tout ce qui avait pu la blesser dans sa vie : Jeanne, qui s'était mariée à Londres, avait donné le jour à une fille qu'elle avait appelée Mathilde. Chaque année, en été, Jeanne prit l'habitude de revenir en vacances en Angleterre et de confier sa fille une semaine ou deux à Mélina qui, alors, put parcourir les truffières, la main de la petite dans la sienne, lui révélant ses secrets, bien que l'enfant ne pût tout à fait les comprendre.

Certaines fois, Mathilde tenait Mélina par un bout de sa jupe, comme elle-même tenait la

veste de son père quand elle était petite, et il
semblait à Mélina que la boucle de sa vie se
refermait. Elle montrait à l'enfant la patte de
poule de la truffe-fleur, la marquait avec une
graine d'avoine, lui disait qu'elle reviendrait à
la saison, lui expliquait pourquoi il fallait la
laisser mûrir. Ces moments-là demeuraient
gravés dans sa mémoire, la comblaient. Quand
la petite repartait, Mélina comptait les jours
qui la séparaient des prochaines vacances.

Une année, Jeanne vint en novembre et
laissa sa fille huit jours à la Méthivie. Les
feuilles des chênes s'étaient couvertes de cet or
qui leur vient dans le déclin de l'automne et
qu'aimait tant Jean Fontanel. Tenant toujours
la petite par la main, Mélina s'arrêta devant
l'un d'eux et parla à Mathilde de cet or comme
l'avait fait son père, un matin d'hiver, sur la
route de Sorges.

— Tu n'oublieras pas ? dit-elle. Même si tu
en as pour de vrai un jour, tu te souviendras
que c'est celui-là le plus beau ?

— Oui, fit la petite.

Dès lors, Mélina sembla considérer que sa
tâche en ce monde était achevée. Certes, elle
s'intéressa au syndicat des trufficulteurs dont
Sylvain était devenu membre, au projet d'un
musée de la truffe à Sorges, et conduisit également, parfois, quand Sylvain ne le pouvait pas,
les curieux désireux de visiter ses fameuses
truffières, mais elle s'enfonça petit à petit dans
un silence un peu rêveur, d'où elle n'émergeait
que pour parler ou sourire à Sylvain.

Elle continua cependant à sortir toutes les
nuits pour regarder les étoiles. Sylvain ne s'en
inquiétait plus, demandait seulement :

— Et s'il t'arrivait quelque chose, toute seule, si loin ?

— Que veux-tu qu'il m'arrive ?

— Un malaise, par exemple.

Elle haussait les épaules, repartait à la recherche des ombres disparues et des signes qu'elle était seule à pouvoir interpréter.

À quelque temps de cette conversation, en juin, il y eut deux ou trois jours d'un vent brûlant du sud qui la mit mal à l'aise, l'oppressa. Un après-midi, alors qu'elle s'était assise pour se reposer sur un tronc coupé, elle entendit pour la deuxième fois de sa vie un arbre pleurer. La première fois, elle ne pouvait l'avoir oubliée : c'était le jour de la mort de Pierre. Elle s'enfuit, se réfugia à la Méthivie, mais elle n'interrompit pas pour autant ses longues errances dans les bois.

Une nuit, à la fin de juillet, comme elle sortait d'une truffière pour prendre le sentier de la métairie, elle sentit ses jambes se dérober sous elle. Elle s'affaissa lentement sur l'herbe du chemin, demeura un long moment évanouie. Quand elle revint à elle, elle resta immobile, tentant de comprendre ce qui venait de se produire, étonnée, même, de ne ressentir aucune douleur alors qu'il lui semblait qu'elle n'aurait jamais la force de se relever. Elle y parvint, cependant, et put lentement, très lentement, regagner sa maison. Quand elle rentra, cette nuit-là, elle ne dit rien de son malaise à son fils et elle se coucha aussitôt.

Le lendemain, comme elle ne pouvait pas se lever, Sylvain fit venir le médecin de Salvignac qui prescrivit des médicaments et du repos.

Cependant, l'état de Mélina ne s'améliora pas. Le médecin, alors, fit faire des analyses de sang qui révélèrent une implacable maladie, déjà très avancée. Elle trouva encore pendant quelque temps des forces pour se lever et se promener près de la métairie, puis elle s'alita de nouveau et fit rapprocher son lit de la fenêtre pour mieux voir les étoiles la nuit. Elle vécut encore six mois, veillée et soignée par Sylvain qui ne la quittait guère. Sur la fin, elle souffrit, mais elle refusa d'aller à l'hôpital, préférant se soigner elle-même avec ses plantes. De sa fenêtre, elle apercevait les chênes sur lesquels courait son regard, ne laissait rien paraître de sa douleur. La mort vint la prendre une nuit du mois d'août, et ne la surprit pas. En s'endormant pour toujours, elle souriait.

# 16

Je m'appelle Sylvain Montalban. C'est moi qui ai écrit les pages qui précèdent afin de témoigner de la vie de ma mère : Mélina Fontanel. Je n'ai pas voulu que son existence reste inconnue car il m'a semblé qu'elle était très belle, en tout cas exemplaire de courage et de sagesse. Je l'ai accompagnée jusqu'au bout de sa route, et, les derniers temps, avant que la maladie ne l'emporte, elle me parlait doucement. Je m'asseyais près de son lit, dans la pénombre de la chambre, à la Méthivie, et je l'écoutais. Elle n'était ni amère ni désespérée.

Je peux même dire qu'elle était très sereine, malgré le mal qui la rongeait.

Elle me parlait de son enfance avec son père, dans la petite maison de Costenègre, de sa mère dont elle avait si longtemps essayé de percer le mystère de la mort, de la Miette, de Louis, de Pierre et de Manuel, les deux hommes qui l'avaient aimée, mais elle me parlait aussi des Carsac, sans acrimonie, comme si elle avait oublié le mal qu'ils lui avaient fait. Elle évoquait souvent son école, à Salvignac, sa maîtresse, qui avait été si bonne pour elle, la Méthivie, où elle avait été heureuse avant son mariage, sa vie qui avait passé « si vite, disait-elle, que parfois je me demande si je n'ai pas encore dix ans ».

Elle me montrait les étoiles, me disait des choses étranges : qu'elle se sentait devenir légère comme un parfum de chèvrefeuille. Elle me disait qu'il ne fallait pas être malheureux, que ce monde n'est que l'envers de l'autre, le vrai, l'essentiel, celui dont quelquefois, au cours de la vie, on peut pressentir l'existence, apercevoir les couleurs derrière une porte qui bat, mais qui se referme dès qu'on croit pouvoir la pousser. Elle avait eu ce don, ce pouvoir. Elle en était comblée... Elle me disait qu'il ne faut jamais s'inquiéter pour sa propre vie, mais pour toutes les vies de la terre, car la vie est la même pour tous et partout. C'est sans doute pour cette raison qu'avant de s'aliter pour ne plus se relever, elle était devenue le monde. C'est du moins ce qu'elle prétendait : elle ressentait la caresse du vent de la même manière que les feuilles des arbres, sa peau s'humidifiait quand il pleuvait, elle frissonnait

quand le froid saisissait les bêtes et les bois,
elle haletait, souffrait comme les plantes lors
des grosses chaleurs.

Son seul regret, c'était de ne pas avoir su
garder Jeanne près d'elle. « Je n'ai pas pu lui
faire comprendre, me disait-elle, que l'immen-
sité est en nous, que l'on n'a pas besoin de
voyager. » Heureusement, elle la revoyait à travers Mathilde à qui, les dernières années, elle
faisait découvrir les truffières. Elle était
contente d'avoir regagné la Méthivie, où, parfois, elle entendait parler Pierre dans l'ombre.
« Je n'aurais pas pu mourir dans un château,
me disait-elle. Ici, je suis bien : tout est à ma
mesure. »

Moi, je ne quitterai ni la Méthivie ni les truffières. Elle m'a transmis cette passion de la
terre et de ses secrets comme à un témoin qui
ne doit pas la laisser perdre. J'ai encore du
temps devant moi pour trouver celle qui me
rejoindra au milieu de ces bois, ici, chez nous,
chez moi. J'ai d'ailleurs beaucoup de plaisir à
écrire ces mots-là. Je suis intimement de ce
pays où l'on croit que les chemins forestiers ne
mènent nulle part. Elle avait trouvé, elle,
Mélina, où menaient ces chemins : vers notre
vérité. Grâce à ma mère, j'ai compris que
l'essentiel est dans le monde qui nous porte,
pour peu qu'on sache l'écouter.

Les derniers jours, grâce aux drogues qu'elle
m'avait appris à préparer, elle ne souffrait pas
trop et ne perdait rien de sa sérénité. Quand
elle est morte, une nuit d'août, je lui tenais la
main. Elle a murmuré quelque chose que je
n'ai pas très bien entendu. Il m'a semblé que
c'était « terre », et puis j'ai compris qu'elle

avait voulu dire « mère ». Alors, seulement, je lui ai lâché la main, car j'ai su qu'elle ne serait pas seule dans ce pays d'où l'on vient, et dont elle reconnaissait enfin, en souriant, les chemins familiers.

Composition réalisée par EURONUMÉRIQUE

---

Achevé d'imprimer en juillet 2007 en Espagne par
LIBERDÚPLEX
Sant Llorenç d'Hortons (08791)
Nº d'éditeur : 90971
Dépôt légal 1re publication : juin 2001
Édition 09 - juillet 2007
LIBRAIRIE GENÉRALE FRANÇAISE – 31, rue de Fleurus – 75278 Paris cedex 06

Composition réalisée par IGS

_____

Achevé d'imprimer en mars 2009 en France sur Presse Offset par
Maury-Imprimeur - 45330 Malesherbes
N° d'imprimeur : 145315
Dépôt légal 1ᵉʳ publication : avril 2009
LIBRAIRIE GÉNÉRALE FRANÇAISE - 31, rue de Fleurus - 75278 Paris Cedex 06